Christian Jacq

Christian Jacq est né à Paris en 1947. Il découvre l'Égypte à treize ans, à travers ses lectures, et se rend pour la première fois au pays des pharaons quatre ans plus tard. Après des études de philosophie et de lettres classiques, il s'oriente vers l'archéologie et l'égyptologie, et obtient un doctorat d'études égyptologiques en Sorbonne avec pour sujet de thèse : *Le voyage dans l'autre monde selon l'Égypte ancienne*. Parallèlement à sa carrière universitaire, il écrit des ouvrages de fiction dès l'âge de seize ans. Producteur délégué à France Culture, il travaille notamment pour *Les chemins de la connaissance*.

Christian Jacq publie son premier essai, *Le message des bâtisseurs de cathédrales*, en 1974, puis une quinzaine d'autres, dont *L'Égypte des grands pharaons* (1981), qui est couronné par l'Académie française, ainsi que *Le petit Champollion illustré* et *Initiation à l'égyptologie* (1994), qui mettent à la portée de tous des connaissances jusque-là réservées aux spécialistes. Dans le domaine du roman, le premier grand succès de Christian Jacq est *Champollion l'Égyptien* (1987), succès confirmé par *La reine Soleil* (prix Jean d'heurs du roman historique 1988) et *L'affaire Toutankhamon* (prix des Maisons de la Presse 1992).

Créateur de l'Institut Ramsès, Christian Jacq a effectué avec son équipe une “description photographique de l'Égypte” destinée à préserver les sites menacés, et mène de fréquentes missions sur le terrain. Il poursuit ainsi une triple carrière d'égyptologue, d'essayiste et de romancier, qui le ramène toujours à l'Égypte ancienne.

LA REINE LIBERTÉ

***

L'ÉPÉE FLAMBOYANTE

DU MÊME AUTEUR

CHEZ POCKET

L'AFFAIRE TOUTANKHAMON
CHAMPOLLION L'ÉGYPTIEN
MAÎTRE HIRAM ET LE ROI SALOMON
POUR L'AMOUR DE PHILAE
LA REINE SOLEIL
BARRAGE SUR LE NIL
LE VOYAGE INITIATIQUE
LA SAGESSE ÉGYPTIENNE
LE MOINE ET LE VÉNÉRABLE
LES ÉGYPTIENNES
LE PHARAON NOIR
LA TRADITION PRIMORDIALE DE L'ÉGYPTE ANCIENNE
LE PETIT CHAMPOLLION ILLUSTRÉ
LA SAGESSE VIVANTE DE L'ÉGYPTE ANCIENNE

Le juge d'Égypte

1 – LA PYRAMIDE ASSASSINÉE
2 – LA LOI DU DÉSERT
3 – LA JUSTICE DU VIZIR

Ramsès

1 – LE FILS DE LA LUMIÈRE
2 – LE TEMPLE DES MILLIONS D'ANNÉES
3 – LA BATAILLE DE KADESH
4 – LA DAME D'ABOU SIMBEL
5 – SOUS L'ACACIA D'OCCIDENT

La pierre de lumière

1 – NÉFER LE SILENCIEUX
2 – LA FEMME SAGE
3 – PANEB L'ARDENT
4 – LA PLACE DE VÉRITÉ

La reine liberté

1 – L'EMPIRE DES TÉNÈBRES
2 – LA GUERRE DES COURONNES
3 – L'ÉPÉE FLAMBOYANTE

CHRISTIAN JACQ

LA REINE LIBERTÉ

***

L'ÉPÉE FLAMBOYANTE

XO ÉDITIONS

ISBN : 2-266-12693-8

Je dédie ce livre à toutes celles et tous ceux qui ont consacré leur vie à la liberté en luttant contre les occupations, les totalitarismes et les inquisitions de toute nature.

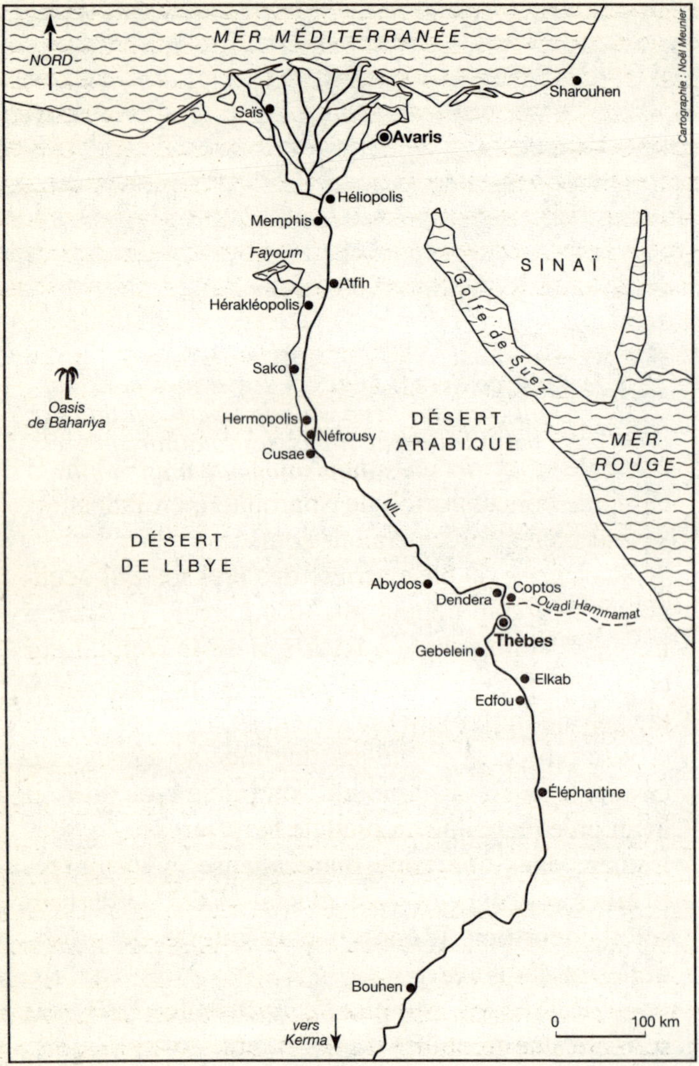

MER MÉDITERRANÉE
NORD
Cartographie : Noël Meunier
Sharouhen
Saïs
Avaris
Héliopolis
Memphis
Fayoum
Atfih
Hérakléopolis
SINAÏ
Golfe de Suez
Sako
Oasis de Bahariya
Hermopolis
Néfrousy
Cusae
DÉSERT ARABIQUE
MER ROUGE
NIL
DÉSERT DE LIBYE
Abydos
Coptos
Dendera
Ouadi Hammamat
Thèbes
Gebelein
Elkab
Edfou
Éléphantine
Bouhen
vers Kerma
0
100 km

1

Le matricule 1790 s'effondra.

Le nez dans la boue, Grands Pieds n'avait plus envie de vivre. Après tant d'années passées dans le camp de concentration de Sharouhen, en Palestine, ses dernières forces étaient épuisées.

Sharouhen, la base arrière des Hyksos qui occupaient l'Égypte depuis plus d'un siècle et avaient implanté leur capitale à Avaris, dans le Delta. Leur chef suprême, l'empereur Apophis, ne se contentait pas de faire régner la terreur grâce à son armée et à sa police. Approuvant une idée séduisante du Grand Trésorier Khamoudi, son fidèle bras droit, il avait créé un bagne au pied de la forteresse de Sharouhen, dans une zone marécageuse et insalubre. L'hiver soufflait un vent glacial ; l'été dardait un soleil meurtrier. L'endroit était infesté de moustiques et de taons.

— Relève-toi, supplia le matricule 2501, un scribe d'une trentaine d'années qui, en trois mois, avait perdu dix kilos.

— Je n'en peux plus... Laisse-moi.

— Si tu renonces, Grands Pieds, tu vas mourir. Et tu ne reverras plus jamais tes vaches.

Grands Pieds voulait mourir, mais plus encore revoir son troupeau. Personne ne savait s'en occuper comme lui.

Comme beaucoup, il avait cru à la propagande hyksos : « Venez faire paître vos bêtes trop maigres sur les terres herbeuses du Nord, proposaient-ils. Quand elles seront de nouveau vigoureuses, vous retournerez chez vous. »

Les Hyksos avaient volé les troupeaux, tué les bouviers qui protestaient avec véhémence et jeté les autres dans le mouroir de Sharouhen.

Jamais Grands Pieds ne leur pardonnerait de l'avoir séparé de ses vaches. Il aurait accepté du travail supplémentaire, du labeur forcé, des marches pénibles dans les terres inondées, un moindre revenu, mais pas ça.

Le matricule 1790 se releva.

Comme ses compagnons d'infortune, il avait subi l'horrible marquage de son numéro de condamné en présence de la totalité des prisonniers, obligés de regarder. Qui détournait les yeux ou les fermait était immédiatement exécuté.

Grands Pieds ressentait encore la douleur atroce provoquée par le cuivre rougi au feu. Plus on hurlait, plus le supplice durait. Et plusieurs blessés étaient morts d'infection. Au bagne de Sharouhen, il n'y avait ni médecin ni infirmier, et l'on ne dispensait pas le moindre soin. Sans une robuste constitution, une maigreur naturelle et l'habitude de se contenter de peu, le bouvier aurait succombé depuis longtemps. À Sharouhen, les gros mangeurs ne dépassaient pas quelques mois.

— Tiens, prends un peu de pain rassis.

Grands Pieds ne refusa pas le cadeau somptueux de son ami, condamné pour avoir conservé chez lui un hymne au pharaon Sésostris. Dénoncé par un voisin, il avait été considéré comme un dangereux comploteur et aussitôt déporté. L'empereur Apophis, autoproclamé pharaon, ne supportait pas la moindre référence au glorieux passé de l'Égypte.

Une gamine s'approcha des deux hommes.

— Vous n'auriez pas à manger ? J'ai faim !

Grands Pieds eut honte d'avoir avalé trop vite le quignon de pain.

— Les gardiens ne t'ont pas donné ta ration, aujourd'hui ?

— Ils m'ont oubliée.

— Ta maman ne les a pas appelés ?

— Ma maman, elle est morte cette nuit.

La gamine s'éloigna pour rejoindre le cadavre de sa mère. Personne ne pouvait rien pour elle. Si quelqu'un la prenait en charge, la fillette lui serait aussitôt arrachée et jetée en pâture aux mercenaires de la forteresse.

— Un nouveau convoi, signala le scribe.

La lourde porte en bois du camp de concentration venait de s'ouvrir.

Armée d'un bâton, une grande femme aux mains énormes frappait des vieillards qui marchaient avec peine.

Le crâne fracassé, l'un d'eux s'écroula. Les autres hâtèrent le pas avec l'espoir d'éviter les coups, mais les tortionnaires hyksos n'en épargnèrent aucun.

Étonnés d'être encore vivants, les plus solides se relevèrent très lentement, redoutant de nouveaux sévices. Mais leurs bourreaux se contentèrent de les regarder d'un air goguenard.

— Bienvenue à Sharouhen ! clama la dame Abéria. Ici, vous apprendrez enfin à obéir. Que les vivants enterrent les morts et qu'ils nettoient ce camp. C'est une vraie porcherie !

Dans la bouche d'une Hyksos qui ne mangeait jamais de porc, il ne pouvait y avoir pire insulte.

Grands Pieds et le scribe se précipitèrent, car Abéria aimait que les déportés fassent preuve de bonne volonté. Manquer d'ardeur à la tâche conduisait au supplice.

Avec leurs mains, ils creusèrent des fosses dans lesquelles ils enfouirent les cadavres, sans pouvoir célébrer le moindre rite. Selon son habitude, Grands Pieds adressa une prière muette à la déesse Hathor qui accueillait en son sein les âmes des justes et s'incarnait dans une vache, la plus belle des créatures.

— Demain, c'est la nouvelle lune, annonça Abéria avec un sourire cruel avant de sortir du camp.

Un vieillard qui venait d'arriver avec le dernier convoi s'approcha de Grands Pieds.

— On peut parler ?

— Maintenant qu'elle est partie, oui.

— Pourquoi cette démone se préoccupe-t-elle de la lune ?

— Parce qu'à chaque fois qu'elle renaît elle

choisit un prisonnier et l'étrangle lentement devant les autres.

Voûté, le vieillard s'assit entre les matricules 1790 et 2501.

— C'est quoi, ces chiffres sur vos bras ?

— Nos numéros de bagnard, répondit le scribe. Dès demain, toi et les nouveaux, vous serez marqués.

— Ça veut dire que... plus de deux mille malheureux ont été déportés ici ?

— Beaucoup plus, estima Grands Pieds. Tant de prisonniers sont morts ou ont été torturés avant d'être réduits à un numéro...

Le vieillard serra les poings.

— Il faut garder espoir, déclara-t-il avec une vigueur inattendue.

— Pour quelle raison ? interrogea le scribe, désabusé.

— Parce que les Hyksos sont de moins en moins sûrs d'eux. Dans les villes du Delta et à Memphis, la résistance s'organise !

— La police de l'empereur en viendra à bout.

— Elle a de plus en plus de travail, crois-moi !

— Il y a tellement de délateurs... Personne n'échappe aux mailles du filet.

— Moi, j'ai tué de mes mains un vendeur de papyrus qui avait dénoncé une femme à la milice hyksos parce qu'elle se refusait à lui. Pourtant, il était jeune et bien plus costaud que moi. Mais j'ai trouvé l'énergie nécessaire pour supprimer ce monstre et je ne regrette rien. Peu à peu, la population comprend que courber la tête la conduit à l'abattoir. Ce que désire l'empereur, c'est l'extermination des Égyptiens qu'il remplace par des Hyksos. Ils volent nos biens, nos terres, nos maisons, et veulent aussi détruire nos âmes.

— Tel est le but de ce camp, constata le scribe d'une voix brisée.

— Apophis oublie que l'Égypte a une vraie raison d'espérer, s'enflamma le vieillard.

Le cœur de Grands Pieds battit un peu plus vite.

— La Reine Liberté, poursuivit le vieil homme, c'est elle, notre espérance. Jamais elle ne renoncera à se battre contre Apophis.

— Les troupes thébaines n'ont pas réussi à s'emparer d'Avaris, rappela le scribe, et le pharaon Kamès est mort. La reine Ahotep porte le deuil et se terre dans sa ville. Tôt ou tard, les Hyksos s'empareront de Thèbes.

— Tu te trompes ! La reine Ahotep a déjà accompli tant de miracles... Jamais elle ne renoncera.

— Ce n'est plus qu'une légende. Nul ne parviendra à anéantir la puissance militaire hyksos, et personne ne sortira vivant de ce camp dont les Thébains ignorent l'existence.

— Moi, dit Grands Pieds, j'ai confiance. La Reine Liberté me permettra de revoir mes vaches.

— En attendant, recommanda le matricule 2501, nettoyons notre prison. Sinon, nous serons bastonnés.

Parmi les nouveaux arrivants, quatre avaient succombé pendant la nuit. Grands Pieds achevait de les enterrer quand la dame Abéria franchit la porte du camp.

— Viens vite, dit le paysan au vieillard. Il faut se rassembler et se mettre en rangs.

— J'ai si mal, là, dans la poitrine... Je ne peux plus bouger.

— Si tu n'es pas debout, Abéria te battra à mort.

— Je ne lui donnerai pas ce plaisir... Surtout, ami, surtout... Garde espoir.

Le vieillard poussa un râle déchirant.

Son cœur venait de lâcher.

Grands Pieds courut rejoindre les autres, bien alignés face à la dame Abéria qui dominait la plupart des prisonniers d'une bonne tête.

— Le moment est venu de nous distraire, déclara-t-elle, et je sais que vous attendez avec impatience le numéro de l'heureux élu qui sera le héros de notre petite fête.

Elle dévisagea chaque déporté avec gourmandise. Ici, Abéria disposait du droit de vie et de mort.

Comme si elle n'était pas satisfaite, elle remonta les rangs, puis s'arrêta devant un homme encore jeune, qui ne put s'empêcher de trembler de tous ses membres.

— Toi, le matricule 2501.

2

Baignée par la clarté de l'aube, la reine Ahotep leva les mains vers le dieu caché, en signe de vénération.

— Mon cœur est orienté vers ton regard. Grâce à toi, on est rassasié sans manger et désaltéré sans boire. Tu es le père de qui n'a pas de mère et le mari de la veuve. Comme il est doux de contempler ton mystère ! Il a le goût de la vie, il donne la sensation d'une étoffe délicate à celui qui s'en revêt, il est un fruit gorgé de soleil.

La belle jeune femme de trente-neuf ans était seule à l'orient de Karnak pour célébrer la résurrection de la lumière, victorieuse de la nuit.

Mais n'était-ce pas une illusion, dans cette Égypte dont les provinces du Nord étouffaient sous le joug de l'empereur des Hyksos ? Après avoir perdu son mari et son fils aîné qui avaient vaillamment combattu l'occupant, celle qui occupait la fonction d'Épouse de Dieu n'éprouvait plus d'autre amour que celui de la liberté, cette liberté qui semblait hors d'atteinte en raison de la supériorité de l'armée ennemie.

Comment oublier le formidable élan qui avait emmené les troupes thébaines jusqu'à Avaris, la capitale de l'empereur des ténèbres ? Mais il s'était brisé au pied d'une forteresse imprenable, et les Égyptiens avaient dû battre en retraite.

Après la disparition du pharaon Kamès, digne successeur de son père, Séqen, la régente s'était retirée au temple pour reprendre des forces dans le silence. À l'intérieur de l'enceinte, dans ce beau mais modeste sanctuaire, elle avait médité sous la protection d'Amon et d'Osiris. Amon, le maître de Thèbes, le créateur du bon vent, le détenteur du secret des origines, dont la chapelle ne s'ouvrirait d'elle-même que le jour de la victoire totale sur les Hyksos. Osiris, assassiné puis ressuscité, le juge de l'au-delà, le maître de la confrérie des « justes de voix » à laquelle appartenaient désormais Séqen et Kamès.

Mort au combat, Séqen était tombé dans un piège.

Alors qu'il s'apprêtait à lancer un nouvel assaut contre Avaris, Kamès avait été empoisonné et il était revenu mourir à Thèbes, auprès de sa mère et face à la montagne d'Occident.

Dans les deux cas, un seul coupable : l'espion hyksos qui s'était infiltré dans l'état-major thébain. À deux reprises, il avait frappé à la tête.

Pourtant, la reine Ahotep n'était entourée que de compagnons insoupçonnables qui avaient prouvé leur valeur et risqué leur vie en luttant, chacun à sa manière, contre les Hyksos : Qaris, l'intendant du palais, spécialiste du renseignement ; Héray, le Supérieur des greniers, véritable ministre de l'Économie ; Emheb, le gouverneur d'Edfou, qui avait tenu le front de Cusae dans une période désespérée et récolté plusieurs blessures ; Néshi, le porteur du sceau royal, si attaché à Kamès qu'il avait présenté sa démission, refusée par la reine ; Ahmès fils d'Abana, un archer d'élite, grand exterminateur d'officiers hyksos ; l'Afghan et le Moustachu, deux résistants nommés à la tête de régiments d'élite et décorés pour leurs exploits ; Lunaire, l'amiral de la flotte aux compétences exceptionnelles et à la bravoure constante.

Comment imaginer, même un instant, que l'un d'eux pût être cet espion à la solde de l'empereur des ténèbres ?

À l'évidence, il fallait chercher ailleurs et demeurer sans cesse en éveil. Malgré son habileté diabolique, l'espion finirait bien par se trahir.

À cet instant-là, Ahotep devrait agir avec la vivacité du cobra royal.

L'Épouse de Dieu longea le petit lac sacré où, chaque matin, le pharaon aurait dû puiser de l'eau fraîche provenant du *Noun*, l'océan d'énergie, afin de procéder aux purifications et de créer ainsi un nouveau dynamisme, indispensable à toutes les formes d'existence, de l'étoile à la pierre.

Mais le jeune pharaon Kamès était mort à vingt ans, et son successeur, son frère Amosé, n'en avait que dix.

Pour la seconde fois, Ahotep devenait régente et devait à nouveau piloter le navire de l'État.

Loin d'être vaincu, l'empereur ne triomphait pourtant pas. Il revenait à la Reine Liberté de lui prouver qu'il ne régnerait jamais sur les Deux Terres.

Avec une joie manifeste, Rieur le Jeune retrouva sa maîtresse. Oubliant son poids, le molosse se dressa et posa ses deux énormes pattes sur les épaules de la reine, qui éprouva quelque peine à conserver l'équilibre. Après lui avoir consciencieusement léché les joues, le chien précéda Ahotep qui se dirigeait vers le palais de la grande base militaire installée au nord de Thèbes *.

C'était au cœur d'une zone aride que le jeune roi Séqen avait formé les premiers soldats de l'armée de libération, dans des conditions particulièrement rudes. Puis avaient été construits une caserne, des maisons, une forteresse, une résidence royale, une école, un hôpital et des chapelles. Les recrues y apprenaient leur métier de soldat, sous le commandement d'instructeurs à poigne qui ne leur cachaient rien des terrifiants combats qui les attendaient.

À l'entrée du palais, Rieur le Jeune s'immobilisa et huma l'atmosphère. Plus d'une fois, à l'instar de son père, Rieur l'Ancien, son flair lui avait permis de discerner le danger et de sauver ainsi Ahotep qui se gardait bien de négliger ses avertissements.

L'intendant Qaris se présenta sur le seuil.

Enveloppé, les joues rondes, d'un calme imperturbable, il était la gentillesse incarnée. Au plus fort de l'oppression hyksos, il n'avait pas hésité à jouer

* Sur le site de Deir el-Ballas.

le rôle d'agent de liaison entre les rares résistants et à réunir les renseignements, au risque d'être dénoncé et condamné à mort.

— Majesté, je ne vous attendais pas si tôt ! Les équipes de nettoyage sont encore au travail, et je n'ai pas eu le temps de superviser le repas.

Apaisé, un sourire dans le regard, Rieur le Jeune lécha la main de l'intendant.

— Convoque les responsables dans la salle du conseil.

Le chef-d'œuvre de l'intendant Qaris était une maquette de l'Égypte sur laquelle on pouvait voir les parties du territoire libérées et celles encore occupées par les Hyksos.

Lorsque la jeune Ahotep avait découvert pour la première fois ce secret d'État, seule Thèbes bénéficiait d'une relative autonomie. Aujourd'hui, grâce aux exploits des pharaons Séqen et Kamès, les Hyksos ne contrôlaient plus que le Delta, et leur allié nubien, le prince de Kerma, restait terré dans son lointain domaine du Grand Sud.

La « Balance des Deux Terres », Memphis, point de passage et d'équilibre entre la Haute et la Basse-Égypte, avait, certes, été libérée, mais pour combien de temps ? Les troupes de l'amiral hyksos, Jannas, ne se contenteraient pas éternellement de défendre Avaris et ne tarderaient plus à lancer une offensive.

Les dignitaires s'inclinèrent devant la régente. Leur mine défaite traduisait inquiétude et découragement.

Maigre, le crâne rasé, le chancelier et intendant

de l'armée Néshi soulagea ses collègues en prenant la parole.

— Les nouvelles ne sont pas bonnes, Majesté. Si nous voulons défendre Memphis, ce qui s'annonce particulièrement difficile, nous devrons y masser le gros de nos troupes. En cas de défaite, la route de Thèbes serait libre.

D'ordinaire si incisif, Néshi semblait écrasé sous le poids de la réalité.

— Qu'en penses-tu, Emheb ? demanda la régente.

Pour avoir si longtemps combattu en première ligne, le bon géant, de retour de Memphis, était autorisé à émettre un avis que d'aucuns considéreraient comme décisif.

Le gouverneur Emheb s'exprima avec fougue.

— Ou bien nous attaquons de nouveau Avaris pour briser les reins de Jannas, ou bien nous établissons une ligne de défense sur laquelle ses hommes se casseront le nez. Comme la première solution m'apparaît beaucoup trop risquée, je préconise donc la seconde. Mais dans ce cas, Memphis serait un très mauvais choix. Hors de la période de la crue, les Hyksos peuvent utiliser leurs armes lourdes, chars et chevaux, et nous n'aurons pas le temps d'édifier des murailles autour de la cité.

— Cela signifie que nous l'abandonnons à elle-même, conclut la reine.

Les dignitaires baissèrent la tête.

— Que des armes soient livrées à sa garnison, ordonna Ahotep, et que des pigeons messagers nous informent de l'évolution de la situation. Nous établirons notre ligne de défense à la hauteur du Fayoum, à une centaine de kilomètres au sud de Memphis, au lieu dit « le Port-de-Kamès », en hommage à mon fils aîné. Que Néshi y organise immédiatement un camp militaire et que le génie construise des quais en pierre. L'amiral Lunaire y regroupera la plupart de nos navires de guerre et le gouverneur Emheb prendra les dispositions nécessaires pour briser un éventuel assaut de la charrerie hyksos. Que nos chantiers navals redoublent d'efforts afin d'augmenter le nombre de nos unités.

Chacun approuva les décisions de la reine.

Le conseil se dispersait lorsqu'un officier de la garde fit irruption dans la salle.

— Majesté, c'est très grave ! Des centaines de soldats viennent de déserter !

3

Fou de rage, l'empereur Apophis replaça la couronne rouge de Basse-Égypte dans la chambre forte de la citadelle d'Avaris d'où elle ne sortirait plus jamais. Une nouvelle fois, il avait essayé de la porter ; une nouvelle fois, elle lui avait causé d'insupportables douleurs à la tête et brûlé les doigts.

Oubliant cet emblème d'une époque révolue, le maître des Hyksos monta lentement au sommet de la plus haute tour de la monumentale citadelle qui dominait sa capitale, transformée en un gigantesque camp militaire.

Grand, le nez proéminent, les joues molles, le ventre ballonné et les jambes épaisses, l'empereur, âgé de soixante-dix ans, était d'une laideur effrayante qu'il utilisait volontiers comme une arme pour subjuguer ses interlocuteurs.

Apophis ôta la chaîne d'or qu'il portait au cou et à laquelle étaient accrochées trois amulettes incarnant la vie, la prospérité et la santé. Aux yeux des naïfs, elles lui permettaient de connaître les secrets du ciel et de la terre. À l'heure de la guerre totale contre les Thébains et leur maudite reine, il ne supportait plus cette pacotille.

L'empereur des ténèbres broya les amulettes et jeta les débris dans le vide.

Les nerfs apaisés, il contempla son domaine, les deux cent cinquante hectares d'Avaris, la plus grande cité du Proche-Orient, implantée au nord-est du Delta, sur la rive est de la branche pélusiaque du Nil que les Égyptiens appelaient « les eaux de Râ ».

Râ, la lumière divine... Voilà de nombreuses années que les Hyksos l'avaient remplacée par la force armée ! Avec ses murailles à contreforts et ses tours crénelées, la forteresse, réputée imprenable, en était le parfait symbole.

Depuis l'assaut avorté du pharaon Kamès, empoisonné par son espion, l'empereur n'avait quitté son repaire qu'une seule fois pour se rendre au temple de Seth, le maître de l'orage et des perturbations cosmiques, fidèle protecteur d'Apophis. Qui était nourri de sa violence ignorait la défaite.

Naguère en proie à une activité incessante, le port commercial d'Avaris n'accueillait plus que quelques bateaux de charge, sous la surveillance de la marine de guerre. Personne n'avait oublié l'exploit des marins de Kamès qui s'étaient emparés de trois cents cargos remplis de richesses dont Thèbes avait hérité.

Ce ralentissement du négoce avec les vassaux de l'empire n'était que passager ; sitôt la révolte thébaine écrasée, d'énormes quantités d'or, d'argent, de lapis-lazuli, de bois précieux, d'huile, de vin et d'autres produits parviendraient de nouveau à la capitale hyksos. La fortune de l'empereur et de ses proches continuerait à s'accroître, encore plus vite qu'auparavant.

Apophis détestait le soleil et le grand air. Aussi regagna-t-il son palais, aménagé à l'intérieur de la forteresse. De petites ouvertures laissaient passer un minimum de lumière.

Grâce à son équipe de peintres venus de Crète, l'empereur avait couvert les murs de fresques en vogue à Cnossos, la capitale de la grande île. Destructeur de nombre de chefs-d'œuvre du Moyen Empire, Apophis se vantait d'avoir effacé dans sa ville toute trace d'art égyptien. Chaque jour, dans sa salle de bains, dans sa chambre, dans les couloirs et dans la salle du conseil, il admirait des paysages de Crète, des labyrinthes, des griffons ailés, des danseurs à la peau jaune ou des acrobates sautant par-dessus les cornes d'un taureau.

Quand il aurait conquis la Haute-Égypte et rasé Thèbes, l'empereur déclencherait un processus d'immigration massive afin d'éradiquer l'ancienne population dont rien ne devait subsister. La vieille terre des pharaons deviendrait vraiment une province hyksos où la notion même de Maât, la frêle déesse de la vérité, de la justice et de l'harmonie, aurait disparu.

Apophis aimait errer des heures dans la citadelle en songeant à l'étendue de son empire, le plus vaste jamais créé, qui s'étendait du Soudan aux îles grecques en passant par la Syro-Palestine et l'Anatolie. Les insensés qui tentaient de se révolter étaient impitoyablement massacrés. L'armée hyksos suppliciait les meneurs et leurs familles, brûlait leurs maisons et leurs villages.

Ainsi régnait l'ordre hyksos.

Un ordre que seule la reine Ahotep osait encore défier ! Après l'avoir considérée comme une folle et une intrigante, l'empereur avait dû admettre qu'elle était une adversaire de taille. Sa ridicule armée de paysans s'était aguerrie au fil des années, et Kamès l'intrépide avait même réussi à l'entraîner jusqu'au pied de la citadelle d'Avaris !

Ce coup d'éclat n'avait qu'égratigné la puissance hyksos. Obligés de reculer, les Thébains n'étaient plus en capacité de reprendre l'offensive, mais ils excellaient dans l'art de tendre des pièges en raison de leur parfaite connaissance du terrain. Aussi l'empereur ne cédait-il pas à la précipitation, d'autant plus qu'il devait résoudre un conflit notoire entre ses deux principaux dignitaires, le Grand Trésorier Khamoudi et l'amiral Jannas.

Khamoudi, dépravé, cruel, prêt à tout pour s'enrichir, mais fidèle exécutant des décisions de l'empereur.

Jannas, le commandant en chef des armées hyksos, le héros qui avait sauvé Avaris et dont la popularité ne cessait de croître.

Pour plaire à la caste des officiers supérieurs, Apophis aurait dû sacrifier Khamoudi ; mais en agissant ainsi, il aurait fait de l'amiral Jannas un personnage beaucoup trop puissant que de nombreux soldats considéraient déjà comme le futur maître des Hyksos.

Nourri par la force de Seth, Apophis régnerait encore longtemps. Par chance, Jannas était un vrai soldat qui respectait scrupuleusement les ordres et n'envisagerait jamais de comploter contre l'empereur. Au Grand Trésorier de comprendre que l'amiral garantissait la sécurité de l'empire et qu'il devait se satisfaire de ses nombreux privilèges.

L'empereur ne rendit pas visite à son épouse, la dame Tany, à laquelle il n'avait pas accordé le titre d'impératrice, car le vrai pouvoir ne se partageait pas. Égyptienne d'origine modeste, elle avait conduit à la torture et à la mort de nombreuses femmes aisées en les dénonçant comme résistantes. Terrorisée par la vision des soldats égyptiens lors de l'attaque de Kamès, elle restait alitée.

Quand Apophis sortit de ses appartements, le Grand Trésorier Khamoudi s'inclina très bas.

Les cheveux noirs plaqués sur un crâne rond, les yeux légèrement bridés, l'ossature lourde, les mains et les pieds potelés, Khamoudi était un gros mangeur, amateur de vins capiteux et de jeunes Égyptiennes auxquelles il infligeait les pires sévices en compagnie de son épouse Yima, aussi perverse que lui. À l'empereur, il ne dissimulait ni ses turpitudes ni ses malversations financières, et ne prenait aucune initiative sans son assentiment.

— Tout est prêt, Majesté.

Chef de la garde personnelle d'Apophis, Khamoudi avait sélectionné des pirates chypriotes et libyens qui n'hésiteraient pas à tuer quiconque esquisserait un geste de menace envers l'empereur. Vêtus de tuniques aux motifs floraux, les cheveux mi-longs et nattés, les bras tatoués, ces cerbères formaient une muraille infranchissable autour du maître des Hyksos lorsqu'il apparaissait dans les rues de la capitale. Grassement payés, ils pouvaient s'offrir n'importe quelle femme. Les tribunaux ayant été supprimés, Apophis était le seul juge et ne désavouait jamais ses serviteurs.

Le cortège traversa le cimetière du palais où les officiers hyksos tués lors des combats avaient été inhumés dans des tombes sommaires, avec leurs armes. En raison du manque de place et du nombre de cadavres à ensevelir, l'empereur avait pris une décision qui horrifiait les Égyptiens : au lieu d'aménager une nouvelle nécropole, on enterrait les morts dans les jardinets et même dans les maisons. N'était-il pas stupide de perdre de la place pour des dépouilles qui se réduiraient bientôt à des ossements ?

— Des protestations contre ma politique ? s'enquit Apophis de sa voix rauque qui glaçait le sang.

— Quelques-unes, répondit Khamoudi, mielleux, mais j'ai fait le nécessaire. Étant donné que le camp de concentration de Sharouhen est plein pour le moment, j'ai estimé nécessaire d'en ouvrir un autre à Tjarou *. Les révoltés y ont été déportés.

— Parfait, Khamoudi.

La tête couverte d'une coiffe à rayures en forme de champignon, de taille moyenne, presque malingre, la parole et le geste lents, l'amiral Jannas offrait une apparence trompeuse. Ceux qui l'avaient jugé inoffensif n'étaient plus de ce monde.

* Tjarou-Silé, dans le Delta, sur l'isthme formé entre le lac de Ballah et le lac Menzala.

Après s'être, lui aussi, incliné devant le maître des Hyksos, l'amiral avait assisté aux rapides funérailles de ses hommes, morts de blessures infligées lors du combat féroce avec les Égyptiens dans le port commercial d'Avaris. Jannas pouvait se vanter d'avoir repoussé Kamès, décédé peu après, mais la reine Ahotep demeurait un réel danger.

Dans l'indifférence générale, plus de cent ânes furent égorgés et jetés dans les fosses avec les cadavres des militaires.

Puis l'empereur inspecta le dispositif de sécurité mis en place par Jannas pour qu'une nouvelle attaque fluviale des Thébains n'ait aucune chance d'aboutir.

— Beau travail, amiral.

— Majesté, quand reprendrons-nous l'offensive ?

— Contente-toi de m'obéir, Jannas.

4

En moins d'une journée, la rumeur avait gagné l'ensemble de la base militaire de Thèbes : la reine Ahotep se retirait définitivement au temple de Karnak, son fils Amosé renonçait à régner, l'armée de libération déposait les armes.

D'ici peu, les hordes hyksos déferleraient sur la cité d'Amon et massacreraient quiconque tenterait de leur résister.

Nez épaté avait été le premier à déserter, aussitôt suivi de Vigoureux, un lieutenant d'infanterie qui avait combattu à Avaris et connaissait la violence de l'adversaire. Convaincus par leurs explications, des centaines de fantassins s'étaient décidés à quitter la base au plus vite.

Un seul officier avait tenté de rappeler leurs devoirs aux soldats d'Ahotep, mais sa voix s'était vite perdue dans un concert de vociférations, et il avait dû s'écarter pour ne pas être piétiné.

— Il faut prévenir nos camarades de la forteresse, préconisa Vigoureux.

Les gardes se joignirent à la foule des fuyards,

bientôt suivis par la majorité de la troupe résidant dans la bâtisse.

— Par où passe-t-on ? demanda Nez épaté.

— Pas par le nord, répondit Vigoureux. On se heurterait aux régiments d'élite de l'Afghan et du Moustachu.

— Et alors ? Ils ont beau être les meilleurs, ils n'ont sûrement pas plus envie de mourir que nous !

— Il risque d'y avoir de la bagarre ! Moi, je vais vers le sud.

Dans la plus complète confusion, les déserteurs se dispersèrent. Sous la direction de Nez épaté, une masse hurlante marcha vers le nord.

Des pieds d'une finesse exceptionnelle, des jambes longues et élégantes, des fesses au galbe parfait, un dos qui s'offrait aux caresses... Juste après la reine Ahotep, Féline était la plus belle femme du monde. Et lui, le Moustachu, avait la chance insensée de faire l'amour avec elle ! Quand il l'avait rencontrée, pendant la campagne de Nubie, il s'était aussitôt épris d'elle, tout en refusant une liaison durable, incompatible avec son existence de soldat. Mais Féline s'était cachée sur le bateau en partance pour l'Égypte, et le Moustachu n'avait pas eu le courage de lui résister.

La belle Nubienne ne s'était pas contentée de devenir une merveilleuse épouse. Spécialiste des potions, des drogues et des talismans, elle s'était occupée des blessés sur les champs de bataille et avait sauvé de nombreuses vies. Nommée à la tête du service médical d'intervention rapide, Féline était considérée comme une héroïne de la guerre de libération.

Le Moustachu l'embrassa tendrement dans le cou.

— Le grand conseil s'éternise, déplora-t-elle.

— Quelle importance ? La reine perd son temps à persuader des dignitaires qui, comme d'habitude, désapprouvent des décisions qu'elle mettra quand même en œuvre. Ne devrais-tu pas songer à autre chose...

On frappa des coups redoublés à la porte de la chambre.

— Ah non ! protesta le Moustachu. J'ai quand même le droit à une heure d'intimité !

— Ouvre vite, exigea la voix grave de l'Afghan.

— Qu'est-ce qu'il y a encore ?

— Une sorte d'émeute, indiqua l'Afghan, un solide barbu coiffé d'un turban. Les soldats désertent en masse et tentent de débaucher nos hommes.

— Ça ne se passera pas comme ça ! rugit le Moustachu, brusquement dégrisé. Nos gars ne se comporteront pas comme des lâches !

Le Moustachu avait tort.

Convaincus par la rumeur, les membres des régiments d'élite se laissaient entraîner par le courant.

L'Afghan tenta d'agripper un fuyard, mais le Moustachu bloqua son bras.

— Ils sont comme fous, on ne peut pas les retenir.

— Et ceux qui se dirigent vers le palais ?

— Ils ne vont quand même pas s'en prendre à la reine !

Surexcité, Nez épaté et plus de deux cents déserteurs marchaient sur la résidence de la régente, bien décidés à la piller.

— On n'est peut-être que deux, commenta l'Afghan, mais on ne les laissera pas faire.

— Ne sortez surtout pas, Majesté, recommanda le chancelier Néshi. Nos soldats ont perdu la tête ! Passons par l'arrière du palais et réfugions-nous dans le désert.

L'intendant Qaris approuva. Si la garde personnelle de la reine s'opposait à la horde, ce serait un carnage. Et Ahotep n'échapperait pas à la fureur de ses propres troupes.

— Partez tous et regagnez Thèbes pour y protéger ma mère et mon fils, ordonna Ahotep.

— Mais vous, Majesté...

— Ne discute pas, Néshi.

— Comment pourrions-nous vous abandonner ?

— Seule compte la sécurité d'Amosé. Rends-toi à Thèbes sans perdre un seul instant.

Le ton de la reine était si impérieux que dignitaires et gardes ne lui résistèrent pas davantage.

Se parant d'un fin diadème d'or, la majestueuse brune aux yeux verts alla au-devant des émeutiers.

Stupéfaits, ils s'immobilisèrent.

Profitant de ce moment de flottement, le Moustachu et l'Afghan se placèrent de part et d'autre de la reine. Même à mains nues, ils élimineraient un bon nombre d'agresseurs.

Nez épaté s'avança.

— On a dit que vous vous retiriez au temple, Majesté... Et vous êtes ici ! Ce n'est pas possible... Vous êtes un fantôme !

— Pourquoi as-tu écouté la rumeur ?

— Parce que les Hyksos arrivent et que nous n'avons plus de chef !

— Je suis la régente et je commande l'armée. Aucune vague d'assaut n'a été signalée. Et si c'était le cas, nous la stopperions.

— Vous êtes vraiment... réelle ?

— Touche ma main, et tu le sauras.

Nez épaté hésita.

Combattre les Hyksos lui faisait peur, mais il avait une minuscule chance de s'en sortir. En revanche, toucher l'Épouse de Dieu, c'était commettre une telle offense qu'il serait foudroyé !

Alors, il s'inclina jusqu'à ce que son nez frôle le sol. Et ses camarades l'imitèrent.

— On vous a menti, déclara Ahotep, et vous vous êtes comportés comme des enfants affolés. Je veux oublier cet incident. Que chacun regagne son poste.

Les soldats se relevèrent et acclamèrent la Reine Liberté. Plus jamais ils n'accorderaient un quelconque crédit à une rumeur.

Ce fut un Néshi en proie à l'inquiétude qui alerta la souveraine.

— Majesté, des déserteurs entraînés par le lieutenant Vigoureux tentent de s'emparer de plusieurs bateaux pour quitter la base.

Suivie du Moustachu, de l'Afghan et des soldats de nouveau acquis à sa cause, la souveraine se hâta jusqu'à l'embarcadère où l'affrontement entre les archers de la marine, commandés par Ahmès fils d'Abana, et les partisans de Vigoureux tournerait forcément au désastre.

— La reine ! cria un déserteur. La reine est vivante !

Ahotep se plaça entre les deux camps, seule et sans armes.

Le lieutenant Vigoureux comprit qu'il venait de commettre une erreur irréparable. En répandant un faux bruit et en incitant de nombreux soldats à s'enfuir, il s'était lui-même condamné à mort.

— Désolé, Majesté, mais je n'ai plus le choix. Il me faut partir d'ici en bateau. Et je tuerai quiconque tentera de m'en empêcher.

— N'utilise les armes que pour combattre l'ennemi et libérer ton pays.

— Vous ne pouvez pas pardonner à un déserteur !

— J'ai besoin de toi, j'ai besoin de vous tous pour vaincre l'empereur des ténèbres. Nous entretuer l'aurait fait triompher, mais j'ai rompu ce maléfice. Formons à nouveau une seule âme et ne te fie qu'à ma parole.

Vigoureux remit son épée au fourreau. Sous le regard lumineux d'Ahotep, ses soldats fraternisèrent.

5

— Amiral, un bateau de commerce non répertorié arrive par le canal du nord.

— Interceptez-le.

A priori, il ne pouvait pas s'agir d'une ruse d'Ahotep. Mais, depuis l'attaque inattendue d'Avaris, Jannas prenait au sérieux le moindre incident. Tous les accès fluviaux à la capitale étaient gardés jour et nuit, et la plus petite embarcation sévèrement contrôlée. À la moindre sensation de danger, les archers de la police avaient l'ordre de tirer. Il valait mieux commettre une bévue que de mettre en péril la sécurité de la capitale.

Perfectionniste, l'amiral inspectait chaque jour plusieurs navires de guerre et vérifiait lui-même l'état du matériel. Chaque unité devait être, en permanence, prête au combat. Soit la flotte égyptienne tenterait une nouvelle offensive, soit Jannas recevrait l'ordre de partir vers le sud et d'anéantir les Thébains. Dans un cas comme dans l'autre, il lui fallait assurer les conditions de la victoire.

Pendant sa courte pause de midi, l'amiral se

contentait d'un repas frugal composé d'un filet de muge grillé et de lentilles.

Son aide de camp l'avertit de la visite du Grand Trésorier Khamoudi.

— Il est très énervé et exige de vous voir immédiatement, amiral.

— Dis-lui de patienter. Je termine mon déjeuner.

Jannas ne se hâta point. Comme Khamoudi l'avait humilié avant l'attaque d'Avaris, il lui rendait la pareille. Ici, sur le vaisseau amiral, le civil pouvait tempêter à loisir. Aucun marin ne le laisserait accéder à sa cabine.

Contrairement à son habitude, Jannas dégusta des grenades et des figues qu'il jugea à son goût. En certaines circonstances, il savait apprécier les douceurs. Puis il se lava les mains, se coiffa de son bonnet à rayures et sortit sur le pont où Khamoudi faisait les cent pas.

Rouge de colère, le Grand Trésorier se précipita en direction de l'amiral, qui le stoppa d'un geste.

— Pas de mouvement précipité sur mon navire, Khamoudi. Ici, tout est réglé et précis.

— Savez-vous ce que vous venez de faire, amiral ?

— Après une matinée d'inspection, j'ai déjeuné. D'autres questions ?

— Vous venez d'intercepter un bateau qui m'appartient !

— Celui du canal du nord ? Il ne figurait pas sur ma liste de bâtiments autorisés à pénétrer dans le port de commerce.

— Allons dans votre cabine, voulez-vous ? Personne ne doit nous entendre.

Jannas hocha la tête affirmativement.

Étant donné l'excitation de Khamoudi, l'entretien risquait d'être intéressant.

— Je veux bien admettre que ce bâtiment vous appartient, Khamoudi, mais pourquoi son capitaine, un Chypriote, ne nous l'a-t-il pas dit ?

— Parce que sa mission est confidentielle, de même que sa cargaison qui aurait dû m'être livrée directement.

— Oubliez-vous que nous sommes en guerre et que je suis dans l'obligation de contrôler toutes les marchandises à l'entrée d'Avaris ?

— Pas celles-là, amiral. Remettez-les-moi et n'en parlons plus.

— J'aimerais vous donner satisfaction, mais c'est impossible. Supposez que vous-même ayez été abusé... À votre insu, vous feriez pénétrer dans la capitale des produits dangereux, voire des armes destinées à d'éventuels résistants.

Le Grand Trésorier s'empourpra.

— Vous osez m'accuser, moi !

— Je ne vous accuse de rien. Je redoute simplement que votre bonne foi n'ait été surprise, et c'est la raison pour laquelle je dois connaître la nature de la cargaison que vous attendiez.

— Vous voudriez me faire croire que vous ne l'avez pas examinée !

Jannas feignit de réfléchir.

— Je n'avais pas d'autre solution, je l'admets, mais je suis perplexe et impatient d'entendre votre version des faits.

Khamoudi bouillonnait.

— Il s'agit de drogue, amiral. De cette drogue

que consomment les dignitaires et les officiers supérieurs.

— Pas moi.

— Chacun se distrait comme il l'entend. Dans des périodes comme celle-ci, c'est un remède que beaucoup jugent indispensable. Et je me dois de leur assurer ce petit plaisir. De plus, j'ai le plein accord de l'empereur, qui serait fort mécontent d'apprendre que vous empiétez sur mon territoire.

— Loin de moi cette idée, Grand Trésorier !

— Alors, faites-moi livrer sur-le-champ cette marchandise !

— Puisque les zones d'ombre sont dissipées, telle est bien mon intention. Afin d'éviter un nouvel incident, arrangez-vous pour que votre prochaine livraison soit conforme aux règles de sécurité.

Khamoudi claqua la porte de la cabine.

Détendu, Jannas s'accorda une coupe de bière tiède. Voilà longtemps qu'il était informé du lucratif trafic de drogue organisé par Khamoudi. Une excellente idée, au demeurant, puisque ce genre de produit calmait les angoisses.

L'important était d'avoir fait comprendre au Grand Trésorier qu'il n'était pas le seul maître après l'empereur. Toute opération commerciale, désormais, devrait être approuvée par l'amiral. Aucune information ne lui échapperait, et l'influence de Khamoudi irait en diminuant.

Au terme d'une journée harassante, l'ardeur du soleil faiblissait enfin. Très vite, l'astre allait disparaître dans l'Occident.

Insensible à ce spectacle magnifique, l'amiral Jannas sermonnait vertement un lieutenant de vaisseau dont les marins manquaient de discipline. Il n'y aurait pas de seconde remontrance. Une nouvelle faute de ce genre, et le coupable finirait dans le labyrinthe de l'empereur d'où personne n'était encore ressorti vivant.

— Amiral, un ennui, l'avertit un responsable de la police fluviale.

— De quel ordre ?

— On a arrêté un suspect dans un entrepôt du port de commerce. Il aurait des révélations à vous faire et n'accepte de parler qu'à vous seul.

— Allons-y.

Le chargement de drogue avait été débarqué et livré au Grand Trésorier. Les dockers transportaient à présent de lourdes jarres d'huile d'éclairage destinées au palais où des lampes brûlaient sans cesse.

Un cargo rempli de cuivre patienterait jusqu'au lendemain. Extrait par des forçats à la durée de vie limitée, le métal servait à la fabrication des armes.

Jannas n'autorisait plus qu'un seul canal d'accès, les autres étant obstrués par des barrages flottants. Si Ahotep appliquait la même stratégie que son défunt fils Kamès, elle essuierait un cuisant échec.

Mais quel projet insensé pouvait encore concevoir cette reine à l'incroyable entêtement ? La mort d'un mari et d'un fils aurait brisé n'importe quelle femme, pourtant elle s'obstinait à croire en une victoire qu'elle savait impossible. Même l'exécution sommaire de civils et l'anéantissement de villages entiers ne l'avaient pas convaincue de renoncer à sa folie.

— Par ici, amiral.

Deux policiers montaient la garde devant un vieil entrepôt qui aurait mérité d'être rasé.

À l'intérieur, des caisses défoncées et des vieux chiffons.

Assis contre un mur, un homme jeune, mal rasé, menottes aux poignets.

— Vous êtes l'amiral Jannas ?

— C'est bien moi.

— Je veux vous parler seul à seul.

— Pour quelle raison ?

— Ça concerne la sécurité de l'empereur.

Le prisonnier avait un débit haché, son regard flottait.

D'un geste, l'amiral ordonna aux policiers de s'éloigner.

— Maintenant, parle.

Vif comme un félin, l'homme se leva et enserra le cou de l'amiral entre ses avant-bras avec l'intention de l'étouffer.

La différence de poids et de taille était telle que Jannas semblait vaincu d'avance.

Mais l'amiral n'avait rien perdu de ses réflexes de lutteur. Sortant un poignard de son étui, il le planta dans le ventre de l'agresseur qui, foudroyé par la douleur, lâcha prise.

Après s'être dégagé, Jannas lui trancha la gorge.

« Un drogué, estima-t-il. Un drogué envoyé par Khamoudi pour m'assassiner. »

6

Malgré les années de guerre, la modeste ville de Thèbes, pourtant vouée à la décrépitude, s'était développée. Ici et là avaient été bâties de petites maisons blanches où logeaient de jeunes couples. Défiant le destin, ils donnaient naissance à des enfants qui seraient peut-être l'avenir de l'Égypte.

Selon les exigences d'Ahotep, la plus belle pièce du palais royal, reconstruit à la hâte, était la vaste chambre de sa mère, Téti la Petite. Très âgée, semblant de plus en plus fragile, elle continuait à se maquiller et à se vêtir avec grand soin. Affectée par les disparitions de son gendre et de son premier petit-fils, la vieille dame s'était occupée de l'éducation du second avec autant de rigueur que de douceur. Alternant les jeux et l'enseignement, elle avait transmis au petit Amosé le miel des anciennes sagesses. Certes, il devait apprendre à se battre, à manier l'arc et l'épée, mais aussi à pratiquer les hiéroglyphes afin de devenir un scribe exemplaire.

La mort de son grand frère avait fait brutalement mûrir le garçon de dix ans, l'âge où l'on devenait pleinement responsable de ses actes. Loin de minimiser l'épreuve, la reine mère lui avait parlé comme à un adulte dont le chemin serait parsemé d'obstacles.

— Comment te sens-tu, aujourd'hui ? demanda Ahotep à sa mère, assise face à une fenêtre donnant sur un jardin où s'ébattaient de nombreux oiseaux.

— Un peu plus fatiguée qu'hier, mais tellement fière de toi ! Il paraît que tu as mis fin à une sorte de révolte de la part de nos soldats.

— Ils étaient victimes d'une fausse rumeur. À l'avenir, le chancelier Néshi leur communiquera chaque semaine des informations officielles, et j'interviendrai aussi souvent que nécessaire.

Téti la Petite prit tendrement la main de sa fille.

— Sans toi, Ahotep, l'Égypte n'existerait plus.

— Sans toi, je n'aurais été qu'une révoltée inefficace. Par ton attitude, tu m'as tout appris. Et c'est toi qui prépares Amosé aux rudes combats qui l'attendent.

— Bien que sa maturité soit étonnante, il n'est encore qu'un enfant. Autant Kamès était vif et enthousiaste, autant Amosé est prudent et mesuré. Il a besoin de temps pour assimiler une notion. Le mieux serait de ne pas le bousculer et de le laisser croître à son rythme, mais en auras-tu la possibilité ?

Ahotep partageait l'analyse de sa mère. Fallait-il encore, en effet, que les Hyksos ne précipitent pas les événements en déclenchant une offensive générale.

L'intendant Qaris apporta à Téti la Petite des gâteaux au miel et du jus de caroube frais.

— Le médecin souhaiterait vous examiner, Majesté.

— Ce n'est pas nécessaire, protesta la vieille dame. Prépare-moi plutôt un bon dîner.

Voyant la mine embarrassée de Qaris, Ahotep prit congé de sa mère et sortit de sa chambre en compagnie de l'intendant.

— Le grand prêtre de Karnak vient de mourir, Majesté. Votre mère l'apprendra bien assez tôt. Comme ils s'entendaient bien et qu'ils étaient du même âge, je crains que cette nouvelle ne la démoralise.

— Tu n'as pas tort, Qaris. Quoi d'autre ?

— L'assistant du grand prêtre, qui se considère comme son successeur obligé, n'est pas l'homme de la situation.

— Pour quelles raisons ?

— Le personnage est ambitieux, son cœur n'est pas large, et il a confondu le service des dieux avec un plan de carrière.

Ayant tendance à minimiser les défauts d'autrui, Qaris se montrait rarement aussi critique.

— Il faut que vous ayez une totale confiance dans le grand prêtre d'Amon, Majesté. Quand vous repartirez au combat, c'est lui qui assurera, à Thèbes, le lien avec l'invisible. Cet assistant ne remplira pas cette fonction et ne songera qu'à intriguer afin d'accroître son pouvoir temporel.

— Quel est ton candidat ?

— Je n'en ai aucun, Majesté, et je me fie à la clairvoyance de l'Épouse de Dieu.

— Avec ton expérience, Qaris, ne ferais-tu pas un parfait grand prêtre ?

— Oh non, Majesté ! Ma place est ici, dans ce palais.

— Rassemble prêtres, scribes et administrateurs dans la cour à ciel ouvert du temple de Karnak.

— Héray compris ?

Ahotep sourit.

— Non, car je ne trouverai pas un meilleur ministre de l'Économie.

Lorsque l'Épouse de Dieu pénétra dans la cour, les regards convergèrent vers elle.

L'assistant du grand prêtre s'avança.

— L'inventaire des biens de ce temple est à votre disposition, Majesté, de même que les documents concernant sa gestion.

— Avant de les consulter, je dois rendre hommage au défunt.

— Il repose dans sa demeure de fonction. Puis-je vous y conduire ?

— Je sais où elle se trouve.

Le visage de l'assistant se ferma.

La reine passa lentement devant les hommes que l'intendant Qaris avait sélectionnés. L'un d'eux l'impressionna. Recueilli, le regard grave, il n'avait guère plus d'une trentaine d'années.

— Quelle fonction remplis-tu ? lui demanda-t-elle.

— Je suis porteur d'offrandes.

— Connais-tu les paroles des dieux ?

— Entre mes heures de service, j'étudie les textes hiéroglyphiques.

— Que sais-tu d'Amon ?

— Il est le sculpteur qui s'est sculpté lui-même,

le façonneur de l'éternité dont l'action parfaite fut la naissance de la lumière. Il est l'Unique qui demeure un tout en créant la multiplicité. Son véritable nom est à jamais secret, car il est la vie même. Son œil droit est le jour, son œil gauche la nuit. Bon pasteur, il est également le pilote du navire. Maître des silencieux, il met au monde les dieux.

— Ces discours ne nous conduisent nulle part, protesta l'assistant. Karnak a besoin d'un administrateur sérieux, non d'un penseur perdu dans ses abstractions.

— N'est-ce pas à l'Épouse de Dieu de choisir le nouveau grand prêtre ?

— Certes, Majesté, mais je vous supplie de réfléchir ! J'ai travaillé de nombreuses années aux côtés de mon supérieur, et il ne m'avait pas désigné par hasard.

— Pourquoi ne t'a-t-il pas clairement proposé comme successeur ?

L'assistant parut embarrassé.

— La maladie l'avait beaucoup affaibli... Mais nul ne doutait de ses intentions. Et ce n'est pas le porteur d'offrandes Djéhouty qui pourra le remplacer !

— Djéhouty... Le nom du dieu Thot, le maître de la langue sacrée sur laquelle nous fondons notre civilisation. N'est-ce pas un signe du destin ?

L'assistant demeura bouche bée.

— Écris ton nom sur un morceau de papyrus et que Djéhouty fasse de même, exigea la reine. Je les déposerai dans le naos de la déesse Mout, et c'est elle qui prendra la décision.

Dès la fin de la veillée funèbre, placée sous la protection d'Isis, débuterait la momification du grand prêtre. Après s'être recueillie devant la dépouille d'un fidèle serviteur et avoir prononcé les formules de glorification, la régente pénétra dans la chapelle de Mout, ouvrit le naos et en retira les documents. Puis elle retourna dans la grande cour.

L'assistant avait les poings serrés, Djéhouty semblait étrangement calme.

— L'un des papyrus a été brûlé par le feu de la déesse Mout, révéla-t-elle en jetant les fragments calcinés sur le sol. L'autre est intact.

— Nous devons accepter la volonté de l'invisible, affirma l'assistant qui avait reconnu son morceau de papyrus dans la main d'Ahotep.

Elle le lui montra.

Le nom préservé était celui de Djéhouty.

7

Grand, mince, le regard profond et sévère, le jeune prince Amosé franchit le seuil du temple de Karnak. Il contempla longuement la porte axiale en granit rose avant de découvrir un portique à piliers carrés dont l'austérité lui dilata le cœur. C'était ainsi qu'il concevait la nécessaire rectitude de tout être face aux aléas du destin. Et quel ne fut pas son émerveillement face au second portique, dont les piliers étaient des Osiris debout, les bras croisés sur la poitrine et les mains tenant les sceptres du jugement et de la résurrection.

Devant chaque colosse se tenait un prêtre d'Amon.

— Regarde-les bien, mon fils, exigea Ahotep, et désigne celui qui te semble capable de remplir la fonction de grand prêtre.

— En quoi consiste-t-elle ?

— À servir le principe caché en célébrant quotidiennement les rites pour qu'il consente à ne pas quitter cette terre.

Amosé planta son regard dans celui de chacun des ritualistes, sans arrogance ni précipitation. Il laissait pénétrer en son âme les paroles prononcées par sa mère et tentait de percevoir si elles correspondaient à l'être qu'il dévisageait.

— Je désigne celui-là, dit le prince d'une voix ferme en fixant Djéhouty droit dans les yeux.

L'assistant du grand prêtre défunt flaira le sol devant la reine.

— Pardonnez ma vanité, Majesté. J'obéirai à Djéhouty et j'accomplirai au mieux les tâches qu'il me confiera.

Après avoir intronisé le nouveau grand prêtre en lui remettant le bâton du Verbe et en glissant au majeur de sa main droite un anneau d'or, la reine emmena Amosé jusqu'à l'orient du temple.

Face à la chapelle d'Amon, sur un autel, se trouvait l'épée de lumière qu'avaient maniée les pharaons Séqen et Kamès.

— La porte de cette chapelle ne s'ouvrira d'elle-même qu'au moment de la victoire définitive sur les Hyksos, rappela Ahotep. Mais auparavant, il faudra verser beaucoup de sang et de larmes, et savoir manier cette arme sans faiblir. T'en sens-tu capable, Amosé ?

Le prince s'approcha de l'autel, toucha le pommeau et passa le doigt sur la lame.

— L'épée d'Amon est trop lourde pour moi. Mais le jour où mon bras sera assez fort, je la manierai.

— Tu n'as que dix ans, et tu as perdu ton père et ton frère aîné qui sont morts pour libérer l'Égypte. Malgré leur courage, cette tâche est loin d'être achevée. Acceptes-tu de la poursuivre, au péril de ta vie ?

— Vivre sans liberté est pire que la mort.

— L'Égypte ne peut survivre sans la présence d'un pharaon, Amosé, et c'est toi que le destin a choisi pour exercer cette fonction suprême, comme tu viens de le prouver. Jusqu'à ce que tu sois réellement capable de la remplir, j'assumerai mes devoirs de régente.

— Pourquoi ne devenez-vous pas pharaon, mère ? Jamais je ne vous égalerai.

— Quand ma tâche sera achevée, quand l'Égypte pourra respirer librement, il faudra un grand roi, jeune et pénétré de l'esprit de Maât, pour rebâtir un monde en harmonie avec les puissances créatrices. Aussi l'énergie de règne doit-elle animer ton cœur.

Ahotep et son fils se dirigèrent vers le nouveau grand prêtre Djéhouty.

— Prépare les cérémonies du couronnement, lui ordonna la reine.

À l'instant précis où Ahotep prononçait ces paroles, l'empereur Apophis fut pris d'un violent malaise alors qu'il faisait la sieste dans sa chambre, éclairée par de nombreuses lampes qui brûlaient jour et nuit. Ses lèvres et ses chevilles gonflèrent, sa gorge se serra, il suffoqua.

— Il n'y aura jamais d'autre roi que moi, marmonna-t-il avec une hargne qui lui redonna de l'énergie.

S'emparant de sa dague au pommeau d'or incisé d'une fleur de lotus en argent et à la lame de bronze triangulaire, il la planta à l'endroit du mur où le peintre crétois avait représenté un palmier.

— Tout m'appartient, même cette image !

L'empereur ouvrit la porte de sa chambre devant laquelle deux gardes étaient en faction.

— Qu'on aille chercher le Grand Trésorier et qu'on prépare ma chaise à porteurs.

— Comment vous sentez-vous, Majesté ?

— Au temple de Seth, vite.

Abandonnant le calcul des bénéfices réalisés sur la vente de la drogue, Khamoudi était accouru au palais pour aider Apophis à s'installer dans la magnifique chaise à porteurs qu'avaient utilisée des pharaons du Moyen Empire.

Vingt rudes gaillards la soulevèrent et adoptèrent un rythme rapide en évitant de secouer le maître des Hyksos. Cinquante soldats assuraient la sécurité, et Khamoudi, adepte de la bonne chère, éprouvait des difficultés à suivre le rythme.

Au passage du cortège, les rares badauds s'écartaient. Femmes et enfants rentraient précipitamment chez eux.

Mais un petit garçon avait laissé tomber son jouet en bois au milieu de la rue. Un jouet qui représentait un crocodile avec des mâchoires articulées. Il lâcha la main de sa mère pour le récupérer.

— Arrêtez-vous ! ordonna l'empereur.

Avec de grands yeux étonnés et curieux, le petit garçon regardait les soldats aux casques et aux cuirasses noirs.

Sans l'intervention d'Apophis, il aurait été piétiné.

Sur sa poitrine, il tenait bien serré son crocodile en bois.

— Emmène-le, Khamoudi.

Folle d'inquiétude, la mère se précipita vers les miliciens.

— C'est mon fils, ne lui faites pas de mal !

Sur un signe de l'empereur, le cortège reprit sa marche en avant.

Le petit garçon ne vit pas un officier trancher la gorge de sa mère.

Les prêtres de Seth et du dieu syrien de l'orage, Hadad, ne cessaient de réciter des formules de conjuration afin d'empêcher le ciel de se déchaîner. Depuis le début de la matinée, d'étranges nuages menaçaient Avaris. Un vent furieux, venant du sud, faisait gémir les chênes plantés autour de l'autel principal. Les eaux du canal le plus proche se soulevaient en vagues furieuses.

— L'empereur arrive ! s'exclama un prêtre.

La chaise fut doucement posée sur le sol.

Très pâle, le souffle court, Apophis se releva avec difficulté.

— Ce mauvais temps est anormal, Majesté, et nous sommes très inquiets, avoua le grand prêtre de Seth.

— Toi et tes collègues, éloignez-vous et continuez à réciter les formules.

Les prêtres s'écartèrent. La voix rauque et le regard glacial d'Apophis étaient encore plus terrifiants qu'à l'ordinaire.

Il contempla le ciel en folie, comme si lui seul était capable de le déchiffrer.

— Amène l'enfant, Khamoudi.

Le Grand Trésorier traîna jusqu'à l'autel le garçonnet, qui n'avait pas lâché son jouet.

— Je dois me régénérer, révéla Apophis, car la reine Ahotep vient de concevoir une nouvelle agression contre moi. Ce qu'elle prévoit ne doit pas se réaliser. C'est pourquoi Seth exige un sacrifice qui me rendra la santé, un sacrifice qui déclenchera un orage monstrueux contre Thèbes. Place l'enfant sur l'autel, Khamoudi.

Le Grand Trésorier crut percevoir les intentions de son maître.

— Majesté, voulez-vous que je m'en occupe moi-même ?

— C'est à moi qu'appartient désormais son souffle, c'est moi seul qui peux l'extraire de son corps.

Indifférent aux cris et aux larmes, Khamoudi brisa le jouet du petit garçon et le plaqua sur l'autel.

Et l'empereur sortit sa dague du fourreau.

8

Un coup de tonnerre réveilla Téti la Petite.

Comme si elle venait de retrouver la vigueur de sa jeunesse, la vieille dame bondit hors de son lit, se vêtit d'une tunique bleu sombre et s'engagea dans le couloir qui menait à la chambre d'Ahotep.

La porte s'ouvrit avant que la reine mère n'ait eu le temps de frapper.

— Tu as entendu ?

Plusieurs éclairs zébrèrent le ciel du petit matin.

— Je n'ai pas souvenir d'un pareil orage, dit Téti la Petite.

— Il n'a rien de normal, jugea Ahotep. Une seule explication possible : c'est l'empereur qui déclenche la fureur de Seth.

— Impossible de célébrer la cérémonie du couronnement !

— Impossible, tu as raison.

Même les plus gros dormeurs avaient été arrachés à leur quiétude. À l'intérieur du palais, on s'agitait, et l'intendant Qaris ne parvenait pas à calmer les esprits.

Ahotep pénétra dans la chambre de son fils.

Debout devant une fenêtre, Amosé contemplait la fureur des cieux.

— Les dieux seraient-ils en colère contre moi ? demanda-t-il avec gravité.

— Non, Amosé. L'empereur des ténèbres a perçu nos intentions et veut t'empêcher de monter sur le trône des vivants *.

Une pluie d'une incroyable violence s'abattit sur Thèbes, les ténèbres masquèrent le soleil.

— C'est l'obscurité des enfers ! cria une servante, tandis que sa collègue, tout aussi affolée, s'enfuyait en gesticulant.

— Allume les lampes, ordonna la reine à Qaris.

Le visage de l'intendant se décomposa.

— L'huile ne brûle pas, Majesté.

Un énorme bruit fit sursauter la maisonnée.

Sous l'effet d'un vent rageur, le toit de la caserne proche du palais venait de s'envoler et de s'écraser sur un grenier.

Pris de panique, les Thébains sortaient de chez eux et couraient en tous sens. Les chiens hurlaient à la mort, à l'exception de Rieur qui ne quittait pas sa maîtresse.

Les murs d'une maison des faubourgs s'écroulèrent, tuant des enfants terrés dans leur chambre.

— Nous allons tous mourir ! prédit un aveugle.

À son tour, le Nil se déchaîna.

Un bateau de pêcheurs, qui tentait de s'éloigner vers le sud, fut soulevé par une vague et chavira.

* Ces perturbations du cosmos sont évoquées sur une stèle en calcaire haute de 1,80 mètre et large de 1,10 mètre qui fut exposée dans le temple de Karnak.

Bien qu'excellents nageurs, cinq hommes périrent noyés.

Dans le port, les embarcations se brisaient les unes contre les autres. Même le bateau de guerre qui avait emmené Ahotep de la base militaire à la ville de Thèbes ne put résister à la tempête. Ses mâts s'abattirent sur les marins de garde, le capitaine fut broyé par la barre d'un gouvernail devenu incontrôlable. En moins d'un quart d'heure, le bâtiment sombra.

Et la foudre ne cessait pas de frapper.

Une boule de feu incendia un atelier de menuisiers, dont l'embrasement se communiqua aux demeures voisines. Le vent attisait les flammes, ruinant les efforts des porteurs d'eau.

Impuissante, Ahotep assistait au désastre.

Bientôt, Thèbes ne serait plus qu'une ruine, de même que la base militaire. En utilisant la puissance de Seth, Apophis réduisait à néant vingt années d'efforts.

Sans marine, avec quelques centaines de soldats rescapés, la reine n'aurait plus qu'à implorer la clémence du tyran, qui ferait exécuter les survivants du cataclysme.

Mieux valait périr au combat.

Son fils réfugié dans le désert en compagnie de quelques fidèles, Ahotep affronterait seule le maître des Hyksos. Elle n'aurait d'autre arme que le poignard de silex qu'elle avait manié, jeune fille, en devenant la première résistante à l'occupant.

Vingt ans de lutte, de souffrances et d'espoir, vingt ans au cours desquels elle avait connu l'amour et d'intenses périodes de bonheur, vingt ans de refus de l'oppression qui s'achevaient par une défaite dont l'Égypte ne se remettrait pas.

— Prépare-toi à partir, Amosé.

— Je désire rester avec vous, mère.

— La colère de Seth ne s'éteindra qu'avec la destruction de Thèbes, et tu dois survivre. Un jour, tu reprendras la lutte.

— Vous, mère, que comptez-vous faire ?

— Rassembler les soldats en état de combattre et attaquer Avaris.

Le petit garçon demeurait imperturbable.

— Ne s'agit-il pas d'un suicide ?

— Apophis doit croire que sa victoire est totale. Moi disparue, toi décédé à Thèbes, qu'aurait-il encore à craindre ? Il te faudra repartir de rien, Amosé, comme je l'ai fait moi-même. Surtout, ne renonce jamais. Et si la mort interrompt ton œuvre, puisse ton *ka* animer un autre cœur.

Amosé se précipita dans les bras de sa mère, qui le serra longuement contre elle.

— Ne songe qu'à la rectitude et au respect de Maât, mon fils ; ce sont les seules forces dont l'empereur ne disposera jamais.

L'orage redoublait. De nombreuses maisons avaient été dévastées, les victimes ne se comptaient plus. Les oueds s'étaient transformés en torrents qui charriaient des pierres et des débris. Sur la rive d'Occident, les antiques nécropoles étaient envahies par des coulées de boue.

— Hâte-toi, Qaris, exigea la reine. Pars avec mon fils vers le désert de l'est. Que Héray t'accompagne, si tu le trouves.

— Majesté, vous devriez...

— Je demeure auprès de la reine mère.

Ahotep embrassa Amosé une dernière fois et le confia à l'intendant, avec l'espoir qu'ils échapperaient à la tempête.

En se retournant, la reine découvrit un allié inattendu : Vent du Nord, un âne monumental à la robe grise, au museau et au ventre blancs, aux larges naseaux et aux immenses oreilles. De ses yeux où brillait une vive intelligence, il fixait la souveraine.

— Que cherches-tu à me faire comprendre ?

L'âne fit demi-tour, Ahotep le suivit.

Dès qu'elle sortit du palais, la reine fut trempée en quelques secondes.

Vent du Nord leva la tête et pointa son museau vers les nuages d'un noir d'encre que continuaient à déchirer des éclairs.

— Oui, il faut essayer ! lui dit-elle en le caressant.

Ahotep courut jusqu'à la chapelle du palais où était conservé le sceptre en or dont la partie supérieure avait la forme de l'animal de Seth, une sorte d'okapi. Incarnation de la puissance, il avait été confié à la reine par la déesse Mout.

Et un autre animal de Seth, l'âne, venait d'ouvrir un chemin : puisque l'empereur s'adressait au dieu de l'orage, pourquoi ne pas l'imiter ?

Ahotep monta sur le toit du palais et brandit vers le ciel le sceptre en or.

— Toi qui manies la foudre, dévoile-toi ! Qu'as-tu à craindre de moi ? Je manie ton symbole, je détiens cette lumière qui ne détruit pas mais illumine la terre ! Obéis-moi, Seth, ou bien plus aucun culte ne te sera rendu ! Non, l'empereur des ténèbres n'est pas ton unique maître. Pourquoi te dresses-tu contre ton pays et contre ton frère Horus, le pharaon d'Égypte ? Montre ton vrai visage, que ton énergie pénètre dans ton sceptre !

Les nuages s'écartèrent pour laisser apparaître, au nord du ciel, la figure d'une patte de taureau *, là où résidait la force mystérieuse que ne maîtriseraient jamais les humains.

Et un nouvel éclair, plus violent et plus intense que les autres, jaillit du fond du cosmos pour se précipiter vers le sceptre en or que la Reine Liberté tenait d'une main ferme.

* La Grande Ourse, lieu de puissance de Seth.

9

Le cri de rage d'Apophis retentit dans toute la citadelle, glaçant d'effroi ceux qui s'y trouvaient.

Dans sa chair, l'empereur venait de ressentir une douleur atroce.

Une brûlure qui signifiait que le feu de Seth se retournait contre lui.

Au-dessus de son temple d'Avaris s'amoncelaient des nuages noirs provenant des quatre coins de l'espace à la vitesse d'un cheval au galop. En jaillirent des rafales d'éclairs, les uns touchant les habitations des prêtres, les autres l'allée de chênes menant à l'autel. Les branches s'enflammèrent, le vent attisa l'incendie.

Une pluie d'orage s'abattit sur Avaris avec une telle violence que les soldats se réfugièrent dans les postes de garde et dans les casernes, se cachant la tête dans les mains pour tenter d'échapper à la colère de Seth.

— Nous sommes maudits ! cria Tany, l'épouse de l'empereur, debout sur son lit, la bave aux lèvres.

Deux servantes l'obligèrent à s'allonger.

— Ce sont les Thébains, ils reviennent ! La reine Ahotep, avec une épée... Des vagues submergent la capitale, le feu détruit la citadelle !

Pendant que Tany délirait, l'empereur montait lentement l'escalier qui conduisait à la plus haute tour.

Sous le déluge, il pointa sa dague vers le ciel d'encre.

— Tu es mon allié, Seth, et tu dois frapper mes ennemis !

Il y eut un éclair encore plus aveuglant que les précédents et, dans un fracas qui brisa les tympans, la foudre tomba sur la tour.

Depuis la tentative d'assassinat à laquelle il avait échappé de justesse, l'amiral Jannas bénéficiait nuit et jour d'une protection rapprochée. Désormais, Khamoudi n'aurait plus aucune chance de l'atteindre par surprise.

L'amiral n'avait pas été étonné d'apprendre que le Grand Trésorier avait pris des dispositions identiques. Il savait que Jannas savait et redoutait d'être supprimé. Entre les deux hommes débutait une lutte à mort.

— La réunion du conseil suprême est maintenue, amiral, lui confirma son aide de camp.

— Des nouvelles de l'empereur ?

— D'après les uns, il est mort foudroyé ; selon les autres, il agonise. Et certains prétendent qu'il a perdu l'usage de la parole. Amiral...

— Quoi encore ?

— La majorité des Hyksos est prête à vous obéir.

— Tu oublies Khamoudi !

— Il a ses partisans, c'est vrai, mais ils sont beaucoup moins nombreux que les vôtres. Dès qu'il le faudra...

— Attendons le conseil suprême, décida Jannas.

En dépit des peintures crétoises, brillantes et colorées, la salle du conseil demeurait froide et sinistre. Tous les grands dignitaires de l'empire étaient présents, Jannas et Khamoudi se faisant face, à proximité du modeste trône en pin de l'empereur.

Quand le médecin du palais annoncerait officiellement la mort d'Apophis ou son incapacité à gouverner, que se passerait-il ? D'aucuns pensaient que Khamoudi prendrait prétexte de sa position de Grand Trésorier pour assurer un intérim qu'il rendrait définitif, mais Jannas, le chef des forces armées, refuserait forcément cette solution.

Seul un bain de sang résoudrait l'inévitable conflit entre les deux prétendants au pouvoir. Et à ce jeu-là, l'amiral serait le plus fort.

C'est pourquoi Khamoudi, souffrant de démangeaisons que les pommades ne parvenaient pas à calmer, n'affichait pas son assurance habituelle. Bien qu'il eût acheté un maximum d'officiers supérieurs, il redoutait de ne pas sortir vivant de la citadelle.

Soudain, Apophis apparut.

Vêtu d'un manteau brun foncé, le pas lourd, l'empereur posa son regard glacial sur chacun des dignitaires avant de s'asseoir.

Tous se sentirent coupables d'avoir douté de lui, et Khamoudi retrouva le sourire.

— Seth a infligé de terribles dommages à Thèbes, déclara Apophis de sa voix rauque qui faisait frissonner le plus courageux. La ville est à moitié détruite, l'armée d'Ahotep décimée, sa marine de guerre anéantie.

— Majesté, demanda Jannas, me donnez-vous l'ordre d'attaquer les révoltés pour leur porter un coup fatal et vous ramener cette reine, morte ou vive ?

— Chaque chose en son temps, amiral. D'abord, apprenez que mon protecteur, Seth, a fait de moi un nouvel Horus. Dans les documents officiels, on m'appellera désormais « Celui qui apaise les Deux Terres ». Ensuite, Seth m'a révélé les raisons de sa colère contre Avaris : cette ville, ma capitale, abrite des traîtres, des comploteurs et des tièdes qui osent critiquer et désapprouver mes décisions. Je vais donc éliminer cette pourriture. Ensuite, amiral Jannas, nous nous occuperons d'Ahotep.

Le harem d'Avaris était un enfer. Y étaient enfermées les plus belles jeunes femmes de l'ex-aristocratie égyptienne. À n'importe quel moment, elles devaient satisfaire les désirs des dignitaires de l'empire. Si l'une d'elles tentait de se suicider, les membres de sa famille étaient torturés et déportés. Certaines s'accrochaient pourtant à cette survie, se rappelant que, naguère, un complot fomenté à l'intérieur du harem avait failli réussir. Et ne racontait-on pas que l'empereur agonisait ? Peut-être son successeur serait-il moins inhumain.

C'est en rêvant à un sort moins cruel qu'une magnifique jeune fille brune de vingt ans ouvrit la porte de la salle où ses compagnes et elle-même se maquillaient en attendant les visiteurs.

Son cri de terreur resta dans sa gorge, car le soldat hyksos lui fracassa le crâne d'un coup de masse.

— Exterminez cette vermine, ordonna l'officier à ses hommes, casqués et cuirassés comme s'ils allaient livrer un féroce combat. L'empereur a décidé de fermer ce harem où l'on murmure contre lui.

Les assassins regrettèrent de ne pouvoir profiter de ces superbes femelles avant de les massacrer. Mais les consignes d'Apophis étaient strictes.

Le cœur percé par un poignard, le grison au regard doux mourut sans comprendre ce qu'on lui reprochait. C'était le centième âne que sacrifiait le grand prêtre de Seth afin d'apaiser la fureur du dieu. Couvert de sang, il changeait de robe quand il vit venir vers lui une escouade que commandait Khamoudi.

— Suis-nous, grand prêtre.

— Mais j'ai encore des bêtes à tuer et...

— Suis-nous.

— Où m'emmenez-vous ?

— L'empereur veut te voir.

— L'empereur ! Je dois me laver, me...

— Ce n'est pas nécessaire. Et tu sais que l'empereur a horreur d'attendre.

Apophis trônait sur l'estrade installée au-dessus de ses deux distractions favorites : d'un côté le labyrinthe, de l'autre l'arène où sévissait un taureau de combat. Depuis le début de l'épuration, il passait plusieurs heures par jour à voir mourir ceux et celles qu'il avait condamnés. Les uns finissaient encornés et piétinés, les autres déchiquetés en tombant dans l'un des multiples pièges du labyrinthe.

Le grand prêtre s'aplatit devant l'empereur.

— Nous ne cessons de rendre hommage à Seth, Majesté ! Vos directives sont fidèlement exécutées.

— Parfait, grand prêtre. Mais n'as-tu pas perdu confiance en moi pendant l'orage ?

— Pas un instant, Majesté !

— Tu mens bien mal. En raison de tes hautes fonctions, je te laisse le choix : le labyrinthe ou le taureau.

— Majesté, mon obéissance est totale, et je vous assure que...

— Tu as douté de moi, le coupa Apophis. C'est une trahison impardonnable, un crime qui mérite la mort.

— Pitié, non !

Exaspéré par les sanglots du condamné, l'empereur le poussa d'un violent coup de pied qui le fit tomber dans l'arène.

Le grand prêtre courut en tournant le dos au monstre qui l'embrocha d'un seul coup de corne.

L'empereur s'intéressa à sa prochaine victime, une cuisinière du palais. L'impudente avait osé affirmer qu'Apophis était gravement malade.

Celle-là finirait dans le labyrinthe.

La suivraient des soldats, des négociants et des fonctionnaires de l'administration hyksos qui, eux aussi, avaient douté de la grandeur d'Apophis.

Quant aux Égyptiens suspects, ils étaient déportés en masse à Tjarou et à Sharouhen, sous la responsabilité de la dame Abéria dont la compétence faisait merveille.

L'opération prendrait du temps, mais Avaris finirait par être épurée.

10

Coiffée du disque solaire, les yeux flamboyants, la statue de la déesse Mout contemplait la reine Ahotep qui venait la remercier d'avoir protégé le temple de Karnak pendant l'orage dévastateur dont Thèbes se remettait avec peine.

Dès que la foudre s'était emprisonnée dans le sceptre d'or de la régente, les nuages s'étaient disloqués, la pluie avait cessé et le vent était tombé. Peu à peu, le ciel retrouvait sa sérénité, de nouveau illuminé par un soleil triomphant.

Héray rassemblait des volontaires pour effacer les traces du cataclysme. Seule arme efficace face au malheur : la solidarité. Traduction quotidienne de la déesse Maât, elle redonnait espoir aux victimes et décuplait l'efficacité de ceux qui leur venaient en aide.

Déjà riche de mille anecdotes, la légende de la reine s'embellissait de sa capacité à charmer Seth le violent et à capturer son feu ; mais Ahotep demeurait indifférente aux louanges, car elle voulait entendre le jugement de Mout. À la fois Père et Mère, Vie et Mort, l'épouse d'Amon accepterait-elle que le jeune Amosé devînt pharaon ?

Sans son assentiment, même les miracles seraient inutiles.

— Tu m'as toujours montré la voie à suivre, Mout. Amosé n'est pas seulement mon fils, il est aussi le futur pharaon. S'il n'en était pas ainsi, j'aurais cherché quelqu'un d'autre pour remplir cette fonction. Je suis persuadée que la fureur de Seth a été déclenchée par l'empereur des ténèbres afin d'empêcher le couronnement et non parce que Amosé est incapable de régner sur les Deux Terres. Mais peut-être suis-je dans l'erreur... Ton regard saura percer l'obscurité, toi qui ne m'as jamais menti. Amosé doit-il monter sur le trône des vivants ?

La statue inclina la tête vers l'avant.

Héray laissa ses cent kilos s'effondrer sur un solide siège bas. Son habituelle joie de vivre semblait altérée.

— Les dégâts sont considérables, Majesté. Il nous faudra plusieurs mois pour tout remettre en état et reconstruire le nombre de maisons nécessaire, sans oublier de bâtir à la hâte des logements de fortune.

— Le Trésor aidera les plus démunis, promit Ahotep.

— Il y a malheureusement des morts, dont plusieurs enfants.

— Chaque défunt sera inhumé rituellement, et je nommerai des prêtres du *ka* pour les faire revivre chaque jour.

— La base militaire a été gravement endommagée, révéla l'intendant Qaris. Malgré les efforts de nos marins, plus de la moitié de notre flotte a été détruite par l'ouragan.

— Que les charpentiers se mettent immédiatement au travail et qu'ils engagent un maximum d'apprentis. Jusqu'à ce que nous disposions d'une quantité suffisante de bateaux, les congés seront supprimés mais la paie doublée.

— Inutile de se voiler la face, précisa le chancelier Néshi : si les Hyksos attaquent, nous serons anéantis.

— Ils devront d'abord franchir l'obstacle que constituent nos troupes massées à la hauteur du Fayoum.

— Vous savez bien, Majesté, qu'elles ne parviendront pas à contenir une véritable offensive. Et reconstituer nos forces exigera du temps, beaucoup de temps.

— Le plus urgent, décréta Ahotep, c'est le couronnement du nouveau pharaon.

Pendant quelques jours, Thèbes décida d'oublier ses blessures, de ne pas songer au probable déferlement des Hyksos et de se consacrer aux cérémonies du couronnement dont la partie secrète se déroula dans le temple de Karnak. Le nouveau grand prêtre Djéhouty et l'Épouse de Dieu présidèrent au bon déroulement du rituel qui vit Amosé purifié par Horus et Thot, puis proclamé souverain de Haute et de Basse-Égypte par les déesses vautour et cobra.

Son premier acte de pharaon consista à offrir une

statuette de la déesse Maât au dieu Amon, le principe caché, et à jurer d'observer sa vie durant la rectitude et la justice afin que les liens entre le divin et l'humain ne soient pas rompus.

Reconnu roi par acclamation, Amosé sortit du temple pour aller à la rencontre de son peuple. Le précédaient des porteurs d'enseignes symbolisant les provinces d'Égypte dont il devait être l'unificateur.

La voix d'Ahotep proclama les noms et les devoirs du nouveau pharaon qui succédait à Kamès.

— Amosé est celui qui rassemble le Double Pays, le fils d'Amon-Râ issu de son être, l'héritier auquel le Créateur a donné son trône, son véritable représentant sur terre. Vaillant, dénué de mensonge, il nous transmet le souffle de vie, fait rayonner la royauté, établit fermement Maât et répand la joie. Il est le support du ciel et le gouvernail du navire de l'État.

Tard dans la nuit, alors que la pleine lune brillait à la verticale du temple et que la ville résonnait encore des bruits de la fête, un petit garçon de dix ans se remémorait chacune des paroles prononcées par sa mère. Balançant entre la crainte et la fierté, il venait de comprendre que son existence ne ressemblerait pas à celle des autres hommes et que, peu à peu, la fonction royale s'emparerait de tout son être.

Stèles et statues égyptiennes détruites ou dénaturées, Apophis profitait pleinement des peintures de Minos, l'artiste crétois qu'il venait de convoquer, plongeant Venteuse dans l'angoisse. Redoutable séductrice, la jeune sœur de l'empereur attirait dans son lit les dignitaires soupçonnés de ne pas approuver sans réserve la politique d'Apophis. Après avoir obtenu des confidences sur l'oreiller, Venteuse les dénonçait. Et les traîtres étaient condamnés au labyrinthe.

Croqueuse d'hommes, la superbe Eurasienne avait vécu un véritable bouleversement en tombant amoureuse de Minos. Sans cesser de jouer son rôle d'espionne, elle demeurait éprise du Crétois dont elle connaissait pourtant l'inavouable secret : prêt à tout pour regagner son pays, il complotait contre l'empereur.

Venteuse avait failli révéler la vérité au maître des Hyksos, mais c'eût été condamner son amant à une mort atroce.

Pour la première fois, elle refusait de servir l'empereur.

Mais ne finirait-il pas par la percer à jour ? Quand il la regardait, elle avait l'impression d'être prisonnière d'une toile d'araignée où elle se débattait en vain. Lorsqu'il l'aurait décidé, Apophis dévorerait ses proies, Venteuse et son amant crétois.

Pour l'heure, il s'entretenait avec Minos.

Angoissée, la jeune femme redoutait le pire. L'empereur pouvait faire torturer le peintre, le déporter, le jeter dans le labyrinthe ! Ensuite, ce serait son tour. Ce « frère », tellement plus âgé qu'elle, l'avait toujours terrorisée, bien qu'elle fût l'une des rares personnes, sinon la seule, à pouvoir s'adresser à lui avec une certaine désinvolture.

Mais Venteuse ne se faisait aucune illusion : le jour où elle ne serait plus utile à Apophis, il l'offrirait en pâture à ses officiers ou, pis encore, aux deux femmes qui la haïssaient, l'« impératrice » Tany et Yima, l'épouse du Grand Trésorier.

Venteuse serait incapable de justifier son silence. En tant que comploteur, Minos aurait dû être exécuté. Et ce n'était pas en parlant d'amour à l'empereur qu'elle pouvait espérer la moindre clémence.

Impossible d'imaginer une vie sans Minos. Dans le monde cruel et pervers où elle surnageait, il incarnait l'innocence et la vraie passion, dépourvue d'ombres et de calculs. Peintre de génie, amant sincère, il lui offrait un bonheur inespéré.

Quelles que soient les conséquences de son attitude, elle protégerait Minos. Mais était-il encore vivant ?

Venteuse dédaignait la drogue qui circulait dans la capitale et faisait la fortune de Khamoudi, ce parvenu prétentieux dont l'avidité n'avait d'égale que la cruauté. Aussi dépravé que son épouse à moitié folle, il ne se distrayait qu'en infligeant les pires sévices à de jeunes esclaves. Mais il restait le bras droit de l'empereur.

La porte de la chambre s'ouvrit.

— Minos, toi, enfin ! Tu es si pâle... Que t'a demandé Apophis ?

— Des griffons... Il veut que je peigne des griffons de part et d'autre de son trône, comme au palais de Cnossos ! Ainsi, il deviendra invulnérable.

Au bord du malaise, le peintre ne pouvait avouer

à sa maîtresse qu'il avait cru sa dernière heure arrivée.

Même dans les bras de Venteuse qui s'offrait à lui avec fougue, le Crétois se sentait encore prisonnier du regard glacial d'Apophis.

Il savait.

L'empereur savait, il s'amusait avec sa proie. Les griffons seraient probablement la dernière œuvre de Minos.

11

Minos avait commencé à dessiner les griffons et il était bien décidé à battre des records de lenteur. Aussi longtemps que l'œuvre ne serait pas terminée, il aurait la vie sauve et trouverait peut-être un moyen d'éliminer l'empereur.

Malgré leur différence d'âge, le Crétois se sentait incapable de terrasser Apophis à mains nues. Il lui aurait fallu un poignard, mais personne, pas même Venteuse, ne se présentait devant le maître des Hyksos sans avoir été fouillé.

Soudain, un vent glacial contracta les muscles de son dos.

— Ton travail n'avance pas vite, Minos, et les mois passent, remarqua l'horrible voix rauque de l'empereur.

Selon son habitude, il était apparu comme un démon surgissant des ténèbres. Nul ne l'entendait approcher.

— Majesté, hâter ma main risquerait de gâcher l'œuvre.

— J'ai besoin au plus vite de ces griffons, mon

jeune ami. Surtout, qu'ils inspirent la peur et que leur œil soit terrifiant.

En dépit des demandes répétées de Jannas, Apophis ne lancerait aucune offensive tant que les deux griffons ne seraient pas en état de défendre son trône. L'amiral piaffait d'impatience en affirmant qu'il ne fallait pas laisser le temps à Ahotep de reconstituer ses forces, mais il avait la vue trop courte. L'empereur, lui, savait que les dommages infligés aux Thébains ne seraient pas effacés avant plusieurs années. Dès que les yeux des griffons lanceraient des lueurs destructrices, dès que son pouvoir serait hors d'atteinte de tout comploteur et l'épuration achevée, Apophis réglerait définitivement le cas de la reine et des résistants.

Minos n'osait pas se retourner.

— Tu m'as bien compris, mon jeune ami ?

— Oui, oui, Majesté !

Apophis emprunta le couloir menant à la salle du conseil.

Sur le seuil, un Khamoudi excité.

— Seigneur, un message ! Un message de votre informateur !

L'espion hyksos ne s'était pas manifesté depuis longtemps, sans doute parce qu'il avait éprouvé les plus grandes difficultés à transmettre ce morceau de papyrus écrit en langage codé dont seul l'empereur possédait la clé.

À la lecture du texte, le visage d'Apophis exprima une telle haine que Khamoudi lui-même en fut impressionné.

— Ahotep a osé ! Cette maudite reine a osé faire couronner son fils, un gamin aujourd'hui âgé de onze ans qu'elle présente comme Pharaon ! L'un et l'autre seront broyés. Et nous allons d'abord semer le trouble dans leurs propres rangs.

Portant les mains à son ventre, le Grand Trésorier se tordit de douleur.

— Pardonnez-moi, Majesté, c'est un calcul de la vessie. Je ne crois pas que je pourrai assister au conseil.

— Fais-toi opérer, Khamoudi. Nous avons beaucoup de travail en perspective.

Les cheveux décolorés pour paraître blonds, de plus en plus grassouillette en raison de son goût immodéré pour les pâtisseries, la dame Yima se rongeait les ongles.

Sans son mari Khamoudi, elle était perdue. Comme d'aucuns chuchotaient que la maladie du Grand Trésorier était la conséquence d'un maléfice jeté par Apophis, le malheureux n'avait aucune chance de survivre. Après sa disparition, Yima ne perdrait-elle pas la majeure partie de sa fortune, réquisitionnée par le palais ? Certes, elle plaiderait sa cause auprès de l'impératrice Tany, mais celle-ci, constamment alitée, ne se préoccupait que de sa propre personne.

— Le chirurgien est arrivé, l'avertit son portier.

Le thérapeute était un Cananéen, comme elle, et avait bonne réputation. On le disait capable de traiter un cas semblable à celui de Khamoudi qui ne cessait de gémir.

— Mon mari est un homme très important, il faut en prendre grand soin.

— Nul n'ignore le rôle éminent du Grand Trésorier, dame Yima. Ayez confiance en ma technique.

— Est-ce vraiment... efficace ?

— Oui, mais douloureux.

— J'ai de la drogue.

Yima fit absorber à son mari un analgésique à base de pavot rose. D'ordinaire, il se contentait d'une petite quantité afin d'améliorer ses performances amoureuses mais, cette fois, la dose l'endormit...

Le chirurgien sortit de sa sacoche un tube en cartilage qu'il introduisit dans le conduit urinaire du malade jusqu'au col de la vessie.

Khamoudi ne réagit pas.

Le praticien glissa un doigt dans son anus, repéra le calcul et le poussa vers le col. Puis il souffla de toutes ses forces dans l'autre extrémité du tube afin de le dilater et aspira brusquement pour y faire passer le calcul.

Après avoir fixé un autre tube à celui qu'il venait d'utiliser, il fit descendre le calcul dans le pénis et l'ôta à la main [1].

L'esprit encore embrumé, Khamoudi entra dans le bureau de l'empereur qui achevait de rédiger un texte en hiéroglyphes.

— Comment te sens-tu, mon ami ?

— Délivré, Majesté, mais fatigué et nauséeux.

— Tu te remettras vite. Il n'existe pas de meilleur remède qu'un travail acharné, et c'est précisément celui que je compte t'offrir.

1. Description d'après *Le Voyage en Égypte d'Edward Brown*, Le Caire, 1974.

Le Grand Trésorier aurait volontiers pris quelques jours de repos, mais on ne discutait pas les ordres de l'empereur, surtout lorsqu'on avait en face de soi un adversaire aussi inquiétant que Jannas.

— Nos stocks de scarabées sont-ils bien fournis ?

— Nous en avons de toutes tailles et dans plusieurs matériaux, de la pierre à la faïence.

— Il m'en faut des milliers, Khamoudi, et j'exige qu'ils soient inscrits au plus vite. Voici le message qui doit être délivré dans un maximum de régions.

Au lieu dit le Port-de-Kamès, en mémoire du pharaon défunt, le gouverneur Emheb renforçait chaque jour son dispositif défensif grâce à l'ardeur de soldats expérimentés. Dans cette magnifique région de Moyenne-Égypte, le colosse songeait souvent à sa ville d'Edfou, au sud de Thèbes, une ville qu'il ne reverrait probablement jamais.

Si la chance lui avait souri sur le front de Cusae, elle finirait bien par l'abandonner, tant il la sollicitait. Une fois de plus, il se retrouvait en première ligne, en compagnie d'Ahmès fils d'Abana, archer d'élite et capitaine de vaisseau. À eux deux, ils savaient remonter le moral des troupes dans les pires conditions. Mais, lorsqu'il avait été informé des dégâts infligés à Thèbes par un cataclysme, le bon vivant au cou de taureau, aux larges épaules et à la panse rebondie s'était assis sur le seuil de sa tente en songeant que l'épopée d'Ahotep risquait de se terminer par un désastre.

Sans recevoir de renfort, comment Emheb pourrait-il résister à une offensive hyksos d'envergure ? L'empereur prenait son temps afin de permettre à Jannas de préparer une énorme armée qui commencerait par raser Memphis, puis détruirait sur son passage les poches de résistance dont la plus importante était celle du Port-de-Kamès, et se ruerait enfin sur Thèbes, incapable de se défendre.

— Gouverneur, lui dit Ahmès fils d'Abana, nos alliés de Memphis viennent de nous faire parvenir ces messages répandus par l'empereur.

Une dizaine de scarabées en faïence et en cornaline, portant tous le même texte, écrit en hiéroglyphes grossiers et avec des fautes que n'aurait pas commises un scribe expérimenté.

— Transmettons-les au plus vite à la régente, recommanda Emheb ; cette attaque-là pourrait bien nous être fatale.

12

« *À tout habitant du Double Pays, au nom de l'empereur Apophis, roi de Haute et de Basse-Égypte, voici ce qui doit être connu : la foudre de Seth s'est abattue sur Thèbes, la ville des révoltés. Son palais a été détruit, la reine Ahotep est morte et son fils Amosé, pharaon fantoche, a péri dans les ruines. L'armée des insoumis n'existe plus. Les survivants ont déserté. Que chacun se soumette à Apophis. Quiconque lui désobéirait serait sévèrement châtié.* »

— Personne ne doit lire ce texte ! s'enflamma le chancelier Néshi.

— Trop tard, déplora la reine Ahotep.

— Nous risquons une débandade générale, s'angoissa l'intendant Qaris. Ici, à Thèbes, vous prouverez aisément que l'empereur continue à mentir et à pratiquer une politique de désinformation, mais ailleurs... À Memphis, les résistants vont déposer les armes ! Et peut-être même au Port-de-Kamès.

— Il nous reste un moyen de contre-attaquer : je rédige sur-le-champ un court message que recopieront nos scribes sur de petits papyrus. Nous les confierons à Filou et à son escouade.

Athlète exceptionnel, choyé et décoré, Filou était le chef incontesté des pigeons messagers, capables de parcourir d'une traite mille deux cents kilomètres à une vitesse moyenne de soixante-douze kilomètres à l'heure. Blessé lors d'une mission dangereuse, il s'était parfaitement remis et passait volontiers ses fins de soirée auprès de Rieur le Jeune auquel il racontait ses souvenirs de guerrier infatigable.

Toujours capables de s'orienter en fonction du magnétisme terrestre, les pigeons étaient menacés par les rapaces et les flèches ennemies. Mais les soldats de Filou avaient appris à ruser en utilisant leur acuité visuelle très développée.

Il existait un autre danger, plus perfide. Selon Ahotep, l'espion hyksos avait naguère empoisonné l'un des messagers pour interrompre la liaison entre elle-même et son fils Kamès. Depuis l'incident, des soldats surveillaient de près le pigeonnier.

Et ce fut dans un concert de bruissements d'ailes que Filou et ses camarades s'envolèrent les uns vers le sud, les autres vers le nord, pour propager le message de la reine Ahotep.

— Ne bougez pas, recommanda Ahmès fils d'Abana aux deux soldats qui, un baluchon sur l'épaule, s'apprêtaient à déserter.

— Avec une flèche, tu ne tueras que l'un de nous ! répliqua le plus jeune.

— Tu devrais te méfier, objecta son camarade.

Il aura tiré une autre flèche avant que tu puisses l'approcher.

— Je n'ai nullement l'intention de supprimer des soldats égyptiens, précisa Ahmès fils d'Abana. Mais je déteste les lâches. Si vous faites un pas de plus, ce sera le dernier. Car je vais vous estropier et vous ne pourrez plus jamais marcher.

— Tu ne connais pas les nouvelles ? La reine est morte, il n'y a plus de pharaon, plus de Thèbes, plus d'armée de libération ! Il faut filer avant que les Hyksos déferlent.

— L'empereur est un menteur.

— Alors, pourquoi elle n'arrive pas, la reine ?

Un bruissement d'ailes intrigua l'archer qui ne cessait pas de viser les déserteurs.

Le pigeon se posa, il le reconnut : Filou, avec un message accroché à sa patte droite !

— On va réveiller le gouverneur. Passez devant.

Étant donné l'air intransigeant du tireur d'élite, les deux hommes préférèrent obéir.

Le gouverneur ne dormait pas. Lui aussi reconnut immédiatement Filou qui le contemplait de son regard intelligent et fier.

Après lui avoir doucement caressé le sommet de la tête, Emheb déroula le minuscule papyrus porteur du sceau royal, le parcourut à la hâte puis lut le texte à haute voix :

« *An deux du règne du pharaon Amosé, le troisième jour du premier mois de la deuxième saison.*

Le vil Asiatique Apophis, empereur des ténèbres et usurpateur, continue à mentir en utilisant des scarabées de propagande. La reine Ahotep, Épouse de Dieu et régente du royaume, se porte à merveille, de même que son fils aimant, le pharaon de Haute et de Basse-Égypte, Amosé. À Thèbes, les rites sont accomplis en faveur d'Amon, dieu des victoires, et l'armée de libération continue à se préparer pour terrasser les envahisseurs et rétablir le règne de Maât. »

Les deux déserteurs en restèrent bouche bée.

— Je vous l'avais bien dit, rappela Ahmès fils d'Abana.

— Bon, on a commis une grosse bourde, avoua le plus âgé. On pourrait l'oublier, non ?

— Au gouverneur Emheb de préciser le châtiment qui doit vous être infligé.

L'arc demeurait tendu, la flèche prête à jaillir. Et le gouverneur Emheb avait un regard dur et colérique qui ne présageait rien de bon.

Passant derrière les deux soldats, il leur botta les fesses avec vigueur.

— Ça suffira pour cette fois, décréta-t-il. Mais si vous recommencez à croire n'importe quelle idiotie, je laisserai Ahmès fils d'Abana s'occuper de vous.

La bataille des communiqués durait depuis plusieurs mois. À Memphis, après des mouvements de panique, les responsables de la résistance avaient réussi à maintenir un semblant de cohésion parmi leurs troupes. Inondés de scarabées hyksos que contredisaient les papyrus des pigeons messagers, citadins et paysans se rassemblaient pour en discuter.

Au début de l'an trois d'Amosé, leur conviction

fut établie : l'empereur mentait. Des officiers venus de Thèbes confirmèrent aux chefs des provinces de la zone libre que la reine Ahotep poursuivait le combat et que le jeune pharaon Amosé avait un caractère aussi déterminé que son père et son frère.

Avec un peu de chance, la nouvelle se répandrait peut-être à Avaris et dans le Delta.

— J'ai travaillé toute la journée et je suis épuisé, se plaignit Minos.

— Je vais effacer ta fatigue, promit Venteuse en lavant à l'eau parfumée le corps juvénile de son amant crétois.

Minos oublia vite les heures passées à parfaire le moindre détail des griffons en raison des exigences très précises de l'empereur et caressa avec fougue les formes parfaites de la belle Eurasienne.

C'est ensemble qu'ils parvinrent au plaisir, dans un nouvel éblouissement qui apaisa les angoisses de Venteuse et redonna de l'espoir à Minos. Mais, l'extase passée, la réalité leur sauta de nouveau au visage. Jamais Venteuse n'avouerait à son amant qu'elle l'avait espionné et qu'elle connaissait ses intentions. Jamais Minos n'avouerait à sa maîtresse qu'il voulait se débarrasser de l'empereur. Persuadé qu'Apophis l'avait démasqué et jouait avec sa proie, le peintre redoutait de ne pas survivre à ses griffons.

— Le palais ne parle que de ton nouveau chef-d'œuvre, mais personne ne l'a vu. Voilà bien longtemps que la salle du trône est inaccessible.

— Apophis n'utilisera pas les monstres avant qu'il ne les juge parfaits. Lui qui était si pressé m'oblige à rectifier mon style pour qu'il soit en plein accord avec sa vision. Ils sont terrifiants, Venteuse, j'ose à peine les contempler ! Encore davantage d'intensité dans leur regard, et j'aurai terminé. Ensuite, l'empereur les animera avec sa magie destructrice.

— Pourquoi as-tu si peur, Minos ?

— Quand tu découvriras les griffons, tu comprendras.

— Crois-tu qu'Apophis te choisirait comme leur première victime ?

Le peintre s'écarta de sa maîtresse.

— Il en est bien capable ! Sais-tu qu'Avaris bruit d'étranges rumeurs prétendant que la reine Ahotep et son fils sont toujours vivants ?

— N'écoute pas ces ragots, mon amour.

— Je veux rentrer en Crète avec toi, Venteuse. Nous nous y marierons, nous aurons des enfants et nous vivrons heureux, tout simplement.

— Oui, tout simplement...

— Le roi Minos le Grand aime les artistes. C'est lui qui m'a permis de porter son nom. Nous aurons une superbe maison, près de Cnossos, la capitale, dans un vallon ensoleillé. Puisque mon travail s'achève, parle à l'empereur. Qu'il nous laisse partir.

13

Pour parfaire sa guérison, le Grand Trésorier Khamoudi devait observer une période d'abstinence beaucoup trop longue aux yeux de son épouse. Aussi la dame Yima minaudait-elle dans les couloirs du palais à la recherche d'un mâle à la fois attirant et suffisamment discret pour ne jamais révéler leur brève liaison.

Elle bloqua le séduisant Minos qui regagnait ses appartements.

— Avez-vous terminé votre chef-d'œuvre ? lui demanda-t-elle avec un sourire enjôleur.

— C'est à l'empereur d'en décider.

— On ne parle que de vous, Minos, et de votre extraordinaire talent. J'aimerais mieux vous connaître.

— Mon travail me prend tout mon temps, dame Yima.

Elle le frôla d'un mouvement de hanches.

— Il faut aussi savoir se distraire, ne croyez-vous pas ? Je suis certaine que vous méritez mieux que les bras d'une seule femme.

Coincé dans un couloir étroit, le Crétois ne

savait comment échapper à cette blondasse de plus en plus pressante.

— Ne t'approche pas de Minos ! exigea la voix cinglante de Venteuse.

Yima ne perdit pas contenance.

— Voilà notre belle princesse ! Alors, la rumeur serait exacte : tu ne t'es pas encore lassée de lui ?

Venteuse gifla Yima, qui poussa des cris stridents de petite fille affolée.

— Retourne auprès de ton mari et ne pose jamais plus les yeux sur Minos. Sinon, je t'arrache les tiens.

L'« impératrice » Tany ne supportait ni la lumière du jour ni l'obscurité de la nuit. Aussi avait-elle fait disposer autour de son lit une dizaine de lampes dont la flamme la rassurait. Les fenêtres occultées par de lourds rideaux qui ne laissaient pas filtrer le moindre rayon de soleil, l'épouse de l'empereur se sentait en sécurité. Plus jamais elle n'oserait contempler les canaux d'Avaris qu'avaient utilisés les Égyptiens pour lancer un assaut contre la capitale hyksos.

Chaque soir, la dame Tany absorbait un somnifère à base de graines de lotus broyées en espérant ne pas être brutalement réveillée par le cauchemar qui la rendait folle : une femme d'une extraordinaire beauté anéantissait l'armée d'Apophis, brûlait l'empereur de son regard, démantelait la citadelle et réduisait l'impératrice à l'état d'esclave, obligée de baiser les pieds et les mains de ses servantes.

Son lit trempé, Tany hurlait de terreur.

— Majesté, l'avertit sa femme de chambre, la dame Yima souhaiterait vous voir.

— Cette chère et douce amie... Qu'elle entre !

L'épouse de Khamoudi s'inclina devant l'obèse, calée par des coussins. L'impératrice était la femme la plus laide de la capitale et, malgré la quantité d'onguents dont elle couvrait sa peau grasse, elle répandait une odeur nauséabonde.

Mais Yima avait besoin d'elle. Bien qu'elle ne quittât plus sa chambre, l'affreuse Tany exerçait encore une influence certaine que la femme du Grand Trésorier comptait bien utiliser.

— Comment va votre santé, aujourd'hui ?

— Toujours aussi catastrophique, hélas ! Jamais je ne me remettrai.

— Ne dites pas cela, Majesté, susurra Yima. Je suis persuadée du contraire.

— Comme tu es gentille, fidèle amie ! Mais... tu sembles contrariée ?

— Je n'ose importuner Votre Majesté avec mes petits soucis.

— Ose, je t'en prie !

Yima joua à la petite fille vexée et boudeuse.

— On m'a insultée et traînée plus bas que terre.

— Qui donc ?

— Quelqu'un de très important, Majesté. C'est pourquoi je n'ai pas le droit de révéler son nom.

— Ne me contrarie pas, Yima.

— Je suis si gênée...

— Ouvre ton cœur, ma douce amie.

Yima baissa les yeux.

— C'est le peintre Minos. Il a des allures d'enfant timide mais, en réalité, c'est un horrible bouc ! Jamais un homme ne m'avait traitée de la sorte.

— Tu veux dire que...

Yima hocha affirmativement la tête, Tany l'embrassa sur le front.

— Pauvre chérie ! Raconte-moi tout.

Aidée par l'intendant Qaris, Téti la Petite tenait à se rendre à la salle du conseil où étaient réunis l'amiral Lunaire, le supérieur des greniers Héray, le chancelier Néshy et les deux commandants des troupes d'élite, le Moustachu et l'Afghan. Comme le jeune roi Amosé, ils avaient le visage grave.

Ahotep aida sa mère à s'asseoir.

— Les nouvelles du Port-de-Kamès sont mauvaises, révéla la reine. Les soldats sont déprimés, et même le gouverneur Emheb ne parvient plus à leur redonner courage. Dès la première offensive hyksos, ce sera la débandade. C'est la raison pour laquelle il m'apparaît indispensable de renforcer le front avec la quasi-totalité de l'armement dont nous disposons.

— Notre flotte est loin d'être reconstituée, rappela le chancelier Néshi. Si nous envoyons nos bateaux et nos troupes au Port-de-Kamès, Thèbes restera sans défense.

— Seulement en apparence, rectifia Ahotep, car les Hyksos ne perceront pas nos lignes, à condition que nous ayons le temps de les consolider. Et s'ils y parviennent, c'est que nous serons tous morts. Mais te voilà devenu bien prudent, Néshi ; naguère, tu aurais été le premier à approuver cette stratégie.

— Je l'approuve, Majesté, et sans la moindre

réserve. Entourer Thèbes d'une muraille ne servirait à rien. Il est indispensable, en effet, de prendre un nouvel élan et de porter le conflit le plus loin possible vers le nord, quels que soient les risques.

Peu à leur aise dans les joutes oratoires, l'Afghan et le Moustachu se contentèrent d'acquiescer. À l'idée de piétiner du Hyksos, ils oubliaient l'évidente supériorité de l'adversaire.

— La reine Ahotep a raison, déclara Téti la Petite. Il faut éloigner le danger de Thèbes et protéger la personne de Pharaon qui doit croître en sagesse, en force et en harmonie.

Du regard, le jeune Amosé fit comprendre à sa mère qu'il n'avait rien à ajouter.

— Héray et Qaris, précisa Ahotep, vous êtes chargés de la sécurité du pharaon. Vous disposerez de la garde habituelle du palais et de renforts que je choisirai moi-même. Si nous sommes vaincus au Port-de-Kamès, un pigeon messager vous fera parvenir l'ordre de partir avec le roi afin qu'il puisse continuer la lutte.

L'œuvre était si effrayante que Minos n'osait pas la contempler. En se faisant violence, il avait réussi à rendre insupportable le regard des griffons. On aurait juré que les deux monstres encadrant le trône de l'empereur étaient prêts à bondir et à déchiqueter quiconque tenterait de s'en approcher.

— Encore un petit effort, exigea la voix rauque d'Apophis, et ce sera parfait. Dans l'œil gauche, il manque cette nuance de cruauté qui rendra mes deux gardiens tout à fait impitoyables.

Après avoir avalé sa salive, le peintre posa la question qui le hantait.

— Quel sera mon prochain travail, seigneur ?

— Toi et tes compagnons, vous décorerez les palais des villes du Delta. Grâce à vous, les dieux de l'Égypte disparaîtront les uns après les autres. Partout, on subira les épreuves du taureau et du labyrinthe, et nul ne songera à se révolter contre moi.

Ainsi, l'empereur laissait la vie au peintre afin qu'il continue son œuvre de propagande. Minos ne reverrait jamais la Crète.

Abandonnant l'artiste, Apophis gagna la petite pièce creusée au centre de la forteresse. Nul ne pouvait entendre ce qui s'y disait.

L'empereur s'assit lourdement sur un siège en bois de sycomore.

Deux gardes introduisirent l'amiral Jannas.

— Referme la porte, Jannas.

Malgré son habitude des combats et de la mort, l'amiral était impressionné par le lieu et par cet homme qui savait se servir de sa laideur comme d'une arme menaçante.

— Es-tu satisfait de notre nouveau dispositif de sécurité, amiral ?

— Oui, seigneur. Plus aucun raid égyptien ne pourra réussir, Avaris est hors d'atteinte.

— Mais cela ne te suffit pas...

— En effet. J'estime toujours nécessaire d'attaquer le front ennemi, de l'enfoncer et de détruire Thèbes.

— L'heure est venue, Jannas. Lance une première vague d'assaut.

14

Le gouverneur Emheb était émerveillé.

Émerveillé par la noblesse de la reine Ahotep dont l'apparition, à la proue du navire amiral, avait transformé des soldats épuisés et désespérés en rudes combattants décidés à mourir pour elle. Émerveillé aussi par l'ampleur du dispositif qui faisait du Port-de-Kamès une véritable base militaire, apte à contenir une poussée hyksos.

Avec sa minutie habituelle, l'amiral Lunaire avait formé un imposant barrage de bateaux de guerre. Les spécialistes du génie creusaient des fossés sur les berges. Dissimulés par des branchages recouverts d'herbe et de terre, ils piégeraient les chars hyksos. Les archers se disposeraient en plusieurs lignes afin d'abattre les intrépides qui réussiraient à franchir les premiers obstacles. De plus, sous l'impulsion de Néshi, de nombreuses tentes de bonne qualité avaient été dressées à l'ombre des sycomores et des palmiers tandis que des maçons bâtissaient une caserne. Quant au Moustachu et à l'Afghan, ils soumettaient leurs troupes d'élite à un entraînement intensif. Et la reine mettait en œuvre un autre grand projet : creuser des canaux de dérivation dont le rôle pourrait s'avérer décisif.

Sur les étendards, le signe de ralliement des résistants : un disque lunaire dans une barque qui servait à écrire la première partie du nom d'Ahotep, « le dieu Lune », celui qui donnait la force nécessaire pour combattre. *Hotep*, « la paix », seconde partie du nom, n'était encore qu'un rêve.

Lorsque la souveraine élevait l'épée d'Amon devant l'armée recueillie et confiante, chaque soldat se sentait invincible. Illuminée par le soleil de l'aube, la lame flamboyait. Jaillissant de ce foyer lumineux d'une intensité insoutenable, de puissants rayons touchaient les cœurs.

Et le gouverneur Emheb admirait de plus en plus cette reine qu'il avait connue adolescente, passionnée et intransigeante, et dont la foi en la liberté ne cessait de croître.

— Comment Thèbes est-elle défendue, Majesté ?

— Il n'y a plus un seul bateau, plus un seul régiment, et la base militaire est presque vide. C'est ici que tout se jouera, Emheb. Aucun Hyksos ne doit franchir le Port-de-Kamès.

Le rôle d'espion n'était décidément pas facile à tenir, surtout en face d'un adversaire de la taille d'Ahotep. Faire parvenir un message à Avaris présentait de sérieuses difficultés, mais se posait, au préalable, une question particulièrement épineuse : quelles informations transmettre ?

La reine avait eu l'intelligence de répartir les tâches en assignant à chaque responsable une mission bien précise, mais elle seule connaissait le plan d'ensemble.

L'abandon de Thèbes n'était-il pas un leurre ? Le Port-de-Kamès deviendrait-il vraiment le premier poste avancé ou servirait-il de base arrière pour une offensive dans le Delta ? À ces questions, et à beaucoup d'autres, l'espion était incapable de répondre. Et pourquoi l'empereur n'attaquait-il pas, sinon parce qu'il rencontrait à Avaris des difficultés qui le clouaient sur place ?

Miser sur la patience et guetter le bon moment : en appliquant cette stratégie, l'espion avait déjà réussi à supprimer deux pharaons, Séqen et Kamès.

Aussi la prudence lui recommandait-elle de ne pas en changer.

Le condamné, un officier de charrerie qui avait osé émettre des critiques sur l'attentisme de l'empereur, venait de franchir la troisième porte du labyrinthe.

Un authentique exploit.

Échappant à des pièges mortels, il se montrait aussi astucieux que rapide. Aussi une lueur d'intérêt brillait-elle dans les yeux d'Apophis.

Devant la quatrième porte, un arceau de troènes, était étalée de la terre rouge. Le condamné s'aperçut qu'elle était truffée de morceaux de verre qui, s'il avait couru, se seraient plantés dans ses pieds. Évitant ce traquenard, il prit son élan et parvint à s'agripper à l'arceau. En se balançant, il prendrait de la vitesse et sauterait au-delà de la zone dangereuse.

Telle fut son erreur.

Dans la verdure était dissimulée une lame à double tranchant qu'il saisit à pleines mains. Sous l'effet de la douleur, il la lâcha et tomba à plat dos sur les morceaux de verre. La nuque transpercée, il se vida de son sang.

— Encore un incapable, constata Apophis. T'es-tu un peu amusée, Venteuse ?

Assise à la droite de l'empereur, la belle Eurasienne assistait au spectacle d'un œil distrait. L'officier qu'elle avait envoyé à la mort n'était pas un bon amant.

— Il m'est difficile d'oublier mes tracas.

— Quels sont-ils ?

— Minos t'a donné pleine satisfaction. Pourquoi ne pas le laisser repartir en Crète ?

— Parce que j'ai encore besoin de son talent.

— Ses camarades d'atelier n'en manquent pas !

— Minos est différent, tu le sais bien.

— Et si je supplie l'empereur de m'accorder cette faveur ?

— Ton amant de cœur ne quittera jamais l'Égypte.

Les dieux avaient-ils créé plus beau chef-d'œuvre que le corps de Féline ? Avec elle, le Moustachu oubliait la guerre, cette guerre qui l'avait conduit loin vers le sud pour y rencontrer cette Nubienne aux longues jambes ambrées.

Grâce à sa connaissance des plantes médicinales, Féline sauvait de nombreux blessés. Nommée à la tête du service des urgences et considérée comme une héroïne, elle attirait le regard des soldats qui, en raison du caractère de son mari, ne s'autorisaient ni geste ni parole déplacés.

En entrant dans la résistance, le Moustachu s'était pourtant juré de ne pas s'attacher à une femme. Étant donné les maigres chances de survie de ceux qui combattaient en première ligne, mieux valait, comme l'Afghan, passer d'une maîtresse à une autre.

C'était sans compter avec la magie de Féline et son entêtement. Une fois le Moustachu choisi, elle s'était montrée aussi possessive qu'une liane. Mais comme cette prison-là était délicieuse !

S'écartant de lui, Féline le regarda avec des yeux moqueurs.

— À quoi penses-tu, en ce moment ?

— Mais... à toi !

— Pas seulement. Dis-moi la vérité.

Le Moustachu observa le plafond de la cabine du bateau où les amants passaient des heures enfiévrées.

— Le danger approche.

Féline ne souriait plus.

— Aurais-tu peur ?

— Bien sûr. À un contre dix, ce ne sera pas facile. On peut même affirmer que c'est perdu d'avance.

— Tu oublies la reine Ahotep !

— Qui pourrait l'oublier ? Sans elle, Apophis aurait conquis toute l'Égypte depuis longtemps. Nous mourrons pour la Reine Liberté et aucun de nous ne le regrettera.

On frappa à la porte de la cabine.

— C'est moi, l'Afghan.

Féline s'enveloppa dans un châle de lin.

— Entre, dit le Moustachu.

— Désolé de vous importuner, mais ça bouge. Jannas et ses troupes ont quitté Avaris pour se diriger vers le sud. Dans les faubourgs de Memphis, l'amiral a eu une mauvaise surprise : les réseaux de résistance avaient anéanti les postes de garde hyksos.

— La population va se faire massacrer !

— C'est certain, mais les Memphites ont réussi à freiner la progression de Jannas et à nous avertir.

— La reine compte-t-elle leur envoyer des renforts ?

— Seulement deux régiments : le tien et le mien.

— Nous aussi, on va se faire massacrer.

— Ça dépendra de notre mobilité : le but de la manœuvre consiste à attirer les Hyksos vers le Port-de-Kamès. Poursuivre des fuyards et les exterminer, n'est-ce pas tentant ? Évidemment, si on rate notre coup, on y passe.

Le Moustachu s'habilla avec lenteur.

— Distribue de la bière forte à nos soldats.

— C'est déjà fait, répondit l'Afghan. Maintenant, on va leur expliquer.

— Les explications, ça ne sert à rien. Ils se contenteront de mourir en héros, comme leurs chefs.

— Ne cède pas au pessimisme, le Moustachu.

— Ne me dis pas qu'on a connu pire !

— Je ne te le dirai pas.

— Je viens avec vous, déclara Féline.

— Pas question, rétorqua le Moustachu. Et c'est un ordre.

Ils s'étreignirent longuement, persuadés qu'ils s'embrassaient pour la dernière fois.

15

Venteuse avait eu tort de supplier l'empereur et de dévoiler son attachement à Minos. En tentant de lui offrir le bonheur dont il rêvait, elle le mettait en danger. Aussi estimait-elle nécessaire d'avouer à Minos qu'elle connaissait ses véritables intentions afin qu'il cesse de comploter contre Apophis. Ensemble, ils apprendraient à supporter la réalité.

La nuit était tombée depuis longtemps, mais le peintre crétois n'avait toujours pas poussé la porte de la chambre de sa maîtresse, perdue dans ses pensées.

Nerveuse, elle s'engagea dans le couloir menant à l'atelier du Crétois.

Vide.

Cherchant ses collègues, elle les trouva à la salle à manger qui leur était réservée, mais Minos ne dînait pas avec eux.

Inquiète, Venteuse courut jusqu'à la chambre du peintre.

Vide, elle aussi.

Désemparée, elle interrogea plusieurs gardes. En vain.

Méthodiquement, elle explora la citadelle.

Et ce fut dans une remise où l'on entreposait des coffres à linge qu'elle le découvrit.

Minos avait été pendu à un crochet de suspension suffisamment solide pour supporter son cadavre.

Jannas se présenta devant le Grand Trésorier Khamoudi. L'un et l'autre étaient accompagnés de leurs gardes du corps. L'amiral se serait bien passé de cette démarche, mais c'était Khamoudi qui versait la solde des militaires et, avant d'entreprendre la conquête de Thèbes, il fallait bien faire un point précis de la situation.

Jannas et Khamoudi se dispensèrent de formules de politesse.

— L'armée hyksos compte deux cent quarante mille hommes, rappela l'amiral. Je ne compte dégarnir ni la Syro-Palestine, ni les villes du Delta, ni, bien entendu, la capitale. Je partirai donc avec cinquante mille soldats auxquels vous verserez immédiatement une prime exceptionnelle.

— L'empereur est-il d'accord ?

— Il l'est.

— Je dois vérifier, amiral. En tant que responsable des finances publiques, je ne m'autorise aucune erreur.

— Vérifiez, et vite !

— En votre absence, je suis chargé de la sécurité d'Avaris. Distribuez les consignes pour que l'ensemble des forces armées m'obéisse sans discuter.

— C'est aux ordres de l'empereur qu'elles doivent obéir.

— C'est bien ainsi que je l'entendais.

Quand Jannas inspecta les corps d'armée, il eut la désagréable surprise de constater que nombre d'officiers et de soldats étaient devenus des habitués de la drogue vendue par Khamoudi. Certains n'en seraient peut-être que plus ardents au combat, mais la plupart avaient perdu beaucoup de leur vigueur. Néanmoins, la supériorité de l'armement hyksos était telle que les Égyptiens ne sauraient résister bien longtemps.

Les faubourgs de Memphis réservaient une autre mauvaise surprise à Jannas : des séries d'embuscades dans lesquelles périrent des centaines de Hyksos. Frondes et arcs des résistants, aussi mobiles que des guêpes, se révélaient d'une redoutable efficacité, et le déferlement des chars, souvent bloqués dans les ruelles, fut presque inutile. Aussi Jannas décida-t-il de reprendre maison après maison, puis de détruire toutes celles qui abritaient des révoltés.

Le nettoyage des abords de la grande cité lui prit plusieurs semaines, tant ses adversaires étaient déterminés. Même cernés, ils refusaient de se rendre et préféraient mourir les armes à la main.

— Ces gens sont fous, lui dit son aide de camp.

— Non, ils nous haïssent. L'espoir qu'entretient la Reine Liberté leur insuffle un courage presque surnaturel. À sa mort, ils redeviendront des moutons.

— Amiral, ne conviendrait-il pas d'oublier Memphis et d'aller vers le sud ?

— Les Memphites sortiraient de leur ville et nous attaqueraient dans le dos.

Les portes de la « Balance des Deux Terres » refusèrent de s'ouvrir quand Jannas se présenta devant elles. Autrement dit, les résistants s'estimaient capables de soutenir un siège.

Jannas l'organisait quand son aide de camp lui annonça l'offensive de régiments égyptiens en provenance du sud.

— Ils viennent prêter main-forte aux insurgés, amiral ! Et ce ne sont pas des amateurs. Notre avant-garde a été exterminée.

Le commandant en chef des forces hyksos prenait conscience que sa tâche serait beaucoup moins facile que prévu. Peu à peu, les Égyptiens apprenaient l'art de la guerre et ils disposaient d'une force non négligeable : la volonté de libérer leur pays.

— Il faut empêcher ces régiments de pénétrer dans Memphis, estima Jannas. Qu'une partie de nos troupes encercle la ville et que l'autre me suive.

Ni le Moustachu ni l'Afghan n'étaient des généraux ordinaires qui se conformaient à un protocole bien établi, adoptaient un plan de bataille rigide et observaient, de loin, leurs hommes se faire tuer. De leur passé de clandestins habitués à survivre dans les pires conditions, ils avaient gardé le sens de l'intervention ponctuelle et destructrice. Aussi fractionnaient-ils leurs troupes pour qu'en cas d'échec les pertes ne soient pas irrémédiables.

La discipline trop stricte des Hyksos avait été le meilleur atout des commandos égyptiens, frappant en vagues successives après avoir éliminé les officiers et coulé le bateau de tête. D'aucuns auraient souhaité exploiter leur avantage en poussant plus loin l'offensive, mais le Moustachu avait donné l'ordre de battre en retraite à bord de rapides voiliers.

— Dix morts et vingt blessés dans nos rangs, annonça l'Afghan. Et on leur a causé un maximum de dégâts. Si tout se passe bien, Jannas devrait nous pourchasser.

— Nos archers tueront les barreurs, et nos nageurs de combat perceront des trous dans les coques, à commencer par moi.

— Ne te crois pas plus fort que tu n'es, le Moustachu, et n'oublie pas que tu dois d'abord commander.

Pendant quelques heures, les deux hommes se demandèrent si Jannas n'allait pas d'abord raser Memphis avant de s'en prendre à eux.

Mais en plein midi, les premières voiles des lourds bateaux hyksos apparurent.

Plus un seul mot ne fut prononcé. Chacun savait ce qu'il avait à faire.

L'éclaireur hyksos s'immobilisa.

Chargé de repérer toute présence suspecte sur la rive et d'alerter aussitôt le bateau de tête, il se sentait de plus en plus mal à l'aise.

Pourtant, personne en vue et rien de suspect.

Rien, sauf un bosquet de tamaris dont les branches remuaient sous l'effet du vent. Mais elles remuaient un peu trop, comme si des ennemis tentaient de s'y dissimuler. Pourquoi s'y prenaient-ils si mal ?

L'éclaireur s'allongea sur la piste et observa.

Dans les tamaris, plus aucun signe de vie. Ce n'étaient donc que des caprices du vent.

Le Hyksos continua son exploration, tout en se retournant à plusieurs reprises. La campagne paraissait tranquille, aucune embarcation ne circulait sur le fleuve. Les Égyptiens s'étaient enfuis comme des lapins en direction du sud, mais ils n'échapperaient pas à l'armée de Jannas.

L'éclaireur grimpa au sommet d'un palmier pour signaler au collègue qui inspectait l'autre rive que tout allait bien.

Le même message parvint au bateau de tête, qui poursuivit sa lente progression.

Le Moustachu attendit qu'il fût à portée de tir pour déclencher l'intervention de ses archers pendant que l'Afghan et ses hommes éliminaient les éclaireurs.

Mais la réaction hyksos fut si prompte que les Égyptiens ne durent leur salut qu'à une retraite précipitée. Plusieurs flèches sifflèrent aux oreilles de l'Afghan, qui vit tomber près de lui deux jeunes soldats.

— Nos embuscades ne provoquent que des égratignures, déplora le Moustachu. Même s'il subit quelques pertes, Jannas s'en moque. Il a décidé d'avancer, et nous sommes incapables de l'en empêcher.

16

Memphis encerclée et réduite à l'impuissance dans l'attente d'une destruction totale que l'empereur différait pour mieux plonger ses habitants dans l'angoisse, l'armée de Jannas qui s'enfonçait vers le sud, l'épuration en bonne voie... Apophis ne manquait pas de motifs de satisfaction. Quant à la mort de Minos, elle n'était qu'un incident. Ses collègues crétois exécuteraient le programme décoratif prévu par l'empereur.

Apophis savait que le crime avait été commis par la dame Abéria sur l'ordre de l'« impératrice ». Comme Minos complotait un peu contre lui et qu'il l'aurait, un jour ou l'autre, envoyé dans le labyrinthe, l'empereur ne sanctionnerait pas son épouse.

Venteuse s'inclina devant le maître des Hyksos.

— J'aimerais solliciter une faveur.

— Oublie ce peintre, il n'était pas digne de toi.

— J'aimerais rapatrier son corps en Crète.

Apophis fut intrigué.

— Étrange projet... Quelles sont tes véritables intentions ?

— D'une part, éviter l'éventuelle colère du roi de Crète en lui affirmant que la mort de son artiste préféré était tout à fait naturelle ; d'autre part, le séduire et coucher avec lui pour connaître ses pensées et en faire mon esclave.

Un mauvais sourire anima le visage de l'empereur.

— Tu veux t'attaquer à un roi... Pourquoi pas ? Comme tu es à l'apogée de ta beauté, tu as toutes les chances de réussir. Me débarrasser du cadavre de Minos et l'utiliser comme une arme contre les Crétois, c'est une belle idée. Je mets un bateau à ta disposition.

Filou se posa sur le pont du bateau amiral, juste devant Ahotep. Après l'avoir félicité et caressé, la reine prit connaissance du message dont il était porteur.

Sa lecture terminée, elle réunit son conseil de guerre.

— Bonne nouvelle : bien qu'encerclée, Memphis résiste et retient une partie des troupes de Jannas. Mauvaise nouvelle : les pièges que lui tendent l'Afghan et le Moustachu se révèlent peu efficaces. C'est une armée puissante et bien équipée qui progresse vers nous.

— Si je vous comprends bien, Majesté, avança le gouverneur Emheb, vous êtes persuadée que notre front ne tiendra pas.

— Il faut qu'il tienne.

— Tout est prêt pour contenir un assaut, affirma le chancelier Néshi. Jannas ne s'attend certainement pas à une forte opposition. Il nous imagine déjà en fuite vers Thèbes.

En provenance du sud, un autre pigeon messager se posa sur le pont. Ahotep identifia l'un des adjoints de Filou, chargé des liaisons avec le palais royal.

Le court texte fit pâlir la reine.

— Je dois regagner Thèbes immédiatement. Ma mère est mourante.

Profitant de l'absence de l'amiral Jannas, le Grand Trésorier Khamoudi avait invité à dîner les officiers supérieurs en poste dans la capitale afin de leur offrir une belle quantité de drogue, une propriété dans le Delta, des chevaux et des esclaves, le tout en échange d'une coopération sans faille.

Que Jannas tente d'écraser l'ennemi selon les directives de l'empereur, quoi de plus nécessaire ? En revanche, l'amiral ne devait pas s'enflammer, vider les garnisons du Delta et désorganiser les défenses d'Avaris. Il revenait au Grand Trésorier d'assurer la sécurité de l'empereur et celle de la capitale en évitant des aventures déraisonnables. Désormais, tout ordre proféré par l'amiral ne serait plus exécuté sans l'assentiment de Khamoudi.

Aucun officier supérieur n'avait repoussé les avances du Grand Trésorier. Ainsi le terrain perdu était-il reconquis. En s'assurant l'amitié de militaires de haut rang, Khamoudi sapait l'autorité de Jannas et diminuait le nombre de ses partisans.

Aussi rentra-t-il chez lui d'excellente humeur, avec l'envie de déguster un plantureux repas.

Mais découvrir Venteuse dans l'antichambre de

sa villa lui coupa l'appétit. Il y avait tant de mépris dans le regard de la belle Eurasienne qu'il en frissonna.

— J'aimerais voir votre épouse, dit-elle d'une voix posée.

— Elle... elle se trouve au chevet de la dame Tany.

— Je l'attendrai aussi longtemps qu'il le faudra.

— Désirez-vous... un rafraîchissement ?

— Ce ne sera pas nécessaire.

— Asseyez-vous confortablement, je vous en prie !

— Je préfère rester debout.

Khamoudi était incapable de soutenir le regard de Venteuse qui n'avait plus rien de celui d'une séductrice. Par chance, son épouse fit une entrée tonitruante en réclamant sa femme de chambre.

— Venteuse ! Quelle heureuse surprise, mais...

— C'est toi qui as ordonné l'assassinat de Minos.

— Comment... Comment oses-tu...

— Tu as demandé la tête de l'homme que j'aimais et tu l'as obtenue. C'est pourquoi tu te crois toute-puissante. Tu te trompes, Yima. Tu n'es qu'une folle et tu périras comme telle.

La dame Yima sauta au cou de son mari.

— Écoute-la, chéri, elle me menace !

Gêné, Khamoudi devait à la fois calmer sa femme et ne pas heurter la sœur de l'empereur.

— Tout cela n'est qu'un malentendu, et je suis sûr que...

Le regard de Venteuse flamboya.

— Les assassins et leurs complices seront châtiés, promit-elle. Le feu du ciel s'abattra sur eux.

Lentement, l'Eurasienne sortit de la villa, indifférente à la crise d'hystérie qui tordait le corps de la dame Yima.

D'un coup de pied, l'amiral Jannas retourna le cadavre de l'archer égyptien que ses hommes venaient enfin d'abattre. Perché dans un sycomore, le tireur d'élite avait tué de nombreux Hyksos.

— Les autres sont-ils neutralisés ?

— Il n'en reste plus qu'un, amiral, répondit son aide de camp. Son compte sera bientôt réglé.

Jannas regardait brûler les voiles des trois bateaux de tête qui avaient été gravement endommagés et menaçaient de sombrer.

— Amenez-moi les capitaines.

Les trois officiers saluèrent l'amiral.

— Vous connaissiez les risques, rappela Jannas. Pourquoi n'avez-vous pas pris les précautions nécessaires ?

— L'adversaire est habile, répondit le plus expérimenté. Nous n'avons commis aucune erreur.

— Inexact. Vous avez été vaincus par moins fort que vous, et c'est indigne d'un Hyksos. Ce sont vos marins qui ont évité un désastre. Je choisirai donc parmi eux les nouveaux capitaines. Quant à vos cadavres, ils orneront la proue de vos bâtiments et prouveront à l'ennemi que nous savons punir l'incompétence.

Se détournant des condamnés, Jannas procéda aussitôt aux nominations.

— Sur terre comme sur le fleuve, le chemin est

dégagé, annonça l'aide de camp. Nous pouvons progresser sans crainte.

— Voilà ce que les Égyptiens veulent nous faire croire, objecta Jannas, et ils ont sacrifié beaucoup d'hommes courageux pour y parvenir. Après nous avoir attaqués à la manière des guêpes, ils feignent de renoncer et misent sur notre crédulité. Embuscades et escarmouches n'étaient que la préparation du véritable piège préparé de longue date. Nous allons donc immobiliser la flotte et scruter chaque pouce de terrain jusqu'à ce que nous ayons décelé leur véritable dispositif.

17

Le bateau de la reine avait battu des records de vitesse. À peine touchait-il le quai de Thèbes qu'Ahotep descendait la passerelle installée à la hâte. Une chaise à porteurs l'emmena aussi rapidement que possible au palais royal où l'accueillit l'intendant Qaris, visiblement bouleversé.

— Ma mère est-elle encore vivante ?

— Elle agonise, Majesté.

Le jeune pharaon Amosé vint à la rencontre d'Ahotep.

— Je n'ai pas quitté le chevet de ma grand-mère, révéla-t-il. Elle m'a parlé de mes devoirs et de la nécessaire solitude du roi. Mais elle m'a promis d'être toujours présente auprès de moi lorsque la peur m'envahira. Sa seule crainte, mère, était de ne pas vous revoir.

Ahotep poussa lentement la porte de la chambre de Téti la Petite.

La très vieille dame avait réussi à quitter son lit pour s'asseoir face au soleil couchant. Il lui restait si peu de vie qu'elle osait à peine respirer.

— Je suis là, murmura Ahotep en posant sa main sur celles de sa mère.

— Comme je suis heureuse... J'avais supplié la déesse de l'Occident de patienter jusqu'à ton retour. Les Hyksos ont-ils attaqué ?

— Pas encore.

— Ils commettent l'erreur de te laisser organiser notre défense... Car tu triompheras, Ahotep. Tu es née pour libérer l'Égypte et tu remporteras cette victoire pour nous tous, pour ceux qui sont morts et pour les générations à venir.

Bien que d'une extrême faiblesse, la voix demeurait claire.

— Sais-tu ce qu'est la vie, ma fille chérie ? Les sages ont inscrit la réponse dans les hiéroglyphes. La vie est le nœud de la ceinture qui sépare et relie notre être pensant et notre être animal. Elle est aussi le lacet de la sandale qui nous permet de marcher et d'avancer, le miroir dans lequel nous contemplons le ciel, la fleur qui s'épanouit. La vie, c'est l'oreille qui entend la voix de Maât et nous rend vivants, et l'œil qui donne la faculté de créer. Toutes ces qualités, tu les possèdes, Ahotep, et tu dois les utiliser pour faire réellement renaître un pharaon sur le trône des vivants. Jamais je n'ai douté de toi, car ton cœur ignore la bassesse et la petitesse. Tu as su survivre au malheur, le feu de l'espérance nourrit ton âme. Moi, je vais me reposer dans la mort, Mout, la mère divine. Et si le tribunal de l'au-delà m'accorde de renaître, mon *ka* renforcera le tien. Peux-tu me mettre un peu de crème douce sur les joues et de l'ocre rouge sur les lèvres ? Je n'aimerais pas partir négligée.

Le temps qu'Ahotep revienne de la pièce où Téti la Petite rangeait ses produits de beauté, la reine mère était morte. Dans un ultime souci d'élégance, elle n'avait pas souhaité que sa fille entendît son dernier soupir.

Selon son vœu, Ahotep la maquilla avec soin.

Ahotep fit parfumer le palais royal comme il ne l'avait jamais été. Les dieux n'étaient-ils pas formés des essences subtiles ? Les douces odeurs enchantèrent le nez de Téti la Petite dont le corps avait été momifié selon les anciennes règles. Djéhouty, le grand prêtre d'Amon, dirigea la veillée funèbre au cours de laquelle la défunte, grâce aux formules de glorification, devint à la fois une Hathor et un Osiris.

Comme pour les grands initiés, le cœur de chair de Téti la Petite fut remplacé par un scarabée de pierre serti d'or. Principe des transmutations dans l'au-delà, il ne témoignerait pas contre elle dans la salle du jugement et lui garantirait une éternelle jeunesse.

En tant qu'Épouse de Dieu, Ahotep présida la cérémonie des funérailles de sa mère, cette femme extraordinaire qui avait empêché Thèbes de mourir et participé à chaque étape de la guerre de libération. Si différentes l'une de l'autre, Téti la Petite et Ahotep n'avaient pas eu coutume de se répandre en confidences. Mais elles se comprenaient d'un regard, orientant toujours le navire dans la même direction.

Quand la porte de la demeure d'éternité fut scellée, Ahotep se sentit si seule qu'elle eut la tentation de renoncer à une lutte inégale dont l'issue n'était que trop prévisible. Mais c'eût été trahir sa famille et se rendre indigne de tout un peuple qu'elle avait convaincu de se battre sans faiblir.

— Je n'oublierai jamais grand-mère, promit Amosé. Quand nous aurons chassé l'envahisseur, nous lui rendrons un grand hommage.

Emmenant avec elles l'âme justifiée de Téti la Petite, des centaines d'hirondelles survolaient la nécropole de la rive ouest de Thèbes. Demain, à l'aube, elle ressusciterait avec le nouveau soleil.

— Pendant votre absence, mère, je n'ai pas été inactif. D'abord, je lis beaucoup ; ensuite, j'observe les gens ; enfin, je recrute.

Ahotep fut étonnée.

— Qui recrutes-tu ?

— De nouveaux soldats, répondit Amosé. Puisque toutes nos forces doivent être concentrées au Port-de-Kamès, Thèbes ne saurait rester passive. J'inspecte régulièrement le chantier naval où nos menuisiers construisent de nouveaux bateaux de guerre et je parcours les faubourgs et la campagne pour engager des volontaires. Les officiers de la garde royale les forment, Héray les loge et les nourrit. C'est bien ainsi que mon père et vous-même avez créé notre premier régiment, n'est-ce pas ? Bientôt, Thèbes ne sera plus sans défense.

L'adolescent n'en était plus tout à fait un. En lui, déjà, la fonction commençait à dévorer l'individu.

— Je suis fière de toi, Amosé.

Soudain, le jeune pharaon parut contrarié.

— J'ai été victime d'un vol : on m'a dérobé une paire de sandales de cérémonie. C'est l'intendant

Qaris qui s'en est aperçu, mais il est impossible de préciser à quel moment ce larcin a été accompli, car je n'avais plus utilisé ces sandales depuis le couronnement.

— Soupçonnes-tu quelqu'un ?

— Non, mère. Des dizaines de personnes auraient pu s'introduire dans la pièce où elles étaient rangées.

Simple vol ou nouveau forfait commis par l'espion ? Nuire au pharaon, l'éliminer comme ses prédécesseurs : tel demeurait son unique but.

— Lors de tes déplacements, prends-tu les précautions nécessaires ?

— Autant que faire se peut.

— La porte de ta chambre est-elle gardée pendant la nuit ?

— Uniquement par des hommes que j'ai choisis.

— À part ce vol, aucun incident grave ?

— Aucun.

Ahotep et Amosé durent réconforter Qaris qui, pour la première fois depuis que Téti la Petite l'avait nommé intendant du palais, se sentait incapable de remplir les devoirs de sa charge.

— Je suis trop vieux, Vos Majestés. Remplacez-moi par un homme jeune et vigoureux.

— Téti la Petite est irremplaçable, déclara la reine, et toi aussi, Qaris. En pleine guerre, comment te trouver un successeur ? Ce palais doit continuer à vivre. Qui d'autre que toi saurait veiller sur le juste accomplissement des rituels quotidiens ? Tout ce que tu sais, tu dois le transmettre au roi Amosé.

— Vous pouvez compter sur moi, Majesté.

La mère et le fils passèrent la soirée au bord du lac sacré du temple de Karnak. En ces lieux où régnait l'esprit des dieux, comme tout conflit paraissait impossible !

— Viens souvent ici, recommanda Ahotep, afin de te détacher de la réalité immédiate et de la survoler, comme si tu étais un oiseau. Étends ta pensée comme il déploie ses ailes et contemple l'eau du *Noun* où la vie est née et où elle retournera quand les temps seront accomplis. L'instant est ton royaume, Amosé, l'éternité ta nourrice ; cependant, c'est ici et maintenant que tu devras combattre les forces des ténèbres.

— Dès demain, vous repartez pour le Port-de-Kamès ?

Ahotep serra tendrement contre elle ce petit homme que mille morts menaçaient.

— Dès demain, en effet. Continue à recruter et ne tolère aucun relâchement sur le chantier naval.

— Sans grand-mère, tout sera plus difficile.

— Ce n'est que le début de tes épreuves, Amosé.

18

Venteuse était la seule passagère du bateau à ne pas être morte de peur pendant la traversée entre la côte égyptienne et la Crète. Les deux premiers jours de navigation s'étaient déroulés sans encombres mais la tempête avait transformé les trois suivants en enfer. Même le capitaine avait vomi, et trois hommes d'équipage étaient passés par-dessus bord.

Indifférente à la fureur de la mer, Venteuse ne songeait qu'à Minos, au bonheur intense vécu en sa compagnie, aux heures de plaisir qu'elle se remémorait minute après minute. Son amant lui semblait tout proche et, pourtant, elle ne le serrerait plus jamais dans ses bras.

L'officier crétois qui accueillit la sœur de l'empereur se contenta de brèves formules de politesse et l'emmena au palais royal de Cnossos où résidait Minos le Grand. Pas un instant Venteuse n'observa le paysage.

Elle ne s'intéressa pas davantage au monumental palais du roi de Crète, un vieillard barbu et imposant assis sur un trône en pierre qu'encadraient deux griffons peints.

La vision des deux animaux fantastiques la fit sortir de sa torpeur. Ils étaient à la fois splendides et inquiétants, mais ne portaient pas la marque du génie de son amant.

Venteuse s'aperçut que la salle de réception était remplie de dignitaires aux coiffures soignées, comportant de longues mèches ondulées et d'autres courtes et bouclées. Tous étaient fascinés par sa beauté.

— Je te ramène le corps du sculpteur Minos auquel tu avais accordé l'honneur de porter ton nom.

— Comment est-il mort ?

— Roi de Crète, je désire te parler seule à seul.

Des murmures de protestation s'élevèrent contre l'insolente.

— Majesté, intervint l'un des conseillers, ne prenez aucun risque !

Minos le Grand sourit.

— Si tu redoutes qu'une si belle femme ne soit animée de mauvaises intentions, fouille-la.

— Que personne ne me touche, ordonna Venteuse. Tu as ma parole que je ne possède pas d'armes.

— Elle me suffit, trancha Minos le Grand. Sortez tous.

Le roi quitta son trône.

— Allons nous asseoir sur cette banquette, proposa-t-il à Venteuse.

Le regard de la jeune femme était perdu dans le vide.

— À quoi sert tant de beauté lorsque l'âme est remplie de désespoir ? interrogea le monarque.

— J'aimais le peintre Minos. Je voulais vivre avec lui, ici, en Crète.

— Dois-je comprendre que sa mort n'était pas naturelle ?

— Il a été assassiné, avoua Venteuse, les traits crispés par la souffrance.

Le roi laissa s'écouler un long moment.

— Connais-tu le coupable ?

— Une tueuse aux ordres de l'épouse du Grand Trésorier et de celle de l'empereur. Et surtout, Apophis en personne ! Rien ne peut être accompli sans son autorisation. Il a laissé tuer Minos parce que ce dernier complotait contre lui afin de pouvoir revenir en Crète. Il m'a été impossible d'empêcher ce crime.

— Je déplore ces agissements, reconnut le monarque, mais à quoi bon protester ?

— Il faut détruire les Hyksos, déclara Venteuse avec gravité.

— Le chagrin ne t'égare-t-il pas ?

— Je suis venue te révéler deux secrets d'État. Le premier est la profonde discorde entre le bras droit et âme damnée de l'empereur, le Grand Trésorier Khamoudi, et le commandant en chef des armées, l'amiral Jannas. Khamoudi et Jannas se haïssent et ne songent qu'à s'entre-déchirer. Jannas est un soldat compétent et féroce, mais Khamoudi lui mettra des bâtons dans les roues, même au détriment de la sécurité de l'empire.

— Quelle importance, puisque la puissance militaire hyksos est invincible ?

— Le second secret d'État, c'est qu'elle ne l'est plus. Thèbes s'est révoltée, et les troupes commandées par la reine Ahotep font preuve d'un extraordinaire courage. Depuis que son jeune fils Amosé a été couronné pharaon, l'Égypte reprend force et vigueur. Ahotep n'a qu'un idéal : libérer son pays.

— Elle n'a aucune chance d'y parvenir !

— L'armée de son fils aîné, Kamès, a bien réussi à franchir toutes les lignes hyksos et à s'emparer de trois cents bateaux dans le port d'Avaris.

Le roi de Crète fut stupéfait.

— Tu... tu n'exagères pas ?

— Allie-toi avec Ahotep et ne procure plus aucune aide aux Hyksos. Si tu n'agis pas ainsi, la Crète sera détruite, tôt ou tard.

— Ne plus être le vassal de l'empereur... Ne serait-ce pas signer mon arrêt de mort ?

— Pas si ton alliance avec Ahotep aboutit à sa victoire.

Minos le Grand se leva.

— J'ai besoin de réfléchir. Mon chambellan va te conduire à tes appartements.

Pendant qu'une cohorte de serviteurs s'occupait de la belle Eurasienne, le roi réunit ses proches conseillers et leur fit part des révélations de Venteuse.

— Cette femme est folle, jugea l'ambassadeur chargé de présenter les tributs à Apophis. Elle couche avec quantité de dignitaires hyksos pour obtenir leurs confidences et les dénoncer à l'empereur si elle les soupçonne de la moindre réserve à son égard. Pourquoi se serait-elle éprise de Minos le peintre au point de détester son propre peuple ?

— Elle m'a paru sincère.

— C'est un leurre, Majesté. Elle cherche à vous séduire, vous aussi, afin de connaître vos intentions et de vous attirer les foudres d'Apophis. Ni Jannas ni Khamoudi ne lui désobéiront. Quant à cette reine Ahotep, elle n'est qu'un trublion dont la révolte sera châtiée avec la dernière cruauté.

Les autres conseillers approuvèrent.

Le roi de Crète semblait hésiter.

— Dans un premier temps, décida-t-il, il faut nous débarrasser d'elle. J'écrirai à Apophis que son bateau a chaviré au large de nos côtes et que, malgré nos efforts, nous n'avons pu repêcher son corps. Pour le reste, nous aviserons.

Le commandant de charrerie chargé d'encercler Memphis observait le dixième assaut qu'il lançait contre la grande cité au mur blanc. Certes, il s'était emparé de la plupart des faubourgs au prix d'un combat acharné, maison après maison ; certes, les Égyptiens subissaient de lourdes pertes, mais ils continuaient à tenir bon !

La ville entière s'était soulevée, persuadée que la Reine Liberté volerait à son secours. Memphis finirait par tomber, mais le siège durerait longtemps. Aussi le commandant avait-il envoyé des messages à l'amiral Jannas et au Grand Trésorier Khamoudi pour réclamer des renforts. Avec quelques milliers de soldats en plus, il forcerait plus aisément les portes de la cité.

La réponse de Jannas avait été négative : engagé

dans la reconquête du Sud, l'amiral ne se priverait d'aucun homme. Mais le réservoir de fantassins du Delta était tel que le commandant ne doutait pas de l'accord du Grand Trésorier.

Aussi fut-il étonné par le message officiel, rédigé au nom de l'empereur. La sécurité d'Avaris étant prioritaire, il devait résoudre seul le problème de Memphis. Le manque de provisions ne viendrait-il pas à bout de l'obstination des révoltés ?

Sous peine d'exaspérer ses supérieurs, le commandant ne pouvait insister. Il exécuterait donc les ordres à la lettre, comme tout bon Hyksos, et prendrait le temps qu'il faudrait pour renverser la muraille blanche de Memphis et mettre à mort tous ses habitants.

19

Lors de l'accostage du vaisseau amiral, tous les soldats du Port-de-Kamès poussèrent des cris de joie. La Reine Liberté était de retour et, à la tête des forces égyptiennes dont elle décuplerait le potentiel, la jeune femme saurait briser l'élan hyksos avant de reprendre l'offensive.

Depuis le choix du site comme base militaire, son aspect avait bien changé. Des installations en dur remplaçaient les tentes, des quais en pierre facilitaient le déchargement des denrées, un chantier naval assurait la maintenance des bateaux de guerre.

— Où en sommes-nous ? demanda Ahotep au gouverneur Emheb.

— Tout est prêt, Majesté.

— L'amiral Lunaire est-il satisfait de son dispositif ?

— Il l'a renforcé au maximum.

— Ne perdons pas un instant pour déployer nos hommes. D'après le dernier message de Filou, l'amiral Jannas approche.

Le dernier accrochage avec les régiments commandés par l'Afghan et le Moustachu avait été particulièrement violent. Certes, l'armée de Jannas remportait victoire sur victoire et poursuivait sa lente progression vers le sud, mais elle avait perdu deux bateaux de plus et subi des pertes non négligeables.

Chacun se félicitait de la prudence de l'amiral. Les Égyptiens lui livraient bataille aux endroits les plus inattendus en utilisant de petites unités vouées à une mort certaine.

— L'ennemi ne manque pas de courage, reconnut-il devant ses officiers. Soyez certains que les résistants ne rendront pas les armes et qu'ils se battront jusqu'au dernier.

— L'ennui, amiral, rappela son aide de camp, c'est que nous ignorons toujours l'endroit exact où Ahotep a massé le gros de ses troupes. Nos éclaireurs sont systématiquement éliminés, aucun d'eux n'est revenu pour nous procurer l'information. À mon avis, la reine s'est repliée jusqu'à Thèbes. C'est là-bas qu'elle nous attend.

— Elle risquerait gros, objecta Jannas : à la fois la défaite militaire et la destruction de sa capitale. Non, c'est loin de Thèbes, certainement en Moyenne-Égypte, qu'elle a consolidé sa ligne de défense principale. Je sens que nous sommes près du but.

C'est avec des lambeaux de régiments que l'Afghan et le Moustachu, exténués, arrivèrent au Port-de-Kamès.

Féline s'occupa aussitôt des blessés dont certains, trop gravement atteints, ne survivraient pas. Par bonheur, le Moustachu ne souffrait que d'une plaie à la jambe et de multiples contusions que les baumes de la Nubienne guériraient aisément.

La reine Ahotep reçut les deux hommes dans son petit palais dont la pièce principale était une chapelle où avait été déposée l'épée d'Amon.

— Désolé, Majesté, dit l'Afghan, mais nous n'avons pu que freiner Jannas. Et à quel prix...

Le Moustachu était aussi penaud que son compagnon.

— Vous avez parfaitement rempli votre mission, jugea Ahotep. Grâce au temps précieux que vous avez gagné, nous avons creusé les canaux de dérivation.

Un maigre sourire anima le visage fatigué des deux guerriers.

— Alors, constata le Moustachu, nos hommes ne sont pas morts pour rien !

— Au contraire, ils ont joué un rôle essentiel. Si vous n'aviez pas réussi à retarder Jannas, nous n'aurions eu aucune chance de le vaincre.

— Nous avons tué beaucoup de Hyksos et endommagé leur flotte, précisa l'Afghan, mais ils nous sont encore largement supérieurs en nombre et en matériel.

— D'après vous, quand Jannas attaquera-t-il ?

— Il est devenu tellement méfiant qu'il avancera à pas comptés, répondit le Moustachu. Il faut continuer à supprimer ses éclaireurs pour que l'amiral découvre le Port-de-Kamès au dernier moment. D'après moi, il ne sera pas ici avant trois semaines.

— Tel est également mon avis, confirma l'Afghan.

Trois semaines s'étaient écoulées depuis le dernier accrochage sérieux avec les Égyptiens. Les Hyksos persistaient pourtant à progresser avec une extrême lenteur. Sur le Nil, pas le moindre bateau. Quant aux villages des bords du fleuve, ils avaient été abandonnés.

— Il est évident que l'ennemi a battu en retraite, estima l'aide de camp. Ne devrions-nous pas accélérer l'allure en direction de Thèbes ?

— Nous ignorons la position exacte de l'adversaire. Autrement dit, les Égyptiens préparent encore des embuscades. Nous hâter serait suicidaire. Mieux vaut gagner pouce de terrain après pouce de terrain.

— Voilà plusieurs jours que nous n'avons rencontré aucune opposition !

— C'est bien ce qui m'inquiète. Les Égyptiens doivent se regrouper pour tenter de nous barrer le passage.

Ce fut à la sortie d'une courbe du Nil que Jannas découvrit la muraille de bateaux dressée par l'amiral Lunaire à la hauteur du Port-de-Kamès.

Le Hyksos en saliva d'aise. Enfin, une vraie bataille !

Avec froideur, il analysa la situation. Sur les rives, des palmiers et des buissons de tamaris. Sans doute des archers égyptiens s'y dissimulaient-ils. Face à lui, l'essentiel de la flotte ennemie, composée de bâtiments plus rapides mais plus légers que les siens.

— Amiral, regardez ! C'est elle !

À la proue d'un navire, dont l'étendard était orné du disque lunaire dans sa barque en forme de croissant, se dressait une femme coiffée d'un diadème en or, vêtue d'une robe rouge et tenant l'épée d'Amon qui scintillait sous le soleil.

La reine Ahotep... Ce ne pouvait être qu'elle, en effet.

— Elle nous défie et cherche à nous attirer, estima Jannas. Le milieu du barrage va s'ouvrir, nous nous engouffrerons dans la nasse et nous serons pris au piège. Habile, mais insuffisant... Ahotep m'a sous-estimé, et cette erreur lui sera fatale.

— Quels sont vos ordres, amiral ?

— Nous lançons l'attaque sur toute la largeur du fleuve et nous percutons la totalité du barrage flottant. Le choc sera terrible et les corps à corps féroces, mais l'effet de surprise jouera en notre faveur.

— Et nos chars ?

— Gardons-les en réserve pour écraser Thèbes.

Les lourds bâtiments hyksos se déployèrent avec lenteur.

Comprenant que leur stratégie était éventée, les Égyptiens n'allaient-ils pas se disperser, devenant des proies faciles ?

Aucun mouvement ne se produisit.

« Cette reine a du cran, pensa Jannas, elle préfère mourir plutôt que de reculer. Une belle folie, mais une folie. »

Abrités derrière des boucliers, les archers hyksos étaient prêts à répliquer à leurs adversaires égyptiens. À leur grande surprise, ils n'eurent pas à essuyer le moindre tir.

Sous le regard étonné de Jannas, les bâtiments de sa flotte, à l'exception de ceux qui transportaient des chars, avançaient paisiblement vers le barrage flottant qu'ils détruiraient sans difficulté.

Soudain, les deux rives semblèrent se déchirer. Sciés à leur base, des palmiers tombèrent sur les attaquants et de grands bouquets de tamaris furent écartés pour dégager des canaux de dérivation dans lesquels attendaient de nombreuses barques qui se ruèrent sur les Hyksos.

Bataille d'archers, flèches enflammées, grappins pour l'abordage, mêlées furieuses où beaucoup d'hommes mouraient, intervention des bateaux maniables et rapides d'Ahotep, plusieurs unités hyksos immobilisées, incendiées et coulées...

Les lèvres blanches, Jannas ordonna le repli.

20

Le roi Amosé n'était plus un enfant. Devenu un jeune homme dont la prestance en imposait à quiconque, il prouvait chaque jour davantage ses aptitudes à la fonction de pharaon. Moins athlétique que son frère aîné Kamès, il apparaissait cependant comme un monarque déterminé dont le sérieux et la puissance de travail étonnaient ses proches.

Se contentant d'un conseil très restreint formé de l'intendant Qaris, du chancelier Néshy et du supérieur des greniers Héray, Amosé avait pris la mesure de la province thébaine et des territoires voisins dont l'agriculture était florissante. Grâce à une rigueur administrative dont il se portait garant, le roi pouvait non seulement nourrir la population mais aussi alimenter le front et même faire des réserves en prévision d'une mauvaise crue.

Les dommages causés par la colère de Seth n'étaient qu'un mauvais souvenir. Sous l'impulsion d'Amosé, un intense programme de reconstruction avait permis de reloger rapidement les plus démunis dont les conditions d'existence s'étaient améliorées de manière sensible. D'ici quelques mois, tous les Thébains auraient soit une maison soit un appartement convenable. Une nouvelle cité naissait, plus agréable à vivre.

Presque chaque jour, le roi se rendait au chantier naval où les charpentiers travaillaient avec ardeur, conscients qu'ils détenaient sans doute la clé de la victoire future. L'Égypte aurait besoin de nombreux bateaux de guerre, son arme principale contre les Hyksos. Amosé connaissait chaque artisan, se préoccupait de sa famille et de sa santé. Dès qu'il voyait l'un d'eux à la limite de ses forces, il l'obligeait à prendre du repos. Mais il se montrait impitoyable avec les truqueurs et les malades imaginaires, condamnés à des corvées. Au cœur de la guerre, le monarque ne tolérait aucune forme de lâcheté.

Comme promis à sa mère, Amosé se préoccupait de la défense de Thèbes. Parcourant la campagne et les villages, il avait réussi à former une petite armée de volontaires prêts à se battre jusqu'à la mort pour empêcher les Hyksos de détruire la cité du dieu Amon.

Le roi ne se faisait aucune illusion sur l'efficacité de cette modeste troupe, mais son existence contribuait à juguler la peur des Thébains et leur permettait de croire encore en un avenir meilleur. Comme son père avant lui, Amosé formait de vrais soldats sur la base militaire de Thèbes en prévision des affrontements futurs.

Le monarque se trouvait précisément dans une bourgade du sud de Thèbes pour engager de nouvelles recrues lorsque retentit un appel au secours, à quelques pas de lui.

Toujours accompagné des mêmes gardes qu'il avait lui-même choisis, Amosé pénétra dans la ferme d'où provenaient les cris.

De leurs fouets, deux sergents recruteurs menaçaient une jeune fille d'une éblouissante beauté.

— Que se passe-t-il ici ? demanda le roi.

— Cette traîtresse refuse de nous révéler l'endroit où se cache son frère ! Vous nous avez donné l'ordre de vérifier l'état civil de chaque habitant de la province, Majesté, et nous l'exécutons.

— Explique-toi, exigea Amosé en regardant droit dans les yeux l'accusée, qui ne baissa pas les siens.

— Mes parents sont morts. Mon frère aîné et moi nous occupons de la ferme qu'ils nous ont léguée. S'il est enrôlé de force, comment pourrai-je m'en occuper seule ?

— Personne n'est enrôlé de force dans mon armée. Mais ton frère n'est peut-être qu'un fuyard. Comment savoir si tu dis la vérité ?

— Sur le nom de Pharaon, je le jure !

— Sortez, ordonna Amosé aux sergents recruteurs sans cesser de contempler la jeune femme.

Élancée, d'une élégance naturelle, fière, elle avait l'allure d'une reine.

— Tu te trouves précisément devant Pharaon. Quel est ton nom ?

— Néfertari [1].

— Néfertari, « la Belle entre les belles »... Ce nom n'est pas usurpé.

1. Son nom de règne sera Ahmès-Néfertari. La première Grande Épouse royale de Ramsès II reprendra le nom de Néfertari.

Le compliment ne fit pas rougir la jeune femme.

— En ce qui concerne mon frère, Majesté, quelle décision prenez-vous ?

— Puisque tu m'as donné ta parole, il continuera à s'occuper de sa ferme. Pour un homme seul, c'est une trop lourde tâche. Aussi ai-je décidé de lui accorder l'aide de deux paysans qui seront rémunérés par mon administration.

Enfin, elle exprima une émotion.

— Majesté, comment vous remercier...

— En quittant cette demeure et en m'accompagnant au palais.

— Au palais, mais...

— Ton frère n'a plus besoin de toi, Néfertari, et ta place n'est plus ici.

— M'interdiriez-vous de le revoir ?

— Bien sûr que non ! Mais nous sommes en guerre, et chacun d'entre nous doit remplir sa fonction du mieux qu'il le peut.

— La mienne ne consiste-t-elle pas à aider mon frère ?

— À présent, elle consiste à aider ton roi.

— De quelle manière ?

— Une femme qui sait gérer un domaine possède forcément des qualités d'organisatrice. J'ai besoin de quelqu'un pour superviser les ateliers de tissage qui fabriquent les voiles de nos navires de guerre et seconder l'intendant Qaris dont les forces déclinent. C'est une lourde responsabilité, mais je te crois capable de l'assumer.

Un sourire d'une infinie douceur illumina le visage de Néfertari.

— Donc, tu acceptes ?

— Je ne connais rien au protocole, Majesté, je...
— Tu apprendras vite, j'en suis sûr.

Le cortège royal approchait de Thèbes lorsque le chef de la garde s'immobilisa. Aussitôt, plusieurs soldats entourèrent le pharaon et Néfertari.

— Qu'y a-t-il ? demanda Amosé.

— Une sentinelle devait nous attendre à cet endroit, Majesté. Son absence est anormale, je vous propose d'envoyer des éclaireurs.

— Ne nous séparons pas, objecta le roi.

— Majesté... Aller plus loin serait peut-être dangereux !

— Je dois savoir ce qu'il en est.

Chacun pensait au déferlement des troupes hyksos et au sac de Thèbes dont les rues seraient jonchées de cadavres. Pas un bâtiment n'échapperait aux flammes.

— Aucune fumée en vue, Majesté.

Le premier poste de garde qu'ils rencontrèrent avait été déserté, lui aussi. Ses soldats s'étaient-ils enfuis ou précipités vers la ville afin de prêter main-forte à leurs camarades ?

Néfertari tendit l'oreille.

— J'entends des chants qui montent de la ville.

Ils se rapprochèrent.

C'étaient bien des chants, et des plus joyeux !

Apparut un officier qui courait à perdre haleine.

Les gardes d'Amosé brandirent leurs lances.

— Majesté, s'écria l'officier, nous venons de recevoir un message du Port-de-Kamès : la reine Ahotep a mis les Hyksos en fuite !

21

Coiffé de son bonnet strié, Jannas comparut devant l'empereur dont le teint était d'une pâleur inquiétante.

— J'exige la vérité, amiral.

— La moitié de ma flotte a été détruite au Port-de-Kamès, mais notre charrerie est intacte, et j'ai infligé des pertes sévères à l'ennemi. Néanmoins, une contre-attaque est prévisible. Aussi suis-je favorable à l'anéantissement de Memphis.

— Il y a plus urgent, amiral. La résistance de cette maudite cité a suscité des émules. Plusieurs villes du Delta s'agitent contre nos milices. Interviens immédiatement.

À la sortie de la forteresse d'Avaris, Jannas croisa un Khamoudi irrité. Encadrés par leurs gardes du corps, les deux hommes se défièrent du regard.

— Votre campagne n'a pas été brillante, amiral. Vous deviez écraser les troupes égyptiennes, mais la reine Ahotep est toujours vivante.

— Pourquoi n'avez-vous pas envoyé des renforts à mon subordonné qui assiège Memphis ?

— Parce que l'empereur ne le voulait pas.
— Lui en avez-vous vraiment parlé ?
— Je ne vous permets pas de mettre ma parole en doute, amiral !
— Vous n'avez jamais eu de parole, Khamoudi. Aujourd'hui, c'est la sécurité même de l'empire qui est en cause, et c'est à moi de l'assurer. Ne vous mettez plus en travers de ma route, sinon...
— Sinon quoi ?
Dédaigneux, Jannas poursuivit son chemin.

— Vous avez remporté une magnifique victoire, Majesté, dit l'amiral Lunaire à la reine Ahotep. Dommage que Jannas n'ait pas ordonné le débarquement de ses chars qui seraient tombés dans les fosses creusées sur les berges.
— Victoire est un terme excessif, jugea la reine devant son conseil de guerre. Nous avons perdu beaucoup de marins et de bateaux, et Jannas est indemne.
— Cette fois, Majesté, observa le gouverneur Emheb, l'ennemi n'a pas subi que des égratignures ! C'est bien Jannas en personne que vous avez contraint à reculer. Qui aurait pu imaginer un tel résultat lorsque nous avons commencé à nous battre ?
— Les dernières nouvelles en provenance du Delta ne sont pas mauvaises, ajouta l'amiral Lunaire. Une partie de Memphis résiste au siège hyksos, et plusieurs autres cités sont prêtes à se soulever.
— Trop tôt, beaucoup trop tôt ! estima le Moustachu. L'empereur fera massacrer les résistants !

— Ne pouvons-nous au moins secourir Memphis ? suggéra l'Afghan.

— C'est indispensable, estima la reine. Nous fournirons de la nourriture et des armes aux Memphites afin de créer là-bas un nouvel abcès de fixation.

— C'est notre spécialité, affirma l'Afghan. Avec le Moustachu, nous mobiliserons tous les réseaux de résistance et nous pourrirons la vie des assaillants. À partir de maintenant, ils ne passeront plus une seule nuit tranquille. Leurs aliments et leur eau seront empoisonnés, leurs patrouilles attaquées, leurs sentinelles exécutées.

D'abord, quelques jeunes gens téméraires tuèrent deux policiers hyksos qui voulaient les jeter en prison. Ensuite, des femmes se joignirent à eux pour lutter contre les miliciens chargés de les déporter à Tjarou. Enfin, la population des faubourgs de Bubastis, armée de hachettes et de faucilles, se rua sur la caserne dont les occupants furent piétinés.

Tout à la joie de ce triomphe inespéré, les résistants firent la fête en brûlant les vêtements des tortionnaires qu'ils avaient abattus. Demain, c'est toute la ville qui se soulèverait !

Et puis, au petit matin, il y eut des hennissements de chevaux, de plus en plus intenses. Des ordres claquèrent comme des coups de fouet, secs et précis.

— Les chars de Jannas ! cria un gamin, décomposé.

Dans les vastes plaines du Delta, comme celle

où était implantée Bubastis, personne ne pouvait résister à l'arme fatale des Hyksos.

Après s'être brièvement concertés, les jeunes Égyptiens allèrent au-devant des centaines de chars parfaitement alignés et, de manière ostensible, jetèrent leurs armes.

— Nous avons commis une folie, clama l'un d'eux, et nous implorons le pardon !

Soumis, ils s'agenouillèrent.

— Une victoire sans combattre, constata l'aide de camp de Jannas.

— Avec ou sans armes, les révoltés sont des révoltés, estima l'amiral. Les laisser en vie serait un signe de faiblesse qui se retournerait contre nous.

Jannas leva le bras et l'abaissa brutalement pour ordonner l'assaut.

Indifférents aux cris de leurs victimes, les chars hyksos les écrasèrent. Et l'amiral Jannas appliqua la même stratégie à Athribis, à Léontopolis et dans toutes les autres villes où des insensés avaient osé se rebeller contre l'empereur.

Entouré de pirates libyens et chypriotes qui garantissaient sa sécurité, le Grand Trésorier Khamoudi était particulièrement fier de son nouveau manteau à franges. Les bénéfices dégagés par la vente de drogue ne cessaient d'augmenter et d'accroître ainsi son immense fortune. Mais son succès pouvait être menacé par l'amiral Jannas dont l'échec, au Port-de-Kamès, n'avait pas entamé la popularité ! À n'y rien comprendre, comme si la majorité des officiers supérieurs était incapable d'admettre que ce militaire borné les menait à leur perte.

Khamoudi n'avait pas encore réussi à corrompre l'un des membres de l'état-major de Jannas ou de sa garde rapprochée. Tous étaient des soldats qui bataillaient depuis longtemps à ses côtés et croyaient en l'avenir de leur chef. Mais Khamoudi finirait bien par déceler un maillon faible.

Conformément aux instructions de l'empereur, Jannas venait d'exterminer les révoltés qui avaient semé le trouble dans plusieurs cités du Delta. L'armée entière ne jurait plus que par lui et, ce matin même, il serait publiquement félicité par Apophis pour services rendus à l'empire. Oubliée, l'humiliante défaite du Port-de-Kamès, oubliée, la reine Ahotep qui continuait à défier les Hyksos ! Si les dignitaires devenaient sourds et aveugles, qui d'autre que Khamoudi pourrait sauver l'empire ?

Lui, seul à être conscient des vrais périls, allait néanmoins être contraint de baisser la tête devant Jannas !

Son secrétaire lui apporta un message confidentiel et urgent en provenance de la forteresse hyksos qui surveillait les pistes menant aux montagnes d'Anatolie.

Dès la fin de sa lecture, Khamoudi demanda audience à l'empereur qui conversait avec l'amiral.

— De mauvaises nouvelles, Majesté, de très mauvaises nouvelles !

— Parle devant Jannas, exigea Apophis.

— Les montagnards anatoliens se sont de nouveau révoltés et ont attaqué notre principale forteresse. Son commandant réclame des secours d'urgence.

— Je l'avais prédit, Majesté, rappela l'amiral. Jamais ils ne se soumettront. Si nous voulons être débarrassés d'eux, il faudra les tuer jusqu'au dernier.

— Pars immédiatement éteindre cette rébellion, ordonna l'empereur.

— Et... la reine Ahotep ?

— Le Delta est pacifié, Avaris imprenable. Grâce à mon espion, j'ai obtenu le moyen de bloquer la reine et son roitelet dans leur réduit. Aujourd'hui, rien n'est plus important que de reprendre le contrôle total de l'Asie.

22

Contrairement à ce qu'espéraient de nombreux soldats, la reine Ahotep ne marcha pas sur Avaris mais se contenta de fournir l'assistance nécessaire à Memphis afin que les résistants de la grande cité continuent à tenir tête aux Hyksos.

Depuis plusieurs nuits, le ciel était tourmenté, l'énergie ne circulait plus normalement. Le message du dieu Lune ne présentait aucune ambiguïté : une menace pesait sur le roi Amosé. Sans nul doute, Apophis venait de lui jeter un sort.

— Me permettez-vous de rentrer enfin à Edfou, Majesté ? demanda le gouverneur Emheb dont la lourde carcasse paraissait fatiguée.

— Tu sais bien que non, répondit Ahotep avec douceur. Sur qui d'autre compter pour être sûre qu'il n'y aura aucun relâchement au Port-de-Kamès ? Je suis persuadée que Jannas ne contre-attaquera pas de sitôt. Tout en restant vigilant, tu pourras peut-être t'octroyer un peu de repos en prévision des combats futurs.

Le sourire de la reine était si envoûtant qu'Emheb n'insista pas.

— Je dois retourner à Thèbes, précisa-t-elle. Dès que nous serons prêts, nous prendrons l'offensivc.

— Je serai à vos côtés, Majesté.

Thèbes aurait volontiers célébré la victoire du Port-de-Kamès avec éclat, mais comment faire la fête lorsque le roi était souffrant ? Les médecins ne comprenaient pas pourquoi le jeune monarque ne parvenait plus à poser le pied par terre sans être victime d'une insupportable douleur. Aucun onguent ne le soulageait, et le diagnostic était pessimiste : une maladie inconnue que l'on ne pouvait pas guérir.

En dépit de ce lourd handicap, Amosé ne ralentissait pas son rythme de travail. Dès que nécessaire, ses gardes le soulevaient, et il continuait à parcourir la campagne pour recruter de nouveaux soldats. Ni les conseils de modération de l'intendant Qaris ni ceux d'Héray n'étaient écoutés ; pourtant, le pharaon s'affaiblissait de jour en jour. Seule le réconfortait la présence de Néfertari, si discrète mais si efficace qu'elle avait conquis le cœur de tout le personnel du palais. Aider cette merveilleuse jeune femme à découvrir les us et coutumes de la cour donnait à Qaris une nouvelle jeunesse.

— Votre mère arrive, annonça-t-il.

— Nous la recevrons dans la grande salle d'audience, décida Amosé.

Sur les quais, c'était la liesse. Dès que la reine Ahotep foula de nouveau le sol de la capitale, son chemin fut jonché de fleurs par les Thébains, enthousiastes à l'idée d'acclamer l'héroïne qui avait remporté une incroyable victoire sur les Hyksos.

À l'entrée du palais, les dignitaires formaient une haie d'honneur. Quand Ahotep pénétra dans la salle d'audience, le pharaon Amosé inclina la tête en signe de vénération.

— Hommage vous soit rendu, ma mère, vous qui venez, une fois de plus, de sauver l'Égypte. L'esprit d'Amon est en vous, il vous guide. À travers moi vous sont offerts l'amour, le respect et la confiance du peuple des Deux Terres.

Émue aux larmes, Ahotep se prosterna devant le pharaon.

— Redressez-vous, je vous en prie. C'est à nous tous de nous prosterner devant la Reine Liberté.

Après qu'eut été célébré un long et intense rituel à Karnak, au cours duquel l'Épouse de Dieu prononça les paroles qui conviaient Amon à s'incarner dans les pierres du temple et dans le cœur des êtres, la mère et le fils se retrouvèrent en tête à tête.

Amosé ne dissimula rien de ses souffrances et de la dégradation de son état de santé.

— C'est l'espion d'Apophis qui t'a volé tes sandales, estima Ahotep. Il les a fait parvenir à l'empereur pour qu'il les envoûte et empêche la vie de circuler dans tes pieds.

— Comment agir ?

— Le grand prêtre Djéhouty connaît les formules de Thot qui détruiront cet envoûtement. Afin que chaque partie de ton corps soit désormais protégée, je t'appliquerai les amulettes de résurrection.

Datant de l'époque des grandes pyramides, ces formules ouvraient au voyageur ressuscité les chemins de l'au-delà, qu'ils fussent de feu, d'eau, d'air ou de terre. Sur la plante des pieds du roi, le grand prêtre dessina la forme des sandales aptes à parcourir tous les espaces. Et Ahotep, après avoir magnétisé la nuque du monarque, assura la sauvegarde de chacun de ses centres vitaux.

Pouvoir marcher sans éprouver la moindre douleur fut, pour Amosé, une nouvelle naissance. Le sang circula normalement dans son organisme, et son énergie habituelle l'anima de nouveau.

— Je te dois la vie une troisième fois, dit-il à sa mère. Après m'avoir mis au monde et couronné pharaon, tu me redonnes ma vitalité.

— Tu es l'avenir de l'Égypte, Amosé, et l'empereur ne s'y est pas trompé. Dis-moi... Quelle est cette merveilleuse jeune femme qui te dévore des yeux ?

— Ainsi, tu l'as déjà remarquée !

— Il faudrait être plus aveugle qu'un aveugle.

— Si tu y consens, mère, j'aimerais qu'elle devienne la Grande Épouse royale.

— Est-ce une décision longuement mûrie ?

Amosé hésita.

— Non, je l'ai prise en un instant.

— Comment s'appelle-t-elle ?

— Néfertari. C'est une fille de paysans, mais elle est née pour être reine.

Ahotep découvrait un nouveau visage de son

fils. Lui, si patient, si maître de lui, si sérieux, était donc capable d'un tel élan !

Le long silence de la reine inquiéta Amosé. Bien sûr, elle avait déjà jugé Néfertari. Et si elle s'opposait au mariage, comment devrait-il réagir ? Imaginer son existence sans la femme qu'il aimait lui était impossible, mais se priver du soutien de la reine Ahotep tout autant.

— Ne devrais-tu pas t'entretenir avec elle, mère ?

— Ce ne sera pas nécessaire.

— Est-ce que son origine...

— Ton père était jardinier.

— Tu crois que ni elle ni moi n'avons pris le temps de réfléchir, mais...

— Le regard de Néfertari est celui d'une Grande Épouse royale, mon fils. Et il est indispensable que Pharaon soit incarné par un couple.

L'empereur Apophis se félicitait du travail de son espion. En réussissant à lui faire parvenir les sandales d'Amosé, il lui avait procuré un moyen efficace d'immobiliser un jeune guerrier qui, demain, aurait pu devenir une menace.

En atteignant Amosé, il toucherait au cœur sa mère Ahotep, et tous les deux seraient réduits à l'impuissance.

Apophis avait introduit les sandales dans un grand vase en verre rempli de venin de scorpion qu'il exposait à la lumière de midi. Chauffé, le poison serait corrosif et rongerait jour après jour les membres inférieurs de l'insensé qui osait se prétendre pharaon. Peu à peu, la douleur deviendrait insupportable, et Amosé finirait par se supprimer plutôt que de souffrir davantage.

Alors que l'empereur s'engageait dans l'escalier de la citadelle, les hurlements de son épouse l'importunèrent. Le jour comme la nuit, d'horribles cauchemars assaillaient la dame Tany à laquelle Yima, la femme du Grand Trésorier, administrait des doses de drogue de plus en plus importantes. Voilà bien longtemps qu'Apophis ne rendait même plus visite à cette folle qui avait eu la bonne idée de le débarrasser de Minos dont la disparition avait entraîné celle de Venteuse, beaucoup trop encombrante. Tôt ou tard, l'empereur l'aurait offerte au taureau.

Bien qu'il ne fût pas encore frappé par les rayons du soleil, le vase de verre devint brûlant. Apophis le posa sur le rempart. À peine son geste accompli, le vase explosa et le venin se répandit sur ses pieds, les brûlant comme un acide.

23

Le temps s'était figé, la guerre aussi.

En Anatolie et en Asie, les combats faisaient rage, sous forme d'une guérilla qui empêchait Jannas de remporter une victoire définitive.

Memphis restait divisée en deux : une zone sous contrôle hyksos, une autre aux mains des résistants auxquels les troupes stationnées au Port-de-Kamès faisaient parvenir vivres et matériel.

Mois après mois, la reine Ahotep, proche d'une cinquantaine flamboyante, consultait le dieu Lune qui lui dictait la patience. Avec joie, elle avait assisté à la naissance d'un nouveau couple royal formé d'Amosé et de Néfertari. Au profond amour qui les unissait s'ajoutait un sens toujours plus accentué de leur fonction et de leurs devoirs.

Chaque soir, Ahotep méditait au bord du lac sacré que survolaient les hirondelles, âmes de l'autre monde qui se régénéraient dans le soleil. Et c'est là que son fils, austère jeune homme de vingt ans, vint la rejoindre.

— Nous allons bientôt célébrer ma onzième année de règne, mère, et l'Égypte demeure occupée. Jusqu'à présent, je ne me sentais pas capable de me battre comme mon père et mon frère aîné. Aujourd'hui, je le suis.

— C'est vrai, Amosé, mais les présages demeurent défavorables.

— Faut-il en tenir compte ?

— La précipitation ne serait-elle pas une erreur fatale ?

— Les Hyksos n'ont reconquis aucune des positions perdues, de nombreux bateaux sont sortis de notre chantier naval, nous avons mobilisé beaucoup d'hommes... Pourquoi différer l'affrontement ?

— J'aime t'entendre parler ainsi, mon fils. Libérer notre pays doit être notre souci permanent. Mais seuls l'accord des dieux et le souffle d'Amon nous fourniront les forces décisives.

— Il nous faut donc agrandir Karnak et le sanctuaire qui est consacré au dieu de Thèbes sur la base militaire. Je m'en occupe dès demain.

Les chevilles d'Apophis étaient douloureuses. Aussi ne se déplaçait-il qu'assis sur son trône en pin, soulevé par deux gardes chypriotes auxquels il avait fait couper la langue. Bien qu'il parût de plus en plus inerte et de moins en moins loquace, l'empereur continuait à gouverner sans partager un pouce de pouvoir.

Jannas faisait régner l'ordre hyksos en Asie au prix de milliers de morts, Khamoudi dans le Delta grâce aux déportations. Et la ruine de Memphis, assiégée, favorisait l'expansion commerciale d'Avaris.

Restaient la reine Ahotep et son misérable roitelet ! Certes, ils avaient renoncé à combattre et restaient figés sur leurs positions, mais leur existence même était une injure à la grandeur hyksos. Dès que Jannas serait de retour, il conviendrait d'envisager une nouvelle manière de terrasser ces révoltés.

Quand le maléfice des sandales s'était retourné contre lui, l'empereur n'avait éprouvé que davantage d'envie de détruire cette reine dont la magie rivalisait avec la sienne. Ce serait la victoire la plus savoureuse de son règne.

Sous un ciel menaçant, Apophis se fit porter jusqu'au temple de Seth dont il était à présent le seul grand prêtre. Qui d'autre que lui pouvait réellement communier avec la foudre ?

En pénétrant dans le sanctuaire, l'empereur ressentit une violente douleur aux pieds et il ne lui fallut pas longtemps pour comprendre qu'un événement important allait se produire.

S'emparant du crâne sanglant d'un âne sacrifié, Apophis planta ses yeux dans ceux de l'animal.

Et il vit.

Il vit Thèbes, une reine et son fils. Il vit qu'un pacte se scellait entre eux et que cette alliance aurait la puissance d'une armée.

Aussi fit-il appel à Seth une nouvelle fois pour qu'il se déchaîne contre ses adversaires et les sépare à jamais.

Le troisième jour du premier mois de la première saison de la onzième année du règne d'Amosé, le pharaon partit en bateau pour jeter les plans de la future chapelle d'Amon. Et ce fut le matin de ce même jour que Djéhouty, le grand prêtre de Karnak, reconstitua enfin l'ancien calendrier des périodes fastes et néfastes qui lui était parvenu en fragments difficiles à assembler.

En mettant la dernière main à ce vaste puzzle, le scribe érudit eut un haut-le-cœur. Lui, d'ordinaire si mesuré, ne put s'empêcher de courir pour atteindre au plus vite le palais royal, où Ahotep le reçut aussitôt.

— Majesté, il faut interrompre toutes les activités en cours et protéger la personne royale ! Ce jour est celui de la naissance de Seth, et si l'empereur le sait, il déclenchera la foudre contre nous !

— Amosé se dirige vers la base militaire. Je vais tenter de le rejoindre.

— Ne prenez aucun risque, je vous en prie ! Vous aussi pouvez être victime du feu céleste.

La reine n'écouta pas le grand prêtre qui, avant qu'elle n'embarque, lui remit une bandelette de lin royal sur laquelle était inscrite une antique formule.

— Placez-la autour du cou du pharaon, recommanda-t-il ; peut-être lui sauvera-t-elle la vie.

En déclenchant le terrible orage qui avait détruit une bonne partie de Thèbes, Apophis s'était allié aux nuages et aux vents. Cette fois, à la tempête qui toucha la cité d'Amon et la nécropole de l'Ouest, il ajouta la fureur des eaux du Nil.

En quelques minutes, le fleuve se mit à bouillonner, et d'énormes vagues agressèrent à la fois les rives et les flancs du bateau d'Amosé qui s'approchait de la base militaire.

À Karnak, au palais, à l'entrée de la nécropole et dans chaque maison, les Thébains se conformèrent aux instructions d'Ahotep en faisant des offrandes aux défunts et en brûlant des figurines d'argile sur lesquelles avait été écrit le nom d'Apophis. Le grand prêtre prit une précaution supplémentaire en posant un œil de cornaline sur l'effigie en cire de l'empereur afin d'annihiler le mauvais œil avec lequel il cherchait à dévaster Thèbes.

À bord du voilier qui s'était élancé vers le nord, Ahotep tenait fermement le sceptre en or à tête de Seth. Le dieu des tempêtes n'était plus son ennemi, mais son allié. Après avoir capté sa foudre, la reine ne redoutait plus ses excès. En cet emblème s'unissaient les énergies du ciel et de la terre.

Ahotep ne songeait qu'au pharaon. Même si elle périssait dans l'aventure, il fallait le sauver.

Cloué sur place, Amosé aidait l'équipage à ramener les voiles pour offrir le moins de surface possible au vent furieux qui faisait tournoyer le bateau sur lui-même. Privé du gouvernail, brisé net, le capitaine ne savait plus quelle manœuvre entreprendre pour s'approcher de la rive.

Seul le calme du pharaon empêchait les marins de céder à la panique. Au moment où tout semblait perdu, Amosé donnait un ordre auquel l'équipage obéissait tant bien que mal et protégeait ainsi le bâtiment du naufrage.

Perçant le rideau de pluie, le bateau de la reine se porta à hauteur de celui du pharaon. Quand elle brandit le sceptre vers la masse de nuages, les précipitations faiblirent.

Les planches du vaisseau royal craquaient de manière sinistre. Plusieurs voies d'eau s'étaient ouvertes.

Ahotep déclama le texte inscrit sur la bandelette de lin :

— L'univers des étoiles t'obéit, la lumière se pose sur toi.

Le bateau cessa de tourner sur lui-même. Juste avant qu'il ne sombre, ses occupants sautèrent sur celui d'Ahotep qui ceignit aussitôt de la bandelette le cou de son fils.

L'orage se dissipait, Thèbes sortait presque intacte de la tempête.

24

Jamais le dispositif de sécurité autour de la forteresse d'Avaris n'avait été aussi spectaculaire. À l'occasion de la cérémonie de remise des tributs et en l'absence de Jannas, le Grand Trésorier Khamoudi voulait prévenir tout incident. Tours et remparts étaient garnis d'archers en état d'alerte, et les pirates formant la garde personnelle de l'empereur avaient l'ordre d'arrêter et d'éliminer tout personnage suspect.

C'est dans un climat oppressant que les ambassadeurs des pays soumis aux Hyksos et leurs porteurs de cadeaux furent autorisés à franchir la porte principale de l'enceinte et, sous bonne escorte, à pénétrer dans la salle d'audience du palais d'Apophis.

Assis sur son trône en pin encadré des deux griffons, l'empereur goûta la frayeur de ses hôtes qui n'osaient pas lever les yeux vers le tyran enveloppé dans un ample manteau marron. Même la beauté des fresques de style crétois avait un aspect inquiétant, comme si les taureaux allaient se ruer sur les visiteurs.

Été comme hiver, l'endroit était glacial. De la personne de l'empereur se dégageait une froidure qui interdisait à la moindre parcelle de chaleur d'adoucir les lieux.

Les ambassadeurs et les membres de leur suite se prosternèrent longuement devant Apophis. Il appréciait ce moment où s'affirmait sa toute-puissance sur le plus vaste empire que le monde ait connu. De la main droite, il caressa le pommeau en or de sa dague avec laquelle il pouvait infliger la mort à qui il voulait quand il le voulait. C'est en oubliant cet aspect du véritable pouvoir que les pharaons avaient été vaincus.

D'un geste dédaigneux, Apophis ordonna aux représentants de ses vassaux de se lever.

— Quelques barbares d'Anatolie ont tenté de se révolter, déclara-t-il de sa voix éraillée qui fit frissonner l'assemblée. J'ai chargé l'amiral Jannas de les exterminer. Quiconque leur prêterait assistance, de quelque manière que ce soit, subirait le même sort. À présent, je consens à recevoir vos hommages.

Au pied du trône s'entassèrent lingots d'or et d'argent, étoffes, vases précieux aux formes élégantes, pots d'onguents... Mais le visage laid d'Apophis ne se déridait pas et l'atmosphère demeurait crispée.

L'ambassadeur de Crète fut le dernier à déposer ses présents : des anneaux d'or, des coupes en argent et des vases à tête de lion.

— Ça suffit ! ragea l'empereur. Tes tributs sont encore plus ridicules que ceux de tes prédécesseurs ! Savez-vous bien de qui vous osez vous moquer ?

— Seigneur, intervint l'ambassadeur du Liban, nous avons fait le maximum ! Vous devez comprendre que les rumeurs de guerre sont très néfastes au commerce. Et puis de longues périodes de mauvais temps ont empêché nos bateaux de prendre la mer. Le trafic de marchandises a donc été moins important que d'ordinaire, et nous nous sommes appauvris.

— Je comprends, je comprends... Approche-toi.

Le Libanais eut un mouvement de recul.

— Moi, seigneur ?

— Puisque tu m'as donné des explications, tu mérites une récompense. Approche-toi de mon trône.

C'est en tremblant que le diplomate s'exécuta.

Des yeux des griffons jaillirent des flammes aussi intenses que brèves.

Le visage brûlé, le Libanais poussa des hurlements de douleur et se roula dans la masse des cadeaux pour essayer d'éteindre le feu qui le dévorait.

Muette de terreur, l'assistance le regarda agoniser.

— Voilà le châtiment réservé à quiconque ose me manquer de respect, précisa l'empereur. Toi, l'ambassadeur de Crète, qu'as-tu à déclarer ?

Âgé et malade, le diplomate parvint à contenir sa peur.

— Nous ne pouvions offrir davantage, seigneur. Notre île a subi de nombreuses pluies et des vents violents qui ont détruit la majeure partie de nos récoltes. De plus, la mort accidentelle de nos meilleurs artisans lors d'un incendie a désorganisé nos ateliers. Dès que la situation sera redevenue normale, le roi Minos le Grand vous fera parvenir d'autres tributs.

Quelques instants, les dignitaires hyksos crurent que ces explications avaient apaisé la fureur froide de l'empereur.

— Toi et les autres, reprit-il, vous vous moquez de moi. L'aspect misérable de ces déchets prouve que vous refusez de payer l'impôt et que vous vous révoltez ! Dès demain, des régiments partiront pour les provinces de mon empire, et les responsables de cet acte d'insoumission seront mis à mort. Quant à vous, ridicules ambassadeurs, je vous accorde une fin à votre mesure.

Avec la grande hache qu'elle maniait aussi bien qu'un bûcheron, la dame Abéria avait tranché la tête de tous les porteurs de cadeaux. Quant aux deux Nubiens et aux trois Syriens qui avaient tenté de s'enfuir en bousculant les gardes, elle s'était amusée à leur couper les pieds avant de les étrangler.

Les réjouissances n'étaient pas terminées : comme les autres dignitaires hyksos, elle allait assister au grand jeu conçu par Apophis.

Devant la citadelle avait été tracé un rectangle. À l'intérieur alternaient douze cases blanches et douze cases noires.

Les mains liées derrière le dos, les vingt-quatre ambassadeurs représentant les provinces de l'empire furent amenés par les policiers.

— On va vous détacher, annonça Apophis, assis dans une chaise à porteurs qui dominait le damier, et vous donner des armes. Douze d'entre vous formeront une armée, les douze autres son adversaire.

Interloqués, les diplomates se plièrent aux consignes d'Apophis.

— Contre qui jouerai-je ?... Contre toi, mon fidèle Khamoudi !

Le Grand Trésorier se serait bien passé de cette faveur. Une seule stratégie possible : laisser gagner l'empereur.

— Faites exactement ce que j'ordonne et respectez les règles de ce jeu, avertit Apophis. Sinon, les archers vous abattront. À présent, vous n'êtes plus que des pions que Khamoudi et moi-même déplacerons.

Du plus âgé au plus jeune, les diplomates frémirent.

— L'Iranien, avance d'une case droit devant toi, exigea Apophis.

Khamoudi lui opposa le Nubien, armé d'une lance, comme son adversaire.

— Que l'Iranien tente d'éliminer le Nubien, décida l'empereur.

Affolés, les deux ambassadeurs se dévisageaient.

— Battez-vous. Que le vainqueur sorte du jeu le cadavre du vaincu et occupe sa place.

L'Iranien blessa le Nubien au bras. Ce dernier lâcha son arme.

— Il est vaincu, seigneur !

— Tue-le ou tu es mort.

La lance s'abattit une fois, deux fois, dix fois...

Puis l'Iranien traîna le corps ensanglanté hors du rectangle et prit la tête des pions d'Apophis.

— À toi, Khamoudi.

S'il se laissait battre trop aisément, le Grand Trésorier risquait de mécontenter l'empereur.

— Que le Syrien s'attaque à l'Iranien, annonça-t-il.

Ce dernier essaya de s'enfuir, mais les archers le clouèrent au sol en lui tirant des flèches dans les jambes. Et le Syrien lui fracassa la tête avec sa masse.

— N'oubliez pas que les vainqueurs auront la vie sauve, ajouta Apophis.

Dès lors, les « pions » s'entre-tuèrent lors de duels rapides et acharnés.

Khamoudi manœuvrait bien, rendant la partie passionnante. Vainqueur, Apophis ne disposait plus que d'un seul pion, le vieil ambassadeur crétois. Hébété, ne comprenant pas où il puisait tant d'énergie, il serrait la dague ensanglantée avec laquelle il avait tué trois de ses collègues.

— En tant que soldat victorieux, tu as la vie sauve, décréta l'empereur.

Le Crétois lâcha son arme et sortit du jeu en titubant.

— Mais en tant que traître, ajouta le maître des Hyksos, tu dois être châtié. Occupe-toi de lui, dame Abéria.

25

Les cinq hommes avaient débarqué à un endroit désert de la côte égyptienne d'où leur bateau s'était aussitôt éloigné. Puis, au lieu de prendre le chemin de Saïs, ils s'étaient écartés de la frange verte du Delta afin de s'engager dans le désert. Munis de cartes approximatives indiquant un certain nombre de points d'eau, ils espéraient éviter tout affrontement sur le long trajet qui les mènerait jusqu'à la province de Thèbes.

À plusieurs reprises, ils faillirent être interceptés soit par des patrouilles hyksos, soit par des nomades, soit par des caravanes. À mi-chemin de leur destination, ils craignirent de mourir de soif, car l'un des puits annoncés était à sec. Il leur fallut se rapprocher de la zone des cultures, voler des fruits et des outres d'eau dans une ferme.

Deux d'entre eux ne survécurent pas. Le premier s'effondra, épuisé ; le second succomba à la morsure d'un cobra. Si les trois derniers n'avaient pas été des fantassins bien entraînés, habitués à se déplacer en milieu hostile, ils ne seraient pas parvenus à surmonter une épreuve qu'ils n'imaginaient pas aussi rude.

À moins d'une heure de marche de la base militaire de Thèbes, ils se heurtèrent aux gardes égyptiens.

À bout de forces, amaigris, ils tombèrent à genoux dans le sable.

— Nous venons de l'île de Crète, déclara l'un d'eux, et nous sommes porteurs d'un message pour la reine Ahotep.

Le chancelier Néshi avait interrogé séparément les trois hommes qui se disaient envoyés de Minos le Grand. Comme leurs récits concordaient, il accepta leur requête.

Lavés, rasés, nourris, vêtus de pagnes neufs et encadrés par plusieurs soldats, ils furent introduits dans une petite salle du palais de Thèbes où la reine et le pharaon Amosé étudiaient un rapport d'Héray sur les services d'intendance de l'armée.

— Je suis le commandant Linas, déclara un barbu au visage carré, et je ne parlerai qu'à la reine d'Égypte.

— Toi et tes deux compagnons, inclinez-vous devant Pharaon, ordonna Ahotep.

Son autorité était telle que les trois Crétois obéirent.

— Pourquoi ce long voyage ? demanda-t-elle.

— Majesté, le message du roi de Crète est strictement confidentiel, et...

— Mes gardes vont ramener tes amis dans leur chambre. Toi, tu restes. Le pharaon et moi t'écoutons.

Linas, qui avait l'habitude de commander, sentit qu'il valait mieux ne pas déplaire à cette femme.

— Minos le Grand m'a chargé de vous inviter à venir en Crète, Majesté. Il souhaite s'entretenir avec vous de projets aussi importants pour votre pays que pour le nôtre.

— Quels projets ?

— Je l'ignore.

— N'es-tu porteur d'aucun document écrit ?

— D'aucun, Majesté.

— Pourquoi irais-je me livrer à l'un des principaux alliés des Hyksos ?

— En raison des lois d'hospitalité qui régissent la Crète, vous ne courez aucun danger. Chez nous, un hôte est sacré. Minos le Grand vous réservera un accueil digne de votre rang et, quelle que soit l'issue de l'entretien, vous repartirez libre et indemne.

— Comment peux-tu t'en porter garant ?

— Je ne suis pas seulement commandant dans l'armée crétoise mais aussi le plus jeune fils de Minos le Grand. Bien entendu, je demeurerai à Thèbes jusqu'à votre retour.

Le chancelier Néshi, le ministre de l'Économie Héray et l'intendant Qaris partageaient le même avis : cette invitation était un piège grossier tendu par l'empereur pour attirer la reine Ahotep en territoire ennemi et s'emparer d'elle. La seule réponse possible consistait à renvoyer en Crète le fils de Minos le Grand et ses acolytes.

— Et si le souverain de la grande île était sincère ? avança la reine. La Crète supporte mal la domination hyksos. Son peuple est fier, sa culture riche et ancestrale. Ses rapports avec l'Égypte ont toujours été excellents car les pharaons, à la différence d'Apophis, ne cherchaient pas à la coloniser.

— Certes, Majesté, intervint Néshi, mais la situation actuelle...

— Justement, cette situation n'est pas du tout favorable à la Crète ! Supposons que Minos le Grand redoute d'être attaqué et renversé. Supposons qu'il soupçonne Apophis de vouloir dévaster son île. Que lui reste-t-il comme solution, sinon une alliance contre les Hyksos ? Malgré ses innombrables tentatives de désinformation, Apophis n'a pas réussi à occulter notre combat. L'écho de nos succès, si minime soit-il, est parvenu jusqu'à Cnossos. Aujourd'hui, Minos le Grand sait que les Hyksos ne sont plus invincibles. Si la Crète se révolte, d'autres pays asservis l'imiteront, et l'empire se désagrégera de l'intérieur. Le destin nous offre une chance inespérée qu'il faut saisir.

Le raisonnement d'Ahotep était séduisant. Mais le vieil intendant Qaris refusa de s'enthousiasmer.

— Si Minos le Grand est un monarque intelligent et rusé, il aura souhaité cette analyse, et le piège n'en est que mieux tendu ! Je vois là une nouvelle marque de la perversité d'Apophis. Comme il ne réussit pas à vous supprimer, il utilise les services d'un fidèle vassal qui vous fait miroiter un espoir fou.

— La voix de Qaris est celle de la raison, approuva Héray.

— Depuis l'instant où j'ai décidé de lutter contre les Hyksos, rappela la reine, je ne l'ai jamais écoutée. Et vous savez tous que nous ne gagnerons pas cette guerre sans prendre des risques. Cette invitation est le signe que j'espérais.

Qaris se tourna vers Amosé.

— Puis-je demander au pharaon de persuader la reine de renoncer ?

— Si vous disparaissez, mère, déclara le roi avec gravité, que deviendrons-nous ?

— Tu as été rituellement couronné et tu règnes sur l'Égypte, Amosé. Dans un premier temps, tu te rendras au Port-de-Kamès, notre base militaire la plus avancée, et tu continueras à soutenir la résistance de Memphis de sorte que seul le Delta soit encore un territoire sûr pour les Hyksos. Et tu attendras les résultats de mon entrevue avec Minos le Grand, tout en faisant construire de nouveaux bateaux. Si je suis tombée dans un piège, Apophis ne manquera pas de s'en vanter, et tu devras alors l'affronter. Si, au contraire, le roi de Crète accepte d'être notre allié, nous serons en position de force.

— Dois-je comprendre, mère, que votre décision est prise ?

Ahotep eut ce sourire qui charmait les contestataires les plus rugueux.

— Je l'ai prise parce que je te sais capable de gouverner, Amosé.

Amosé savait, lui, que la disparition de la Reine Liberté serait bien pire qu'un revers militaire. Mais personne ne convaincrait Ahotep de changer d'avis.

— J'ai toujours approuvé vos initiatives, Majesté, rappela le chancelier Néshi, mais vous devez renoncer à celle-là pour un simple motif :

vous rendre en Crète est impossible. En effet, il vous faudrait traverser la Moyenne-Égypte, puis le Delta entièrement aux mains des Hyksos, enfin trouver un bateau avec un équipage expérimenté !

— Il existe un autre itinéraire, celui qu'ont emprunté les trois Crétois pour parvenir jusqu'à nous.

— Les pistes du désert... Un trajet harassant et dangereux !

— L'expédition comprendra des marins égyptiens et les deux compagnons du fils de Minos le Grand qui nous fourniront de précieuses indications. Quant au bateau, nous le transporterons en pièces détachées et nous l'assemblerons à l'endroit de la côte d'où nous partirons.

— Majesté, ce projet... ce projet...

— Je sais, chancelier : il est déraisonnable. Mais imagine que je réussisse !

Un seul détail contrariait Ahotep : que l'espion de l'empereur soit informé et mette un terme prématuré à son voyage en provoquant l'intervention des Hyksos.

26

L'œil affligé de Vent du Nord rivalisait de tristesse avec le regard désespéré de Rieur le Jeune. Mais Ahotep ne pouvait céder à leurs suppliques. Elle leur expliqua que traverser le désert puis la mer était bien trop dangereux et que, de plus, l'âne et le chien avaient des missions précises à remplir. Vent du Nord devait continuer à guider ses congénères spécialisés dans le transport de matériaux destinés à l'armée et Rieur le Jeune à veiller sur Amosé. Comme son père, Rieur l'Ancien, le molosse était devenu un redoutable gardien prêt à se battre jusqu'à la mort pour sauver le roi.

Les deux fidèles serviteurs feignirent d'être apaisés.

— Puissiez-vous me protéger, murmura-t-elle.

Avec le couchant, la chaleur de la journée s'estompait. Le doux vent du nord s'était levé, les rudes travaux des champs s'interrompaient et, partout dans la campagne, se mêlaient des airs de flûte.

Ahotep songea à son mari et à son fils défunts, et elle sut qu'ils partageaient le banquet des dieux.

— Le dîner est prêt, Majesté, annonça Néfertari. Oh, pardonnez-moi ! J'ai interrompu votre méditation.

— L'heure n'est pas aux souvenirs, il y a trop d'avenir à construire.

En contemplant la Grande Épouse royale, Ahotep pensa qu'Amosé, d'ordinaire si prudent, avait eu raison de ne pas hésiter. Gratifiée de tous les dons qui auraient pu la transformer en nantie satisfaite de son sort et ne recherchant que de petits plaisirs, la jeune femme possédait la nature d'une reine : exigeante, lumineuse, plus soucieuse du destin de son pays et de son peuple que du sien propre.

— Si je ne reviens pas, Néfertari, il faudra te battre aux côtés du pharaon. Sans ton rayonnement et sans ta puissance magique, il manquera de l'énergie nécessaire pour vaincre. C'est Isis qui a ressuscité Osiris, c'est la Grande Épouse royale qui insuffle le feu de l'acte juste dans l'âme du roi. Surtout, ne perds pas ton temps à des tâches profanes et ne disperse pas ta parole en banalités.

La fermeté du regard de Néfertari démentait la fragilité de son apparence.

— Je m'y engage, Majesté.

— Maintenant, nous pouvons dîner.

Ahotep se félicitait d'avoir repris le contrôle de la piste des oasis qu'utilisaient naguère les Nubiens et les Hyksos pour se communiquer des messages officiels. Dans le grand Sud, sous contrôle égyptien, le prince de Kerma semblait se contenter de ses richesses et de sa vie fastueuse, loin de la guerre. Mais Ahotep demeurait sceptique et redoutait que son humeur belliqueuse ne se réveillât. En espérant qu'elle se trompait, la reine appréciait la beauté sauvage du désert où l'humain n'était pas le bienvenu.

Les hommes peinaient, mais ils étaient tellement fiers d'avoir été choisis pour accompagner la Reine Liberté que l'effort leur paraissait léger. Seuls les deux Crétois, fermement invités à porter leur charge comme les autres, faisaient grise mine. La qualité des repas et des vins finit par les dérider, et de longues haltes dans les oasis leur rendirent une meilleure humeur. Ils acceptèrent de répondre aux questions de la reine qui les interrogeait sur les conditions de vie en Crète où, d'après eux, régnait un goût prononcé pour les jeux, les fêtes et la mode.

Sans cesse sur le qui-vive, Ahotep ne dormait que d'un œil. Si l'espion avait pu prévenir l'empereur, les Hyksos ne ratisseraient-ils pas un vaste territoire afin d'intercepter la reine ?

Pourtant, aucun incident ne se produisit, et l'expédition parvint jusqu'à la côté méditerranéenne sans croiser une seule patrouille ennemie. Les deux cents derniers kilomètres, il est vrai, s'étaient révélés particulièrement pénibles, et l'on avait fait un large usage des remèdes et des onguents de Féline.

La traversée de la zone marécageuse avait fait regretter aux voyageurs la rudesse du désert. Obligés de marcher dans l'eau croupie, frôlés par des serpents, dévorés par les moustiques, ils étaient persuadés de devoir la vie sauve à la magie protectrice de l'Épouse de Dieu qui, sans jamais se plaindre, partageait leurs épreuves.

Puis les Égyptiens découvrirent un univers

nouveau : une plage de sable, des vagues, de l'eau salée sans cesse en mouvement. Sur le conseil des Crétois, ils osèrent s'y baigner et la trouvèrent lourde et collante, bien qu'elle offrît un merveilleux bien-être après celle des marais.

Ahotep laissa ses marins se détendre, trop heureuse qu'ils soient tous vivants. N'était-ce pas le signe que sa décision était juste ?

Elle, néanmoins, ne baissait pas la garde.

— Les démons de la mer sont plus redoutables que ceux du désert, rappela la reine lors du repas sous les étoiles. Nous connaissons bien les caprices du Nil, mais ceux de cette immensité risquent de nous surprendre. Néanmoins, nous la franchirons.

Sous l'œil sceptique des deux Crétois, les marins égyptiens assemblèrent un bateau prévu pour de longs voyages. Avec son double mât formé de deux fûts obliques réunis par le sommet, sa cabine au toit horizontal, ses voiles neuves, ses avirons et son solide gouvernail, il avait belle allure.

— Comptez-vous aller en Crète... avec ça ?

— Nos ancêtres l'ont fait, répondit Ahotep.

— Vous ignorez tout des périls qui nous guettent, Majesté ! Avec de bons vents arrière, on ne met pas plus de trois jours pour parcourir la distance qui sépare la Crète de l'Égypte[1] ; il en faut presque le double pour aller de l'Égypte jusqu'à la Crète, et les sautes de vent sont nombreuses et imprévisibles, la houle dangereuse, sans compter les orages ! Bref, il faut que la quille du bateau supporte les pressions latérales des vagues et du vent.

1. Environ 500 kilomètres.

— Elle les supportera.

— En plus, si le temps est mauvais et si les nuages nous cachent les étoiles, nous nous perdrons !

— Pas avec la carte que je possède. Nos ancêtres, qui se sont souvent rendus en Crète, nous ont légué de précieux documents. Vous auriez tort de mépriser leur science. Savez-vous, par exemple, pourquoi il est précisé que la longueur de la *douat*, le monde intermédiaire entre le ciel et l'océan souterrain, est de 3 814 *iterou*, selon un terme technique d'arpenteur ? Parce qu'il correspond au périmètre de la terre [1]. Même si la mer effraie la plupart des Égyptiens, notre peuple a compté de grands navigateurs et nous savons comment l'apprivoiser.

— Ce n'est pas le cas de cet équipage-là !

— N'a-t-il pas l'occasion d'acquérir l'expérience qui lui manque ?

À voir la manière dont les marins de la reine manœuvraient, les deux Crétois furent un peu rassurés. Mais, habitués aux colères de la Méditerranée, ils redoutaient une panique à bord en cas d'incident. Les vents changèrent à plusieurs reprises et, à l'aube du troisième jour, la mer devint houleuse. Le capitaine trouva la parade en modifiant la voilure et la trajectoire du bateau dont la maniabilité se révélait un atout précieux. Sans jamais perdre

1. 3 814 *iterou* = 39 894,48 kilomètres. Cette indication, fournie par les tombes de la Vallée des Rois, était probablement connue auparavant. Voir J. Zeidler, « Die Länge der Unterwelt nach ägyptischer Vorstellung », *Göttinger Miszellen,* 156, 1997, pp. 101-112.

son sang-froid, l'équipage s'adaptait d'une manière surprenante.

Et la reine Ahotep ne dialoguait-elle pas chaque nuit avec le dieu Lune pour lui demander une traversée paisible ?

Alors que s'achevait la quatrième journée de navigation, les deux Crétois n'en crurent pas leurs yeux.

— Là-bas, notre île... Notre grande île !

— Rendons hommage à Amon, le maître du vent, et à Hathor, la souveraine des étoiles et de la navigation, exigea Ahotep. Sans leur aide, nous ne serions pas arrivés à bon port.

La reine déposa du pain, du vin et un flacon de parfum sur un petit autel, et tous se recueillirent.

— Bateaux en vue, annonça le capitaine.

Quatre bâtiments progressaient à vive allure vers le voilier égyptien.

— Ils nous prennent pour un ennemi et ils veulent nous éperonner ! cria un Crétois.

De fait, la trajectoire adoptée ne laissait aucun doute sur les intentions des vaisseaux de guerre.

Ahotep donna l'ordre de ramener les voiles et elle apparut à la proue, offrant une cible idéale aux archers de Minos le Grand.

27

Khamoudi tournait dans sa villa comme un ours en cage. Bien qu'il eût doublé le nombre de gardes qui assuraient sa protection jour et nuit, il n'osait plus sortir.

— Pourquoi être si craintif? demanda son épouse Yima. L'amiral Jannas ne va quand même pas attaquer notre maison !

— Ce tueur en est bien capable ! Entre le pouvoir et lui, il n'y a plus qu'un obstacle : moi. Nous en sommes conscients tous les deux, crois-moi.

— Ne restes-tu pas le bras droit de l'empereur ?

Le Grand Trésorier se laissa tomber dans un fauteuil et vida une coupe de vin blanc.

— Apophis vieillit, il perd chaque jour un peu de lucidité.

La dame Yima fut choquée.

— C'est la première fois que je t'entends critiquer l'empereur !

— Il ne s'agit pas d'une critique mais d'une constatation. Si nous voulons préserver la toute-puissance de l'empire, il faut mieux seconder Apophis.

Experte en jeux pervers, Yima n'y entendait rien en politique. Néanmoins, le désarroi de son mari lui faisait redouter la perte de ses biens.

— Sommes-nous... en danger ?

— Non, car l'empereur m'accorde encore sa confiance.

— Songerait-il à te l'ôter ?

— C'est Jannas qui lui a mis cette idée en tête. Il y a trop de divergences entre nous, et l'amiral ne supporte plus l'influence que j'exerce sur de nombreux dignitaires. Autrement dit, il veut vraiment se débarrasser de moi.

Yima pâlit.

— S'agit-il de rumeurs ou de faits avérés ?

— J'ai mené une enquête approfondie, et tous les indices concordent : dès son retour d'Asie, Jannas tentera de me réduire à l'impuissance.

Yima s'assit sur les genoux de Khamoudi et le couvrit de baisers nerveux.

— Ce n'est pas possible, mon chéri, tu ne lui permettras pas de voler notre fortune !

— Pas si tu m'aides.

— De quelle façon ?

— Tu as l'oreille de l'impératrice, n'est-ce pas ?

— C'est une vieille folle, malade et impotente !

— Elle a quand même donné l'ordre d'éliminer le peintre Minos.

— Oui, mais Jannas est un beaucoup plus gros morceau !

— Certes, mais tu peux persuader la dame Tany qu'il mène l'empire à sa ruine. N'est-ce pas à cause de l'incompétence de Jannas que notre capitale a été attaquée par les Égyptiens et que l'impératrice a perdu la santé ? Cet amiral est la cause de tous nos malheurs. Si nous ne le supprimons pas, c'est lui qui nous supprimera.

Yima sembla comprendre.

— Et si Jannas a été tué en Asie ?

— D'après son dernier message, il reviendra ici dans moins d'une semaine et sera reçu en vainqueur.

Coiffé de son sempiternel bonnet à rayures et guère mieux vêtu qu'un simple soldat, Jannas demeura indifférent aux acclamations de la foule qui ponctuaient son parcours vers la citadelle. Soldats, policiers et habitants d'Avaris célébraient un triomphe injustifié, mais seul l'empereur devait connaître la vérité.

Conformément au protocole, ce fut Khamoudi, en tant que chef de la sécurité, qui accueillit l'amiral.

— Avez-vous fait bon voyage ?

— L'empereur peut-il me recevoir immédiatement ?

— Il fait sa sieste. Je suis chargé d'écouter votre rapport et de le lui transmettre.

— Hors de question.

— Amiral ! Telle est la coutume, et...

— Je me moque de vos coutumes, Grand Trésorier. Puisque je suis de retour, c'est moi qui m'occupe à nouveau de la sécurité de la capitale et de celle de l'empereur. Retournez à vos finances et à votre trafic de drogue, et n'essayez surtout pas de m'empêcher d'entrer dans la citadelle où j'attendrai le réveil de notre souverain.

Furibond, Khamoudi s'écarta.

Malgré la quantité de soucis qui l'accablaient, Jannas s'était assoupi. Un souffle glacé le tira brutalement de sa torpeur.

Face à lui, l'empereur.

— Tu as été bien long, mon ami. Nos troupes s'amolliraient-elles ?

— La situation est grave, seigneur.

— Suis-moi.

Les deux hommes s'enfermèrent dans la petite pièce aménagée au centre du palais, là où personne ne pouvait les entendre.

— L'Asie est-elle pacifiée, Jannas ?

— J'ai tué des milliers de révoltés et leurs familles, brûlé des centaines de villages, abattu des troupeaux entiers et semé la terreur partout où je suis passé. Chacun sait qu'offenser l'empereur des Hyksos entraîne un châtiment implacable.

— Tu n'as pas répondu à ma question.

— Nul n'ose plus nous affronter de manière directe, parce que rien ni personne ne peut s'opposer à nos chars. Malheureusement, il y a la guérilla. Une guérilla interminable dont je serais venu à bout si une caste de vrais guerriers n'avait réussi à fédérer les insurgés et à balayer les potentats locaux pour former une nouvelle puissance qu'on appelle les Hittites.

— Pourquoi ne les as-tu pas exterminés, Jannas ?

— Parce qu'ils connaissent chaque recoin de leurs montagnes et sont capables de survivre dans les conditions les plus difficiles. Même affamés et mourant de froid, ils combattent encore comme des bêtes fauves et nous tendent des guets-apens meurtriers. J'ai pendu leurs femmes, éventré leurs enfants, rasé leurs maisons... Et ils ne se sont pas rendus. Si j'avais envoyé mes hommes dans les gorges et les ravins, mon armée aurait été décimée.

La voix éraillée de l'empereur se fit menaçante.

— Alors, que proposes-tu ?

— J'ai laissé sur place les forces nécessaires pour que ces Hittites soient contraints de rester enfermés dans leur réduit. À court terme, ils ne constituent pas une menace sérieuse. Pourtant, sur le chemin du retour, j'ai beaucoup réfléchi. En Asie, les Hittites ; en Égypte, la reine Ahotep. Deux cas comparables. Deux poches de rébellion qu'il faut anéantir sous peine de les voir se renforcer ou, pis encore, essaimer.

— Ne t'ai-je pas chargé d'éviter ce genre de catastrophes ?

— Avec les moyens dont je dispose, j'estime avoir fait le maximum.

— C'est à moi d'en juger, amiral.

— Vous pouvez m'envoyer dans le labyrinthe ou me livrer au taureau, mais ma mort ne résoudra aucune des difficultés auxquelles l'empire est confronté.

Le ton de Jannas déplaisait à l'empereur, mais il reconnaissait la validité de ses arguments.

— Que désires-tu exactement, amiral ?

— Les pleins pouvoirs.

Apophis demeura rigoureusement immobile pendant d'interminables instants.

— Explique-toi, Jannas.

— À plusieurs reprises, le Grand Trésorier a

contrarié mon action de façon regrettable. En se comportant de la sorte, il nous affaiblit. Que Khamoudi se cantonne à son rôle de gestionnaire et qu'il cesse ses tentatives de corruption auprès des officiers supérieurs. Quant à mon plan, le voici : utiliser la quasi-totalité de nos forces, à l'exception d'un seul régiment chargé de la sécurité d'Avaris, afin d'atteindre aussi vite que possible trois objectifs : d'abord, raser la ville de Memphis ; ensuite, percer le front égyptien, détruire Thèbes et vous ramener morts ou vifs la reine Ahotep et son fils ; enfin, écraser les Hittites en arasant l'Anatolie s'il le faut. Mes échecs relatifs n'étaient dus qu'à la dispersion de nos hommes voulue par Khamoudi. Il faut donc mettre fin à nos dissensions et anéantir nos ennemis. Pour y parvenir, une seule solution : à chaque étape, utiliser notre pleine puissance militaire. C'est ainsi que les Hyksos ont conquis leur empire, c'est ainsi que vous le développerez.

L'amiral était conscient des risques qu'il prenait. Mais en tant que commandant en chef de l'armée, il ne pouvait plus se contenter de médiocres résultats.

— As-tu terminé, Jannas ?

— Je n'ai rien à ajouter, seigneur, sinon que mon unique souci est la grandeur de l'empire.

28

Les capitaines des bateaux de guerre crétois s'apprêtaient à éperonner le navire ennemi et à donner l'ordre à leurs archers de tirer, mais l'apparition d'Ahotep les stupéfia.

Avec son diadème d'or et sa longue robe rouge, elle avait bien l'allure d'une reine. S'agissait-il de cette Égyptienne dont les conteurs prétendaient qu'elle avait repoussé les Hyksos ?

Aucun des marins composant son équipage n'avait d'attitude agressive. Et l'un des capitaines reconnut les deux Crétois qui faisaient de grands gestes.

Aussitôt, la manœuvre d'attaque fut interrompue, et l'on se contenta de guider le bâtiment égyptien jusqu'au port.

Les deux Crétois furent les premiers à fouler de nouveau le sol de leur patrie. Ils expliquèrent à un gradé qu'ils revenaient de mission et que la reine Ahotep demandait audience à Minos le Grand.

À l'issue d'une discussion houleuse, le ton baissa. Aucun des membres d'équipage n'était autorisé à débarquer, et le bateau resterait amarré sous surveillance dans le petit port où des cargos déchargeaient des jarres d'huile.

La reine fut invitée à monter dans un chariot tiré par des bœufs.

— Un instant, ordonna-t-elle.

Ahotep s'entretint avec le capitaine égyptien pour lui demander de ne rien tenter et d'attendre son retour. Puis elle s'adressa aux deux Crétois qu'elle avait ramenés chez eux.

— J'exige que vous garantissiez la sécurité de mes marins et que vous me donniez l'assurance qu'ils seront bien traités et correctement nourris pendant mon absence. Sinon, je repars immédiatement.

De brèves palabres entre Crétois se terminèrent de manière positive, laissant le temps à la reine d'examiner les roues massives du chariot. L'Égypte en avait fabriqué dès la première dynastie, notamment pour faire avancer en terrain dur des tours militaires destinées à attaquer les bastions libyens. Mais cette technique s'était révélée inutile dans les étendues sableuses et, lors du transport de matériaux, d'hommes ou d'animaux, la navigation sur le Nil était inégalable. L'invasion hyksos, cependant, prouvait que les Égyptiens avaient eu tort d'oublier la roue. La reine conçut un nouveau projet qu'elle mettrait à exécution dès son retour, à supposer que Minos le Grand ne la fît pas prisonnière.

Confortablement installée, Ahotep découvrit la Crète. Des forêts de pins et de chênes ornaient une succession de collines. La route menant du port à la capitale, Cnossos, était bordée de postes de garde et de petites auberges.

Après avoir traversé un viaduc en remblai sablé, Ahotep contempla l'éminence dominant la vallée de Kairatos où poussaient des cyprès. Au loin, le mont Iouktas. Comme ce pays différait du sien et comme elle regrettait déjà l'Égypte !

La ville de Cnossos était ouverte. Ni fortifications ni remparts, mais des ruelles commerçantes avec des ateliers et des boutiques. De nombreux badauds sortirent de chez eux pour admirer la belle étrangère, qui leur sourit et leur adressa des signes amicaux. Très vite, l'atmosphère se dérida ; femmes et enfants voulurent toucher cette reine venue d'un autre monde et dont la légende prétendait qu'elle portait chance.

Débordée, la police tenta de repousser les manifestants. Ahotep descendit du chariot et s'interposa. Aussitôt, le calme revint, bientôt remplacé par les acclamations d'une foule débonnaire qui adoptait cette femme si belle et si chaleureuse.

Et c'est à pied, couronnée de fleurs de lys et accompagnée d'enfants rieurs, que la Reine Liberté fit son entrée dans le palais royal de Cnossos dont les gardes n'osèrent pas intervenir.

L'imposant édifice s'abritait derrière d'épaisses murailles. De la rivière, on distinguait des terrasses en gradins qui dissimulaient une vaste cour longue d'une soixantaine de mètres et large d'une trentaine. Chaque côté de ce quadrilatère était orienté sur un point cardinal. Sur cet espace intérieur, agréable à vivre pendant les fortes chaleurs, s'ouvraient des fenêtres oblongues à croisillons peints en rouge.

Un officier précéda la reine dans un corridor aux murs ornés de haches et de têtes de taureaux.

La salle du trône était moins austère. Avec une palette de couleurs d'un remarquable raffinement, les peintres avaient créé d'admirables scènes représentant des cueilleurs de crocus, des jeunes filles au corps ravissant, des porteuses de vases précieux, des chats, des huppes, des perdrix, des dauphins et des poissons volants. Spirales et palmettes décoraient les plafonds.

Il ne manquait pas un dignitaire de la cour de Cnossos, et les regards convergèrent vers Ahotep.

Imberbes, vêtus de pagnes courts bariolés et croisés, les hommes arboraient une coiffure particulièrement soignée : longues mèches ondulées alternant avec des mèches bouclées plus courtes et d'autres en spirale retombant sur le front. Certains étaient chaussés de bottines en cuir, d'autres portaient des chaussettes montantes.

Les femmes rivalisaient d'élégance et recherchaient ostensiblement la dernière mode. Jupes longues, courtes ou bien à volants multicolores, corsages transparents, bijoux en or, colliers d'agate ou de cornaline dénotaient le goût des Crétoises pour le luxe.

Mais Ahotep les éclipsait toutes, bien qu'elle eût opté pour la simplicité, avec son traditionnel diadème d'or et une robe de lin à la blancheur immaculée. Un maquillage léger soulignait la perfection de ses traits.

Elle fixait le trône en gypse à haut dossier, encadré de deux griffons, sur lequel était assis un vieillard barbu et imposant. Dans sa main droite, un sceptre ; dans la gauche, une double hache, symbole de la foudre qu'il utilisait contre ses ennemis.

— Majesté, le pharaon Amosé vous présente ses vœux de bonne santé pour vous-même et pour la Crète.

Minos le Grand jaugeait Ahotep.

Ainsi, elle existait bel et bien, et elle était ici, dans son palais, seule et sans armée, à sa merci. Il pouvait la faire arrêter et l'envoyer à l'empereur, ou bien l'exécuter lui-même et expédier sa tête à Apophis.

La décision du roi de Crète stupéfia la cour.

— Venez vous asseoir à ma droite, reine d'Égypte.

Depuis son veuvage, Minos le Grand se désintéressait des femmes. Rendre un tel hommage à une souveraine étrangère n'avait certes rien de protocolaire, et les spécialistes de l'étiquette en furent choqués. Mais lorsque Ahotep prit place sur un trône en bois doré orné de figures géométriques, ils oublièrent leurs critiques.

— Ce palais est-il digne de celui de Thèbes ?

— Il est beaucoup plus vaste, mieux construit et mieux décoré.

— Les Égyptiens passent cependant pour des bâtisseurs inégalables, s'étonna le roi.

— Nos ancêtres l'étaient. Par rapport à eux, nous ne sommes que des nains. Mais nous menons une guerre, et seule compte la libération de mon pays. Si le destin nous est favorable, il faudra tout rebâtir et nous prendrons alors exemple sur nos prédécesseurs. Puisse le malheur qui a frappé l'Égypte épargner la Crète.

Pour cette simple déclaration, Minos le Grand, vassal de l'empereur des Hyksos, aurait dû jeter la provocatrice en prison.

— Comment jugez-vous ma cour ? lui demanda-t-il.

— Brillante et raffinée. Et je n'y vois aucun Hyksos.

Selon la majorité des dignitaires crétois, la reine Ahotep dépassait les bornes. Minos le Grand ne sembla pas s'en émouvoir.

— Votre voyage ne fut-il pas trop éprouvant ?

— Par chance, la mer s'est montrée calme.

— Mon peuple aime la musique, la danse et les jeux. C'est pourquoi je vous convie sans plus tarder à un repas de fête en votre honneur.

Le roi se leva, Ahotep l'imita. Côte à côte, les deux souverains quittèrent la salle du trône pour gagner un jardin où avaient été dressées des tables fleuries et chargées de victuailles.

29

À l'issue d'un fabuleux banquet, la cour s'était transportée à l'endroit où des acrobates et des danseurs avaient offert un spectacle avant le sommet des réjouissances : l'épreuve du taureau.

Dans une arène était apparu un monstre digne des taureaux sauvages égyptiens que les chasseurs expérimentés considéraient comme l'animal le plus redoutable de la création.

Pour des athlètes légers et rapides, le jeu consistait à provoquer la colère de la bête qui fonçait sur eux. Au dernier moment, ils l'empoignaient par les cornes et, dans un saut périlleux qui faisait frissonner l'assistance, ils bondissaient par-dessus son échine et retombaient au-delà de sa queue.

La technique de ces jeunes hommes était si remarquable qu'aucun accident n'entacha le jeu.

— Quel sort réservez-vous au taureau ? demanda Ahotep à Minos le Grand.

— Nous le remettons en liberté. Tuer un si noble animal, incarnation de la puissance royale, serait un acte barbare.

— Que représente cet étrange dessin, sur le mur de l'arène ?

— Le labyrinthe, un symbole lié au taureau. Il a été construit près de Cnossos et abritait un génie à la puissance terrifiante, le Minotaure. Grâce au fil que lui confia Ariane, le héros Thésée entra dans le labyrinthe, tua le monstre et ressortit sans se perdre.

— Croyez-vous, Majesté, qu'il existe un fil d'Ariane pour relier nos deux pays ?

Minos le Grand se tâta la barbe.

— Si je comprends bien, vous vous lassez de nos distractions et vous souhaitez aborder les questions essentielles.

— L'Égypte est en guerre. Quelle que soit la qualité de votre accueil, je ne peux m'attarder très longtemps.

L'hésitation du roi de Crète fut lourde de menaces.

— Comme vous voudrez... Laissons la cour se divertir et retirons-nous dans mon domaine.

Le vieillard marchait avec difficulté, mais son énergie demeurait intacte. Ahotep était satisfaite de négocier avec un véritable monarque.

Il s'installa avec la reine dans un bureau décoré de scènes champêtres. Sur les étagères, des tablettes de bois couvertes de textes.

— Comme il est difficile d'administrer un pays ! se plaignit Minos le Grand. Un instant de relâchement, et le chaos menace.

— N'est-il pas plus épuisant encore de devoir rendre des comptes à un tyran comme Apophis ?

Le roi de Crète versa du vin rouge dans deux

coupes en argent, en offrit une à Ahotep et s'assit dans un robuste fauteuil pendant que la reine prenait place sur une banquette recouverte d'une étoffe bariolée.

— Comment va mon fils, le commandant Linas ?

— Quand j'ai quitté Thèbes, il se portait à merveille et paraissait beaucoup apprécier notre modeste capitale. Je précise que c'est lui qui a décidé de rester en Égypte jusqu'à mon retour.

— Tels étaient mes ordres. Si je ne vous avais pas offert une garantie de cette valeur, seriez-vous venue en Crète ?

— Il n'est pas votre fils, n'est-ce pas ?

Le roi n'osa pas regarder son interlocutrice.

— Non, il ne l'est pas.

— À présent, puis-je connaître les raisons de votre invitation ?

— Moi, un fidèle vassal des Hyksos, recevoir dans mon île leur principale ennemie... Pourquoi n'avez-vous pas reculé devant un piège aussi grossier ?

— Parce que ce n'est pas un piège. Vous savez que les Hyksos veulent vous anéantir et que vous ne pourrez pas les combattre seul. C'est pourquoi vous envisagez une alliance avec l'Égypte.

Minos le Grand contempla longuement Ahotep.

— Quelle force surnaturelle vous permet de tenir tête à l'empereur ?

— Le désir de liberté.

— Et vous ne renoncez jamais ?

— Mon mari est mort au combat, mon fils aîné aussi, et mon cadet est aujourd'hui Pharaon, fermement décidé à poursuivre la lutte, même à un contre dix. Grâce aux efforts de nos charpentiers, notre marine de guerre peut rivaliser avec celle des Hyksos.

— Sur terre, leurs chars vous écraseront !

— Nous n'avons pas encore trouvé la parade, c'est vrai, mais je suis persuadée qu'elle existe.

Le roi se cala dans son fauteuil.

— Venteuse, la sœur de l'empereur, est venue à Cnossos pour m'apprendre que son amant, un peintre crétois que je tenais en haute estime, avait été assassiné sur l'ordre d'Apophis. Pour se venger, elle m'a révélé deux secrets d'État. D'abord, la confirmation de votre existence et de vos succès militaires.

— Mon fils Kamès a lancé une attaque contre la capitale des Hyksos, Avaris, et notre front a repoussé un assaut de l'amiral Jannas en personne. Actuellement, nous contrôlons la Haute-Égypte, ce que la propagande de l'empereur tente d'occulter.

— Grâce à ma marine marchande, je peux répandre la vérité dans de nombreux pays.

— En ce cas, les vassaux d'Apophis sauront qu'il n'est pas invincible, et la révolte se propagera !

— Ne soyez pas si optimiste, Ahotep, car tout le monde n'a pas votre courage. Néanmoins, il est possible qu'une telle nouvelle ébranle profondément l'empire.

— Êtes-vous décidé à agir, Minos ?

— Auparavant, je dois vous parler du second secret d'État : il existe une profonde rivalité entre les deux principaux exécutants des volontés d'Apophis, à savoir l'amiral Jannas et le Grand Trésorier Khamoudi. Les deux hommes se détestent, et leur affrontement, plus ou moins feutré, finira par éclater au grand jour tout en affaiblissant le régime hyksos. Apophis vieillit, la guerre de succession se prépare. Qui la gagnera ?

— Peu importe, estima la reine. L'essentiel est de profiter de cette opportunité. Lorsqu'il y aura un vainqueur, il se comportera comme le pire des tyrans. C'est donc avant sa prise de pouvoir qu'il nous faut intervenir.

— La Crète est bien loin de l'Égypte, et c'est à mon pays que je dois d'abord songer.

— Si vous ne combattez pas à mes côtés, puis-je au moins être assurée de votre neutralité ?

— C'est un engagement qui demande mûre réflexion, car ses conséquences risquent d'être dramatiques.

— Il ne vous reste qu'une issue, Minos : reconnaître ma souveraineté sur les îles du bassin méditerranéen, et notamment sur la vôtre. En tant que reine des rivages lointains, je vous devrai protection, et c'est contre moi, et moi seule, que se déclenchera la colère d'Apophis.

Minos esquissa un sourire.

— Ne serez-vous pas plus exigeante que l'empereur ?

— Ma seule exigence sera votre parole de ne pas me trahir. Vous demeurerez roi de Crète, votre pays gardera son indépendance, nous échangerons des ambassadeurs et des tributs.

— Il existe une autre solution, Ahotep. Je suis veuf, mon pays manque d'une reine. Ici, vous seriez en sécurité et mon peuple vous adopterait sans difficulté.

— Je suis fidèle à un seul homme, le pharaon Séqen. En tant qu'Épouse de Dieu, je tente de renforcer sans cesse la puissance du roi d'Égypte et d'attirer vers lui la bienveillance d'Amon. Ma place est au cœur de mon armée. Me réfugier chez vous serait une lâcheté inqualifiable. Reconnaissez donc ma souveraineté, Minos, transmettez de vraies informations grâce à vos marins, ne prêtez plus aucune assistance aux Hyksos et préparez votre île à repousser un assaut de la flotte de Jannas.

— Vos conditions sont draconiennes, Ahotep !

— Ce sont bien celles-là que vous vouliez entendre, n'est-ce pas ?

Minos le Grand ne répondit pas.

— Qu'est devenue Venteuse ? demanda la reine.

— Elle s'est noyée. Un malheureux accident. Il est temps d'aller vous reposer, Ahotep.

— Quand aurai-je votre réponse ?

— Quand le moment sera venu.

Les appartements réservés à la reine d'Égypte étaient luxueux. Outre un mobilier en bois d'une belle qualité, ils comprenaient une salle de bains et des toilettes équipées d'un siège en bois placé au-dessus d'une canalisation rejoignant le réseau d'égouts aménagé sous le palais. Les eaux de pluie descendaient des terrasses par des conduites cimentées, et l'ensemble des branchements aboutissait à un grand collecteur.

Sur une table en porphyre, des tasses décorées de spirales, des vases coniques et d'autres à tête de lion contenant de l'eau, du vin et de la bière. Quant au lit, il était confortable.

Ahotep s'allongea en se demandant si elle ressortirait un jour de cette prison dorée.

30

— Désolé, déclara le chef de la garde. L'empereur est souffrant et ne recevra personne aujourd'hui.

— Pas même moi ? s'étonna Khamoudi.

— Mes ordres sont stricts, Grand Trésorier : personne.

C'était la première fois que Khamoudi était ainsi repoussé. Certes, l'amiral Jannas n'était pas admis, lui non plus, à voir l'empereur, mais la position privilégiée du Grand Trésorier venait d'être effacée.

Inquiet, Khamoudi interrogea des fidèles pour savoir combien de temps avait duré l'entretien entre Apophis et Jannas : plus d'une heure ! D'ordinaire, l'empereur donnait des ordres brefs. Cette fois, il y avait bien eu discussion.

Quant à l'amiral, il se trouvait à la caserne principale d'Avaris, entouré de tous les officiers supérieurs. Autrement dit, il réunissait l'état-major sans convier le Grand Trésorier.

Au bord de la crise de nerfs, Khamoudi rentra chez lui.

— Déjà de retour ? minauda la dame Yima.

C'est pour moi, bien sûr ! Viens, mon chéri, je vais...

— Nous sommes en danger.

Yima blêmit.

— Qui... qui nous menace ?

— Je suis persuadé que Jannas a demandé les pleins pouvoirs à l'empereur.

— Apophis a forcément refusé !

— Je crains que non. Il refuse de me recevoir, alors que l'amiral dévoile ses plans aux généraux.

— Ne peux-tu en être informé ?

— Je le serai, mais trop tard. Et je crois savoir de quoi il s'agit : la guerre totale, en Égypte comme en Asie, avec l'utilisation de toutes nos forces. Dans cette perspective, soit mon rôle sera réduit au minimum, soit je serai éliminé pour avoir contrarié les projets de l'amiral. Bientôt, ses sbires viendront nous arrêter.

— Fuyons immédiatement !

— Inutile, Jannas a forcément installé ses hommes aux sorties d'Avaris. Et où irions-nous ?

— Il faut que tu forces la porte de l'empereur !

— Impossible.

— Mais alors... que faire ?

— Se battre avec nos armes. As-tu persuadé l'impératrice Tany que l'amiral Jannas, incapable de défendre Avaris, était le responsable de sa maladie ?

— Oui, oui !

— Va la voir et explique-lui que ce fou compte mener la guerre sur tous les fronts en même temps et qu'il ne laissera que la garde impériale dans la capitale. Si les Égyptiens reviennent, ils n'auront donc aucun mal à s'emparer de la citadelle. Tany sera capturée et torturée.

Sans prendre le temps de se remaquiller et de changer de robe, Yima courut chez l'impératrice.

Les généraux avaient approuvé sans réserve la stratégie préconisée par Jannas. Les rebelles, asiatiques comme égyptiens, ne pouvaient plus continuer à bafouer ainsi l'Empire hyksos. Il fallait frapper fort et les anéantir afin de démontrer que l'armée de l'empereur n'avait rien perdu de son efficacité.

Même les officiers achetés par Khamoudi s'étaient ralliés à la cause de l'amiral.

Quant au Grand Trésorier, il serait arrêté dans les prochains jours, puis envoyé dans l'un des deux camps de concentration dont il était si fier.

Tout en songeant à l'inéluctable enchaînement des événements, Jannas demeurait pensif. Certes, il apparaissait comme l'unique commandant en chef des régiments hyksos, mais sans l'assentiment explicite d'Apophis. En tant que soldat qui lui avait toujours obéi, ce flou le contrariait. Il souhaitait obtenir les pleins pouvoirs sans aucune équivoque et ferait donc le siège des appartements d'Apophis jusqu'à une déclaration officielle. L'empereur savait bien qu'il ne pouvait pas refuser.

En supposant que ce vieillard refuse d'admettre la réalité et condamne ainsi l'Empire hyksos à disparaître, Jannas se devait de le sauver. Si Apophis s'obstinait, l'amiral devrait se débarrasser de lui.

Son aide de camp interrompit le cours troublé de ses pensées.

— Amiral, un énorme scandale ! On prétend que vous avez fait décapiter vos domestiques pour offrir leurs cadavres au temple de Seth avant de partir en campagne !

— C'est délirant !

— Une accusation de meurtre a été lancée contre vous par le Grand Trésorier Khamoudi.

— Allons immédiatement à ma villa pour ruiner ces allégations.

Accompagné de ses gardes du corps, Jannas marcha rapidement jusqu'à son domicile de fonction.

La sentinelle chargée de surveiller l'entrée avait disparu.

Conformément aux ordres de l'empereur, un espace sablé remplaçait le jardin, jugé amollissant.

— Dispersez-vous autour de la maison, ordonna Jannas à ses hommes.

L'aide de camp resta auprès de l'amiral.

La porte principale était grande ouverte.

L'amiral appela son intendant. Pas de réponse.

Égorgé, le domestique gisait dans le hall d'entrée. La mare de sang était encore chaude.

— Les assassins viennent de partir, constata l'aide de camp.

Auteur de quantité de massacres, Jannas semblait perdu. Jamais il n'avait songé qu'on pourrait s'en prendre à lui dans sa propre demeure et s'attaquer à sa maisonnée.

D'une démarche mal assurée, l'amiral traversa le hall pour pénétrer dans la salle de réception.

Sur une chaise, dans une position grotesque, le corps de sa femme de chambre. À ses pieds, sa tête tranchée. Non loin d'elle, les cadavres dénudés de la cuisinière et du jardinier, leur tête ensanglantée posée sur le ventre.

L'aide de camp vomit.

Abasourdi, Jannas entra lentement dans son bureau.

Son secrétaire avait été tué à coups de hache, et sa tête trônait sur une étagère.

— Je continue à explorer ce charnier, dit Jannas à son aide de camp. Toi, va voir si mes hommes ont repéré quelqu'un. Sinon, qu'ils me rejoignent.

Dans la chambre de l'amiral, les trois dernières servantes, elles aussi décapitées. Le lit, les sièges et les murs étaient souillés de sang.

Aucun membre de sa domesticité n'avait été épargné.

Jannas se saisit d'un vase rempli d'eau fraîche et la répandit sur son visage.

Puis il sortit de la maison et appela son aide de camp.

Surpris de ne pas recevoir de réponse, il buta contre le corps d'un de ses gardes, une flèche plantée dans la nuque.

À une dizaine de pas, l'aide de camp, tué de la même manière. Un peu plus loin, d'autres gardes.

Un instant pétrifié, Jannas comprit qu'il devait s'enfuir.

Deux énormes mains lui serrèrent le cou. D'un coup de coude, il percuta le ventre de l'adversaire afin de se dégager, mais la dame Abéria encaissa le choc sans sourciller.

— Personne n'est plus fort que l'empereur, lui

dit-elle en l'étranglant avec sauvagerie. Tu as osé le défier, Jannas, et cette insolence mérite la mort.

L'amiral se débattit avec la dernière énergie, sans faire lâcher prise à la tueuse.

Le larynx brisé, il mourut en maudissant Apophis.

— C'est fait, annonça Abéria au Grand Trésorier, entouré des pirates chypriotes qui avaient abattu le personnel et les gardes de Jannas.

— Éventre-le avec une faucille. Officiellement, c'est son jardinier qui l'aura assassiné pour le voler.

31

Ahotep venait de s'assoupir lorsque son lit trembla si fort qu'elle faillit en tomber. Les meubles gémirent, un vase se fracassa sur le sol. Le calme revint quelques instants, puis une nouvelle secousse, plus violente que la première, incita la reine à se lever. Le plafond de sa chambre s'était fendillé. Au-dehors, on criait.

Ahotep tenta de sortir, mais la porte était fermée de l'extérieur.

— Ouvrez immédiatement !

Une voix embarrassée lui répondit.

— Majesté, les ordres...

— Ouvrez ou j'enfonce cette porte !

L'homme qui la libéra n'était pas un gardien ordinaire. Secrétaire particulier de Minos le Grand, il parlait, comme le roi, un égyptien acceptable.

— Suis-je votre prisonnière ?

— Non, pas du tout, mais votre sécurité...

— Ne vous moquez pas de moi : j'exige la vérité.

Le secrétaire abdiqua.

— Le roi Minos est parti pour la montagne

sacrée afin d'y recueillir l'oracle du taureau dans la grotte des mystères. D'ordinaire, il ne s'y rend que tous les neuf ans. En raison de la question exceptionnelle qu'il doit poser, il a brisé la tradition et pris beaucoup de risques. Parfois, le souverain régnant ne ressort pas de la grotte, et il nous faut le remplacer. À la cour, beaucoup pensent que Minos le Grand a commis une double erreur : vous inviter à Cnossos et subir cette épreuve.

— La plupart des dignitaires crétois sont favorables aux Hyksos, n'est-ce pas ?

— Disons qu'ils craignent, à juste titre, la colère de l'empereur. Votre présence en a convaincu plus d'un de changer d'opinion, mais il demeure des irréductibles qui pourraient se révéler dangereux. En son absence, le roi m'a demandé de veiller sur vous, et je crois que la meilleure solution consiste à vous enfermer dans votre chambre, laquelle sera surveillée jour et nuit.

— Dans combien de temps Minos le Grand rentrera-t-il à Cnossos ?

— La consultation de l'oracle dure neuf jours.

— Et... s'il ne revient pas ?

Le secrétaire parut gêné.

— Ce serait une tragédie pour la Crète. Je redoute une lutte féroce pour le trône et la victoire d'un partisan des Hyksos.

— Alors, ne m'enfermez plus. Je dois être libre de mes mouvements.

— Comme vous voudrez. Mais je vous prie de ne pas quitter cette aile du palais où chacun des gardes est un homme sûr.

— Entendu.

— Votre nourriture et vos boissons sont testées par mon cuisinier. Vous pouvez donc vous nourrir et vous désaltérer en toute sécurité. Sachez que je souhaite vivement le retour de Minos le Grand et la concrétisation de vos projets.

— Ces tremblements de terre sont-ils fréquents ?

— De plus en plus, ces deux dernières années. Certains prétendent qu'ils traduisent la colère d'un volcan dont les Hyksos ont bafoué la sérénité en massacrant sur ses pentes des pirates chypriotes. Les secousses sont impressionnantes mais ne causent pas de gros dégâts. Le palais de Cnossos est si solide que vous n'avez rien à redouter.

— J'aimerais m'entretenir chaque jour avec vous de l'évolution de la situation.

— Il sera fait selon votre désir, Majesté.

Chez les marins égyptiens ancrés dans le petit port crétois où l'on entreposait des jarres d'huile, le ton n'était pas à l'optimisme. Entre eux et les autochtones, aucun contact. Des soldats leur apportaient deux repas par jour et des jarres d'eau. Ni vin ni bière.

Il leur était interdit de débarquer, et l'unique tentative du capitaine s'était terminée au bas de la passerelle. Menacé par des lances, il avait dû rebrousser chemin.

— On ne s'entendra jamais avec ces gens-là, estima le second.

— Dans le passé, avant l'invasion hyksos, on commerçait avec eux, rappela le capitaine.

— Aujourd'hui, ce sont des ennemis !

— La reine Ahotep réussira peut-être à en faire nos alliés. Ce ne serait pas son premier miracle.

— Ne rêve pas, capitaine : la Crète est un vassal de l'empereur et elle le restera. Sinon, l'amiral Jannas la transformera en désert.

— Laisse-moi quand même rêver.

— Mieux vaudrait admettre la réalité ! Voilà dix jours que nous sommes immobilisés ici et que nous n'avons aucune nouvelle de la reine. Ouvre donc les yeux, capitaine !

— Explique-toi.

— Ahotep est morte ou emprisonnée. Bientôt, les Crétois monteront à bord et nous passeront au fil de l'épée. Il faut partir au plus vite.

— Et les amarres ?

— Nous avons deux bons plongeurs qui les couperont pendant la nuit. Au petit matin, on lève l'ancre et on sort du port en ramant.

— Les archers nous tireront dessus !

— Ils seront gênés par la lumière du levant. Et nous riposterons.

— Les bateaux crétois nous poursuivront.

— Pas si sûr. Ils nous savent inexpérimentés en mer et compteront sur notre naufrage. Et puis nous sommes plus rapides qu'eux. Avec les cartes et un peu de chance, nous regagnerons l'Égypte.

— Je n'ai pas le droit d'abandonner la reine Ahotep !

— Son sort est scellé, capitaine. Sauve au moins ton équipage.

La réflexion fut amère, mais impossible d'échapper à la conclusion.

— D'accord, second. Prépare les hommes, nous partirons à l'aube.

Dix jours.

Minos le Grand n'était pas revenu de la grotte de l'oracle. Autrement dit, le roi de Crète était mort et la guerre de succession venait de s'ouvrir. Ahotep serait l'un des enjeux de cette bataille acharnée. Soit le nouveau souverain l'exécuterait et ferait disparaître son corps, soit il la remettrait entre les mains d'Apophis. D'après ce qu'elle avait appris de la bouche du secrétaire de Minos, les prétendants étaient tous persuadés que la reine d'Égypte représentait un danger à écarter.

Si elle ne réussissait pas à quitter le palais dans les prochaines heures, Ahotep ne reverrait plus son pays. Mais l'aile où elle logeait était à présent surveillée par de nouveaux soldats qui ne la laisseraient pas passer.

Comment fuir, sinon en empruntant les vêtements d'une servante et en tentant de s'éclipser avec les autres domestiques ? Ensuite, il faudrait sortir de la capitale et franchir la distance qui la séparait du port. Mais son bateau s'y trouvait-il encore ?

Ahotep oublia les obstacles qui rendaient son évasion impossible.

Dès que la femme de chambre entrerait pour changer les draps, elle l'assommerait.

On frappa à sa porte.

— C'est moi, murmura le secrétaire de Minos le Grand. Ouvrez vite.

L'homme n'était-il pas accompagné d'une nuée de soldats ? Cette fois, il n'y avait plus d'issue.

Ahotep ouvrit. Le secrétaire était seul.

— Sans doute Minos le Grand est-il mort dans la grotte mystérieuse, admit-il. Les prêtres réclament un délai avant d'évoquer la succession. C'est votre unique chance de vous échapper, Majesté. Montez dans mon chariot, je vous accompagne jusqu'au port.

— Pourquoi prenez-vous de tels risques ?

— Parce que je crois à une alliance entre l'Égypte et la Crète. Pour mon pays comme pour le vôtre, il n'existe pas d'autre moyen d'échapper à la tyrannie hyksos. C'est la position que je défendrai à la cour et devant le nouveau souverain, même sans espoir d'être écouté.

Le chariot s'engagea sur la route qui menait au port. À tout instant, la reine s'attendait à être arrêtée par une patrouille. Grâce aux interventions du secrétaire de Minos le Grand, aucun poste de garde ne contrôla le véhicule.

Le bateau égyptien était encore à quai. Une vingtaine de fantassins en interdisait l'accès.

— Vous avez reçu l'ordre de ne laisser personne descendre, rappela le secrétaire à un gradé. La reine Ahotep, elle, monte à bord.

Placé devant l'évidence, le gradé s'écarta.

Les nerfs tendus à l'extrême comme les autres membres de l'équipage, le capitaine n'osa pas manifester sa joie.

— Nous étions persuadés que nous ne vous reverrions jamais, Majesté, et nous étions prêts à partir.

— Vous auriez bien fait. Levez l'ancre, coupez les amarres et hissez les voiles. Si les archers crétois tirent, nous ripostons.

Pendant que les Égyptiens exécutaient très rapidement les manœuvres, le secrétaire du roi discutait ferme avec le gradé pour l'empêcher d'ouvrir les hostilités. Il parvint à le convaincre que Minos le Grand souhaitait le départ de la reine Ahotep dont le séjour en Crète devait rester un secret d'État.

Confronté à des arguments complexes qu'il n'avait pas le temps d'exposer à un supérieur, l'officier regarda manœuvrer le bateau égyptien. Bénéficiant d'un fort vent arrière, il s'éloigna vite de la côte crétoise.

32

Sous le commandement du pharaon Amosé, l'armée égyptienne réunie au Port-de-Kamès avait pris fière allure. Chacun appréciait l'autorité du monarque qui, cependant, restait proche de ses hommes. Outre exercices et manœuvres dont la fréquence ne diminuait pas, le roi veillait sur l'intendance et ne tolérait aucun manquement aux consignes. Une stricte hygiène régnait dans le camp et les repas y étaient excellents.

Ces conditions d'existence, aussi bonnes que possible, ne faisaient oublier à personne qu'une attaque hyksos se produirait tôt ou tard. Aussi l'état d'alerte était-il permanent. Jour et nuit, de nombreux guetteurs avaient pour mission d'alerter le pharaon au moindre signe de danger.

Grâce à Filou et à ses pigeons messagers, Amosé demeurait en contact avec le Moustachu et l'Afghan qui continuaient à animer la résistance de Memphis. Les Hyksos se contentaient de tenir le siège sans tenter de prendre d'assaut la partie de la grande cité qui leur échappait.

Amosé songeait souvent à Néfertari, restée à

Thèbes pour y remplir les fonctions qu'exerçait naguère Téti la Petite. Avec l'aide d'Héray et de Qaris, la Grande Épouse royale se devait d'assurer la prospérité des provinces de Haute-Égypte qui fournissaient aux soldats les denrées alimentaires indispensables. Chaque matin, la jeune femme se rendait au temple de Karnak où elle célébrait le réveil d'Amon et sollicitait sa protection.

Le peuple aimait déjà cette souveraine, à la fois simple et pleinement responsable.

— Rien à signaler, Majesté, lui dit le gouverneur Emheb, dont la robuste constitution avait repris le dessus.

— Réponds-moi sans détour : notre vigilance pourrait-elle être prise en défaut ?

— Je ne vois pas comment, Majesté. Tout système est faillible, bien entendu, mais j'ai doublé chaque poste. Que l'ennemi vienne par le fleuve, la campagne ou le désert, il sera repéré.

— Comment se comporte le Crétois ?

— Il respecte son assignation à résidence.

Amosé avait jugé préférable d'emmener le commandant Linas au Port-de-Kamès tout en le mettant au secret afin qu'il en sache le moins possible sur l'armée égyptienne. Sans doute regrettait-il Thèbes, mais n'était-il pas un hôte très particulier que le pharaon n'avait pas à choyer ?

— Pourquoi Jannas ne cherche-t-il pas à nous anéantir ? demanda Amosé au gouverneur Emheb.

— Parce qu'il n'a pas les mains libres, Majesté. Soit l'empereur l'a envoyé semer la terreur dans un pays lointain, soit l'amiral est chargé de la sécurité du Delta et de la préparation d'une offensive qui balaiera tout sur son passage. Jannas a forcément tiré les leçons de son échec.

— Et si des querelles internes affaiblissaient les Hyksos ? L'empereur est vieux, son trône sera bientôt vacant.

— Je crains que ce vieillard maléfique ne nous enterre tous !

Amosé reconnut le battement d'ailes caractéristique de Filou qui revenait de l'oasis de Sioua, proche de la Libye.

Le chef du service de renseignements égyptien se posa avec sa précision habituelle. Dans son regard, il y avait de la joie.

En lisant le message, le roi comprit pourquoi Filou était heureux.

— Ma mère est de retour, annonça-t-il au gouverneur Emheb. Elle et son équipage ont traversé les zones marécageuses du Delta, emprunté les pistes du désert, et viennent d'arriver dans l'oasis.

— La piste est sous notre contrôle, rappela le gouverneur dont le visage s'ornait d'un large sourire, mais j'envoie quand même des hommes à la rencontre de la reine.

Dès que Rieur le Jeune et Vent du Nord autorisèrent le pharaon à s'approcher de la souveraine qu'ils avaient bruyamment accueillie, Ahotep et son fils s'étreignirent.

— Êtes-vous en bonne santé, mère ?

— Excellente. Cette promenade en mer m'a permis de me reposer après mon départ précipité de Crète.

— C'était donc un piège !

— Pas exactement. Minos le Grand a compris que les Hyksos finiraient par envahir son pays, mais il redoute leur réaction s'il s'allie avec l'Égypte. Je lui ai donc proposé de se mettre sous ma protection, en tant que souveraine des rivages lointains.

— Et... il a accepté ?

— Il s'est retiré dans la grotte mystérieuse où méditent les rois de Crète lorsqu'ils ont besoin d'une énergie nouvelle. Mais il n'en est pas revenu, et ses successeurs potentiels ont commencé à s'entre-déchirer. Sans l'aide du secrétaire de Minos qui croit à l'entente égypto-crétoise, j'aurais été leur prisonnière.

— Votre retour est un nouveau miracle !

— La chance ne m'a pas encore abandonnée, Amosé.

— Nous ne pouvons donc pas compter sur la Crète, déplora le pharaon.

— La grande île va connaître de profonds bouleversements. Qu'en sortira-t-il ? Si le prochain monarque n'accuse pas le secrétaire de Minos de haute trahison, peut-être l'écoutera-t-il. Pour être sincère, l'espoir est des plus mince. Mon voyage n'aura pourtant pas été inutile, car le roi de Crète m'a appris que l'amiral Jannas et le Grand Trésorier Khamoudi, les deux Hyksos les plus importants après l'empereur, se haïssent ! Ils se livrent déjà un combat sans merci, sans doute avec l'ambition de remplacer le vieil Apophis.

— Voilà pourquoi Jannas ne nous a pas encore attaqués ! Et si nous en profitions pour essayer de reprendre Memphis et de nous engager dans le Delta ?

— Tels sont bien nos objectifs, Amosé, mais il faut d'abord résoudre le problème posé par la charrerie hyksos.

— Vous avez conçu un nouveau projet, n'est-ce pas ?

— Avant que nous en parlions, convoque le Crétois.

Bon mangeur et solide buveur réduit à l'inactivité, le commandant Linas avait grossi.

— Majesté, comme je suis content de vous revoir ! s'exclama-t-il en saluant Ahotep. J'ose croire que vous m'autorisez à regagner la Crète.

— Qui es-tu ?

Linas bafouilla.

— Vous le savez, le fils de Minos le Grand, son fils cadet !

— Il m'a lui-même avoué que tu avais menti sur ordre afin que je quitte l'Égypte sans inquiétude. Un monarque n'aurait pas sacrifié son fils, n'est-ce pas ? Ton histoire ne m'a pas convaincue, Linas, mais je suis quand même partie.

Le Crétois s'agenouilla.

— J'ai obéi à Minos, Majesté, mais je ne suis quand même pas n'importe qui ! On me considère comme l'un des meilleurs marins crétois et, en cas de conflit, mon bateau combattra en première ligne.

— Tu peux rentrer chez toi, décida la reine.

— Je vous remercie, mais... par quel moyen ?

— Gagne un petit port sous contrôle hyksos et

fais-toi engager sur l'un de leurs navires marchands en partance pour la Crète. Si ton nouveau roi désire me transmettre un message, qu'il te le confie. Nous t'accueillerons de nouveau avec bienveillance.

Pourquoi l'espion hyksos n'avait-il pas empêché Ahotep de se rendre en Crète ? Deux raisons : d'une part, parce qu'il espérait qu'elle n'atteindrait pas la grande île, tant les dangers du voyage étaient grands ; d'autre part, parce qu'il était certain que Minos le Grand n'oserait pas conclure une alliance avec les Égyptiens. En revanche, il ignorait que Venteuse s'était rebellée contre Apophis et avait révélé des secrets d'État.

Pendant l'absence de la reine, aucune tentative d'attentat n'avait été perpétrée contre la personne d'Amosé. À Thèbes, aucun incident.

Que l'espion ait renoncé à nuire, ni Ahotep ni le pharaon ne parvenaient à s'en persuader.

— Des décès d'officiers supérieurs se sont-ils produits récemment ? s'enquit la reine.

— Un vieux général du génie nous a quittés, en effet, mais il n'avait pas le profil d'un séide d'Apophis.

— N'est-ce pas précisément la principale qualité qu'Apophis exige de lui ?

— Cela signifierait que ce monstre est mort et que l'empereur n'a plus d'informateur !

— Ce n'est qu'une hypothèse bien fragile, Amosé, et mieux vaut l'oublier. Néanmoins, il serait bon que tu retournes à Thèbes et que tu mènes une enquête approfondie sur ce vieux général. Ainsi, tu auras l'occasion de revoir Néfertari.

— Vous continuez à lire dans mes pensées, mère. Moi, j'ai hâte de connaître votre plan pour lutter contre les chars hyksos.

— Il consiste d'abord à se remémorer nos propres techniques, ensuite à utiliser celles de l'adversaire.

33

Filou en personne apporta le message d'Ahotep à l'Afghan et au Moustachu qui se trouvaient au quartier général de la résistance memphite, une ferme à moitié détruite et apparemment abandonnée. Comme elle n'intéressait plus les Hyksos depuis longtemps, c'est là qu'ils entreposaient nourritures et armes venues du sud avant de les introduire dans Memphis assiégée.

Connaissant tout des habitudes et des horaires de l'ennemi, les Égyptiens utilisaient au mieux les failles du blocus. Le commandant de la charrerie ne lançait plus d'assauts et se contentait de démonstrations de force, lors de grandes manœuvres destinées à impressionner les résistants, condamnés à pourrir sur place.

Le Moustachu décoda le message.

— Alors ça ! Impossible, on y laisserait notre peau.

— La reine nous ordonne-t-elle d'attaquer Avaris ?

— Tu n'es pas loin de la vérité ! Alors ça...

— J'aimerais davantage d'explications, souhaita l'Afghan.

— Nous devons nous emparer d'un char hyksos et de plusieurs chevaux.

L'Afghan n'eut plus envie de plaisanter.

— Alors ça, murmura-t-il encore.

Abasourdis, les deux hommes vidèrent une jarre de vin rouge, une piquette locale qui donnait du courage.

— La reine ne nous donne pas le choix, je suppose ?

— Tu la connais, répondit le Moustachu.

— L'idée est géniale, mais sa réalisation plutôt hasardeuse, d'autant plus que nous ne savons manier ni les chevaux ni les chars. Hors de question d'en voler un en le conduisant.

— Très juste, l'Afghan. Donc, une partie du commando s'occupera de ces bestiaux, qui doivent ressembler à des ânes, une autre du char, qu'il faudra tirer jusqu'au fleuve. Et nous embarquerons le tout sur un voilier.

— J'apprécie ce raccourci qui présente l'avantage d'éluder les phases critiques de l'opération. Crois-tu que nous puissions poliment prier un officier hyksos de nous autoriser à examiner son véhicule ? Ta première réaction me paraît la bonne : on y laissera tous notre peau.

— Les ordres sont les ordres. On ne va quand même pas décevoir la Reine Liberté ?

— Là, le Moustachu, je te suis.

Les deux amis réunirent leurs meilleurs hommes pour former un commando de trente résistants. Plus nombreux, ils risquaient de se faire repérer et d'être inefficaces. Inutile de leur demander s'ils étaient volontaires pour une mission impossible, puisqu'ils devaient l'être en permanence. Néanmoins, l'objectif ne souleva aucun enthousiasme. Chacun comprit qu'il avait fort peu de chances de survivre à cette folie.

— J'envisage trois actions simultanées, proposa l'Afghan. Une : les Memphites créent une diversion en attaquant le campement hyksos le plus proche de la muraille blanche. Deux : vingt-cinq d'entre nous sortent un maximum de chevaux de l'écurie. Trois : les cinq autres s'emparent d'un char.

Cent questions fusèrent, soulignant les difficultés de l'opération. Et la piquette coula à flots.

Marchant dans les traces de Téti la Petite à laquelle elle rendait chaque jour hommage, Néfertari ne cessait d'embellir Thèbes. Elle avait conquis tous les cœurs, y compris ceux des vieux prêtres et des artisans les plus revêches. L'intendant Qaris était devenu son dévoué complice, et le ministre de l'Économie Héray mettait un point d'honneur à lui présenter les preuves d'une parfaite gestion.

La jeune reine ne restait pas enfermée dans son palais. Elle parcourait la campagne, visitait les maisons de la capitale, accordait la même considération aux pauvres et aux riches, intervenait en faveur des malades et des plus démunis. Les journées étaient longues, parfois épuisantes, mais comment aurait-elle osé se plaindre en songeant à Ahotep qui, depuis tant d'années, luttait au péril de sa vie pour libérer l'Égypte ?

Seule l'absence d'Amosé lui pesait vraiment. Privée de sa force paisible, elle se sentait vulnérable.

Enfin, il était de retour !

Bien avant son arrivée, Néfertari se trouvait au débarcadère où l'on faisait la fête pour accueillir le pharaon.

Ni elle ni lui n'entendirent les acclamations. Dans leur regard régnait un bonheur si profond et si intense qu'ils étaient seuls au milieu de la foule en liesse.

Néfertari parvenait presque à lui faire oublier la guerre, tant leurs nuits d'amour étaient joyeuses et passionnées. Mais Amosé était le pharaon et, le matin venu, il devait à son peuple d'assumer les devoirs de sa charge. Vénérer Amon à Karnak était le premier d'entre eux, afin que le lien entre le ciel et la terre ne soit pas rompu. Ensuite venait la réunion de son conseil à laquelle assistait Néfertari dont les recommandations faisaient autorité. Connaissant à la perfection les forces et les faiblesses de la région, la Grande Épouse royale orientait les esprits vers les bonnes décisions.

— Combien de temps comptes-tu demeurer à Thèbes ? lui demanda-t-elle alors qu'ils goûtaient la douceur du soir sur la terrasse du palais.

— Juste la période nécessaire pour enquêter sur la mort d'un vieux général et savoir s'il n'était pas l'espion hyksos que nous recherchions.

— L'espion hyksos, mais...

— Ma mère le considère comme responsable de la mort de mon père et de mon frère.

— Ce monstre aurait assassiné deux pharaons... Et tu aurais pu être sa prochaine victime !

— Sois très vigilante, Néfertari, et note le moindre comportement suspect.

Le roi reçut Héray dans son bureau. Tout en continuant à veiller sur les récoltes et le remplissage des greniers, une arme de guerre aussi essentielle que l'épée, le ministre avait étendu son domaine à l'ensemble de l'économie thébaine. Le contact facile et l'œil vif, Héray fréquentait tout le monde. Comment oublier l'époque où il dénichait, à Thèbes, les partisans des Hyksos ? Toujours leste en dépit de sa masse impressionnante, il n'avait pas cessé d'entretenir un réseau d'indicateurs afin que rien ne lui échappât et que la sécurité de la capitale fût bien assurée.

— As-tu étudié le cas du général ?

— En détail, Majesté. C'est un Thébain qui a franchi tous les échelons de la hiérarchie grâce à sa capacité de former les jeunes recrues. Il a passé l'essentiel de son existence sur la base secrète et s'est toujours montré un fervent partisan de la lutte contre les Hyksos. Pendant son agonie, il a conseillé à ses proches de rester fidèles à la Reine Liberté.

— Rien ne se cache derrière cette belle façade ?

— Rien, Majesté. Ce militaire vivait à la caserne et ne s'occupait que de ses soldats.

— Aucun voyage vers le nord ?

— Aucun.

— Dans son entourage, personne n'a émis de soupçons sur son comportement ?

— Personne, Majesté.

— Donc, un officier honnête et respectable qui a bien servi son pays.

— Exactement.

— Ton réseau ne t'a-t-il pas signalé un cas suspect parmi les dignitaires thébains ?

— Non, Majesté.

— Ne relâche pas ton attention, Héray.

— S'il existe encore un seul partisan des Hyksos dans notre bonne ville, je l'identifierai.

Conformément au désir de la reine Ahotep, le pharaon se rendit à la base militaire pour y faire préparer un vaste terrain clos et des écuries destinées aux chevaux hyksos qui, si le destin favorisait le commando chargé de s'en emparer, arriveraient bientôt à Thèbes.

34

Enfin la nouvelle lune, heureusement accompagnée de quelques nuages.

— On y va, décida l'Afghan.

— Tu t'occupes des chevaux ou du char ? lui demanda le Moustachu.

— Les chevaux sont sûrement plus dangereux.

— Alors, je m'en charge.

— Pourquoi toi ?

— Parce que c'est comme ça.

— On tire au sort.

— Pas le temps. Moi, je m'y connais en ânes, et les bestiaux hyksos sont juste un peu plus longs et un peu plus grands. Surtout, ne rate pas ton coup. Si nous n'avons pas le char, mes exploits seront inutiles.

— Le char sans les chevaux ne sera pas très utile non plus, souviens-t'en.

— Ça fait drôle, non ? Quand on est entré dans la résistance, j'étais sûr de ne pas vivre vieux. Et cette nuit, on va porter un coup terrible à l'envahisseur.

— Tu rêvasseras plus tard. En route.

En prenant un maximum de risques, les deux hommes avaient repéré des chars en réparation et des chevaux à l'écart du camp principal. Peut-être ces bêtes-là étaient-elles malades ou fatiguées. L'endroit présentait l'avantage notable d'être moins bien gardé que les autres écuries.

Vers minuit, il ne restait plus qu'une dizaine de sentinelles veillant sur les quadrupèdes et trois sur l'abri où trois chars attendaient leur remise en état.

Aplatis dans des herbes folles et coupantes, les Égyptiens observaient.

— Si une seule sentinelle donne l'alerte, murmura l'Afghan, nous sommes fichus. Il faut les supprimer toutes en même temps et sans bruit.

— J'ai peur que leurs alliés à quatre pattes ne les imitent, avança le Moustachu. Avant de les emmener, on pénètre dans le dortoir et on supprime les autres Hyksos.

Les deux hommes savaient que la moindre imprécision dans l'exécution du plan leur serait fatale. Mais l'heure n'était plus aux tergiversations et chacun, poignard en main, fit mouvement vers la cible qui lui avait été désignée.

Une seule sentinelle eut le temps de pousser un cri, vite étouffé.

Le cœur battant, les membres du commando se figèrent sur place. D'interminables secondes s'écoulèrent, aucun Hyksos ne se manifesta.

Les Égyptiens convergèrent vers le dortoir. Au signal du Moustachu, ils s'y engouffrèrent.

Seuls les deux officiers qui couchaient au fond du baraquement esquissèrent un geste de défense, mais les membres du commando étaient rapides et déterminés.

Sans mot dire, ils passèrent à la suite de leur mission.

Du côté de l'Afghan, aucune difficulté. Il choisit le seul char encore équipé de ses deux roues et le tira avec ses quatre compagnons en direction du fleuve.

Du côté du Moustachu, la tâche s'avéra beaucoup plus ardue. Le premier Égyptien qui s'approcha d'un cheval gris par l'arrière reçut un coup de sabot en pleine poitrine et s'effondra sur le dos.

Le Moustachu l'aida à se relever.

— Tu tiendras debout ?

— Je suis à moitié cassé, mais ça ira. Méfiez-vous de ces créatures !

— On leur passe des cordes autour du cou et on les hale.

La plupart des quadrupèdes acceptèrent le traitement avec plus ou moins de bonne grâce, mais l'un hennit en menaçant de mordre et un autre se cabra, sortit de l'écurie et partit au galop.

— Ne traînons pas ici, ordonna le Moustachu qui redoutait d'autres réactions brutales de la part de ces fauves.

Pourtant, plutôt satisfaits de cette promenade inattendue, les chevaux acceptèrent d'être guidés jusqu'au fleuve.

Sur la rive, les Égyptiens se congratulèrent. Un seul blessé, et la mission accomplie !

— Il y a encore l'embarquement, rappela l'Afghan.

Pour le char, la passerelle était trop étroite. Il fallut lui juxtaposer celle de secours et pousser le véhicule avec lenteur afin d'éviter qu'il ne tombe dans le fleuve.

— Au tour des chevaux, exigea le Moustachu.

Le premier refusa de grimper, le deuxième également.

— On leur pique les fesses, recommanda le blessé, qui n'éprouvait aucune affection pour ces animaux.

— Trop risqué, objecta le Moustachu.

— On ne va quand même pas les abandonner !

— J'ai une idée.

Le Moustachu repéra le cheval le plus grand et le plus robuste, un mâle blanc au regard direct, moins nerveux que ses congénères.

— On vous emmène à Thèbes, lui annonça-t-il, et vous y serez bien traités. La seule manière de nous y rendre, c'est d'emprunter ce bateau. Montre l'exemple en gravissant cette passerelle. Entendu ?

L'Égyptien caressa la tête du quadrupède et le laissa sentir son odeur d'humain. Après un long moment, l'animal accepta l'invitation.

Une jument lui emboîta tranquillement le pas, et les autres l'imitèrent.

— Tu sais parler à l'oreille des chevaux, remarqua l'Afghan.

— J'ai tellement de dons que je ne vivrai pas assez longtemps pour les exploiter.

Alors que l'aube se levait sur Memphis, on procéda à la relève de la garde dans le vaste camp hyksos. Encore une morne nuit où il ne s'était rien passé, encore une morne journée pendant laquelle assiégeants et assiégés resteraient sur leurs positions. Peut-être le commandant ordonnerait-il une parade de chars afin d'impressionner les Memphites en leur rappelant qui était le plus fort.

La sentinelle bâilla, heureuse d'en avoir terminé. Après avoir bu du lait et mangé du pain frais, elle irait dormir jusqu'à midi. Ensuite, repas et sieste.

Ce qu'elle crut voir devait être un mirage : un cheval, tout seul, errait dans le camp !

Le Cananéen alerta son supérieur dont les yeux étaient encore embrumés.

— Regardez, là-bas !

— On dirait... Non, ce n'est pas possible ! Qui aurait pu laisser un cheval s'échapper ? Je préviens immédiatement le commandant.

Brutalement tiré de son sommeil, ce dernier voulut vérifier par lui-même. Ce qu'il constata le mit dans une violente colère.

— Amenez-moi au plus vite les responsables de cet inqualifiable manquement à la discipline. Que ce cheval soit reconduit à son écurie.

Une bonne demi-heure plus tard, ce fut un palefrenier livide qui vint au rapport.

— Les soldats, morts... L'écurie, vide...

— Qu'est-ce que tu racontes ?

— L'écurie et le dortoir de l'ouest... Pas un seul survivant !

Accompagné de son aide de camp, le commandant se rendit sur place.

Le palefrenier n'avait pas exagéré.

— Les résistants ont osé voler des chevaux ! s'indigna l'aide de camp. Il faut prévenir Avaris.

— À mon avis, ce serait une graveur erreur.

— Commandant, c'est le règlement ! Un incident d'une telle gravité...

— Nous serons accusés d'incompétence et de négligence, moi, toi et nos subordonnés. Au mieux, ce sera la prison. Au pire, le labyrinthe et le taureau.

La pertinence des arguments ébranla l'aide de camp.

— Que... que proposez-vous ?

— Le silence absolu. On enterre les cadavres et on supprime le palefrenier. Ensuite, on oublie tout.

35

Fiers, robustes, un mètre quarante au garrot, les chevaux hyksos émerveillaient et intriguaient les Égyptiens. Vent du Nord et Rieur le Jeune les observaient avec attention, et l'âne savait déjà qu'ils ne seraient pas capables de porter de lourdes charges, d'autant qu'un mot égyptien s'était imposé pour désigner l'imposant mammifère : « le beau ».

Sur la base secrète de Thèbes, la reine Ahotep et le pharaon Amosé avaient réuni leur état-major, qui s'était répandu en félicitations sur le compte de l'Afghan et du Moustachu, y compris le gouverneur Emheb, autorisé à quitter temporairement le Port-de-Kamès où l'amiral Lunaire assurait le commandement. Au moindre signe de danger, il alerterait la capitale.

— Ce sont de belles créatures, il est vrai, estima l'intendant Qaris. Je suis heureux d'avoir vécu assez longtemps pour les voir de près.

— Justement, ne vous en approchez pas ! conseilla le chancelier Néshi. Certains chevaux ont la ruade facile. Moi, je renonce à comprendre leur caractère.

— Il n'est pas plus difficile que celui des ânes, jugea Héray. Soyons simplement patients et attentifs pour gagner leur confiance.

— L'urgence, c'est qu'ils nous fassent des petits, avança Emheb. Si nous réussissons à maîtriser ces animaux, il nous en faudra beaucoup pour rivaliser avec la charrerie hyksos.

— De ce côté-là, le travail est commencé, le rassura le Moustachu. D'après mes premières constatations, le cheval aime l'autorité. Comme l'a remarqué Héray, il faut que son maître établisse avec lui une relation d'amitié. La règle sera donc : un cheval, un homme. Ils apprendront à se connaître et deviendront inséparables.

— As-tu déjà choisi le tien ? demanda la reine.

— Le grand mâle blanc qui nous toise, Majesté. C'est lui qui nous a permis d'embarquer et de débarquer sans trop de difficultés.

— Chez les Hyksos, les chevaux sont habitués à tirer les chars. Pourquoi ne pourrait-on pas aussi les enfourcher ?

— Le Moustachu sera ainsi le premier cavalier de l'armée égyptienne, ironisa l'Afghan. Qu'il essaie sans plus tarder !

— Moi, grimper là-dessus ?

— Tu t'es déjà assis sur un âne, non ?

— Au cas où tu ne t'en serais pas aperçu, le cheval est plus grand et plus haut !

— Le mâle dominant t'a adopté, le Moustachu, il perçoit tes intentions. Tu ne vas quand même pas décevoir la reine Ahotep ?

Piqué au vif, l'interpellé s'installa sur la croupe de l'animal.

Non seulement le quadrupède refusa d'avancer, mais encore se cabra-t-il ! Le Moustachu effectua une superbe glissade qui se termina dans le sable du terrain d'entraînement clos et surveillé par une myriade de gardes.

Vexé, il se releva aussitôt.

— Dis donc, Grand Blanc, on est amis, toi et moi ! Tu n'as aucune raison de me jouer de mauvais tours.

— Cherche une meilleure assise, conseilla Ahotep.

— Près de l'encolure ?

— Plutôt au milieu du dos.

Cette fois, le Moustachu parvint à s'installer.

— Avance, Grand Blanc !

Le cheval hennit et se lança au galop.

Surpris, le Moustachu tenta de s'accrocher au cou du coursier dont les spectateurs admirèrent la puissance et la rapidité avant d'assister au vol plané du premier cavalier égyptien.

— Aïe ! Ça me fait vraiment mal, se plaignit le Moustachu, allongé sur le ventre.

— Comporte-toi en héros, lui recommanda Féline, qui le massait avec douceur. Cet onguent te soulagera vite.

— Ce maudit cheval m'a cassé toutes les côtes.

— C'est ta chute, pas le cheval, et il t'en reste quelques-unes intactes. Aucune blessure grave.

— Je ne remonterai jamais sur ce monstre.

— Grand Blanc est magnifique et il s'ennuie

déjà de toi. Tu ne fais que commencer ton apprentissage, chéri. Dans deux jours, tu chevaucheras de nouveau sur le terrain d'entraînement.

— Tu veux ma mort, Féline !

La manière dont elle le caressait lui prouva le contraire.

— En dépit de quelques petites imperfections, ton expérience a été très instructive. La reine Ahotep a conçu des améliorations qui te plairont.

Féline était aussi douée pour guérir que pour aimer. À peu près rétabli, le Moustachu retrouva Grand Blanc avec plaisir.

Sur son dos, Ahotep avait disposé une étoffe. Et le cheval était à présent équipé de brides et de rênes en cuir.

— Il a accepté ça ? s'étonna le Moustachu.

— Nous avons beaucoup parlé, indiqua la reine, et cherché ensemble une solution pour permettre au cavalier de réguler les mouvements du cheval sans le blesser. Je pense que nous sommes sur la bonne voie, mais il te revient de parfaire la technique [1].

Lorsque le Moustachu parvint à transmettre ses ordres à sa monture, il éprouva une joie intense. Il pouvait le faire accélérer, ralentir, tourner à droite et à gauche. Le cheval réagissait vite et appréciait visiblement l'exercice.

— Tu me surprends, reconnut l'Afghan. Je ne te croyais pas capable de maîtriser cette nouvelle arme.

1. Les chevaux égyptiens n'étaient pas ferrés, et les cavaliers n'utilisaient ni selle ni étriers.

— Pendant que je me faisais soigner, j'ai réfléchi.

— Ah... à quoi ?

— Un seul cavalier ne nous suffira pas. D'autres doivent m'imiter.

— Sans doute, reconnut l'Afghan d'une voix sourde.

— J'ai repéré un cheval gris qui te regarde avec intérêt.

— J'aime la terre ferme. Les jambes décollées du sol, ça m'angoisserait.

— Le gouverneur Emheb et le ministre Héray te soulèveront sans difficulté.

Les deux bons géants s'acquittèrent de leur tâche avec promptitude.

Au prix de quelques chutes, l'Afghan devint le deuxième cavalier de l'armée égyptienne.

Comme rien ne bougeait du côté du Port-de-Kamès, l'état-major demeurait à Thèbes où il continuait à découvrir l'univers des chevaux. Féline avait réussi à soigner une jument qui souffrait d'une ophtalmie et constaté l'efficacité de ses remèdes sur cette race.

Rieur le Jeune s'habituait, lui aussi, à fréquenter ces animaux de grande taille. Ahotep calmait les nerveux et rassurait les anxieux. Elle les nourrissait à tour de rôle et leur parlait longuement.

Quant au Moustachu et à l'Afghan, devenus d'excellents cavaliers, ils avaient franchi une étape supplémentaire en faisant sauter au Grand Blanc et au Gris des obstacles de plus en plus hauts. À plusieurs reprises, ils s'étaient élancés dans le désert où les chevaux aimaient galoper en dévorant l'espace.

Mais les deux hommes et leurs montures ne formaient certes pas un corps d'armée suffisant pour affronter la charrerie hyksos. Restait à savoir si les charpentiers égyptiens seraient capables de fabriquer un char identique à celui qui avait été dérobé à Memphis.

36

Le cadavre de l'amiral Jannas avait été jeté dans une grande fosse, s'ajoutant à ceux de son aide de camp, de ses domestiques et de ses gardes du corps. Nettoyée à la hâte, la villa devint le logement de fonction du nouvel amiral de la flotte, proposé par Khamoudi et nommé par l'empereur. Gros consommateur de drogue, ce vieux marin était ravi de sa promotion inattendue et ne gênerait en rien le Grand Trésorier.

Les dignitaires hyksos ne crurent pas un mot de la version officielle, mais nul n'osa enquêter pour établir une vérité facile à deviner : menacé de déchéance, Khamoudi s'était débarrassé de Jannas.

À présent, une seule question se posait : avait-il agi ou non sur l'ordre de l'empereur, invisible depuis plusieurs jours ?

Beaucoup pensaient qu'Apophis agonisait. Certains proposaient de se rallier à Khamoudi, d'autres de le supprimer, mais qui placer sur le trône ? Aucun militaire ne jouissait de la réputation de Jannas. Déjà, des clans se formaient, prêts à s'entre-déchirer, lorsque la nouvelle se répandit : l'ensemble des responsables de l'armée était convoqué à la citadelle.

Considéré comme le bras droit de Jannas, un général de charrerie tenta de quitter Avaris en embarquant sur un bateau de commerce. Peu importait la destination. Il s'éclipserait dans le premier port venu et se ferait oublier.

Mais le capitaine refusa de prendre à son bord ce passager imprévu et alerta la police, qui le conduisit aussitôt chez Khamoudi.

— Tu es un traître et tu mérites la mort, jugea le Grand Trésorier. Je te laisse le choix : ou bien tu dénonces les complices de Jannas et tu auras la tête tranchée, ou bien tu refuses de parler et tu seras torturé.

— Je refuse de parler.

— Imbécile ! Tu ne résisteras pas longtemps.

Khamoudi ne se trompait pas.

Le visage brûlé, les membres lacérés, le général donna les noms des partisans de l'amiral assassiné.

Arrêtés chez eux ou dans les casernes, ils eurent la tête tranchée devant leurs soldats.

La salle d'audience de la citadelle était toujours aussi glaciale.

— Grâce à l'épuration, déclara l'empereur de sa voix éraillée, de nombreuses brebis galeuses ont été éliminées. Ne pensez pas pour autant que ma vigilance se relâche. S'il y a encore des partisans de Jannas, ils seront débusqués et châtiés. Ceux qui se dénonceront sur-le-champ bénéficieront de ma clémence.

Un jeune capitaine d'infanterie sortit des rangs.

— Majesté, j'ai eu tort de croire aux paroles de l'amiral Jannas. Il prétendait détenir les pleins pouvoirs, et j'avais envie de me battre sous ses ordres pour affirmer la toute-puissance de l'empire.

— Ta franchise t'évite la honte de la décapitation en place publique. Tu seras égorgé devant le temple de Seth.

— Majesté, je vous supplie de...

— Qu'on coupe la langue de ce traître et qu'on l'emmène.

Le sang du capitaine souilla le pavement de la salle d'audience.

— Le Grand Trésorier Khamoudi est nommé commandant en chef des forces hyksos, annonça Apophis. Ce sont mes ordres, qu'il exécutera fidèlement. Quiconque refusera de lui obéir, sous quelque prétexte que ce soit, sera livré au bourreau.

Ivre mort, allongé sur son lit, Khamoudi peinait pour reprendre son souffle. Jamais encore il n'était passé aussi près de l'abîme. Si Jannas, moins respectueux de la personne de l'empereur, s'était décidé à prendre plus rapidement les pleins pouvoirs, le Grand Trésorier croupirait dans un bagne.

Par chance, l'amiral ne s'était pas montré assez tortueux et avait commis l'erreur fatale de dévoiler à l'empereur ses véritables intentions. Se sentant menacé, Apophis avait réagi avec férocité.

Hostile au déploiement de ses forces, l'empereur tenait à conserver de nombreux régiments dans le Delta et près d'Avaris. Le nouveau généralissime prolongeait donc le statu quo : pourrissement de la situation à Memphis et accentuation de l'effort de guerre en Asie afin de juguler la révolte hittite. Les Hyksos brûleraient davantage de forêts, de cultures et de villages, et massacreraient les civils, femmes, enfants et vieillards y compris, dès que ces derniers seraient soupçonnés de complicité avec les insurgés.

Restaient Ahotep et son petit pharaon ! Ne suivaient-ils pas le même chemin que le prince de Kerma, ce Nubien endormi dans sa lointaine province qui se contentait de son harem et de sa bonne chère ? Si elle était une femme intelligente, Ahotep avait compris qu'elle ne franchirait pas la frontière du sanctuaire hyksos et qu'elle devait se satisfaire du terrain conquis.

Mais ce qu'endurait le vieil empereur, échaudé par l'échec de Jannas, Khamoudi ne le supporterait pas très longtemps ! Il voulait voir cette révoltée à ses pieds, désemparée et suppliante.

Certes, il existait d'autres priorités, à commencer par le développement du commerce de la drogue. Khamoudi s'apprêtait à lancer sur le marché deux nouveaux produits, l'un bas de gamme et peu onéreux que n'importe qui pourrait acheter, et l'autre rare et cher, réservé aux dignitaires du régime. Les marges bénéficiaires seraient telles que le Grand Trésorier doublerait vite son immense fortune.

Jannas disparu, l'empereur vieillissant, l'avenir se dégageait. Demeurait cependant une menace à ne pas négliger. Aussi Khamoudi se confia-t-il à Yima, son épouse dévouée.

— Quelle épouvantable nuit !

En proie à un défilé de cauchemars plus effrayants les uns que les autres, la dame Tany avait souillé son lit à plusieurs reprises, obligeant ses servantes à changer les draps. Même éveillée, l'impératrice tremblait encore en songeant aux torrents de feu qu'elle voyait se déverser sur Avaris.

Au petit matin, elle avait dévoré du gibier en sauce et bu de la bière forte. Aussitôt torturée par les gargouillis de son estomac, elle s'était recouchée.

— La dame Yima souhaiterait vous voir, l'avertit la femme de chambre.

— Cette chère et tendre amie... Qu'elle vienne !

Maquillée à l'excès, Yima minaudait encore plus que d'habitude.

— Vous semblez moins fatiguée, ce matin.

— Ce n'est qu'une apparence, hélas ! Tu avais raison, Yima : ce maudit amiral Jannas m'a jeté un sort. Comme je suis contente qu'il soit mort ! Avec ton mari à la tête de l'armée, la capitale ne craint plus rien.

— Vous pouvez compter sur Khamoudi, Majesté. Lui vivant, aucun Égyptien ne s'approchera d'Avaris.

— Comme tu es réconfortante ! L'empereur ne t'a pas causé d'ennuis, j'espère ?

— Il était trop heureux de se débarrasser de ce Jannas aux prétentions exorbitantes.

— Tant mieux, tant mieux... Mais il faut garder notre petit secret ! Nul ne doit connaître le rôle de notre chère Abéria.

— Soyez tranquille, Majesté, seule circule la version officielle de l'assassinat de Jannas par son jardinier.

— Abéria a-t-elle reçu sa récompense ?

— Mon mari s'est montré très généreux. Quant à votre dévouée servante, elle aimerait vous procurer un remède qui pourrait hâter votre guérison.

— Va vite le chercher !

La sculpturale Abéria pénétra dans la chambre de l'impératrice.

— Toi, Abéria... C'est toi qui connais une potion qui me redonnera la santé ?

— Ce n'est pas une potion, Majesté.

— Alors, de quoi s'agit-il ?

— D'un remède beaucoup plus radical.

Abéria exhiba ses énormes mains.

— Je... je ne comprends pas !

— Le meilleur moyen de préserver notre secret, Majesté, c'est de vous faire taire définitivement. Il paraît que vous parlez dans votre sommeil. C'est trop dangereux.

La grosse femme tenta de se lever, mais les mains d'Abéria se refermèrent sur son cou.

La dame Tany fut enterrée dans le cimetière du palais sans que l'empereur assistât à l'inhumation. Apophis était trop occupé à examiner les comptes que lui soumettait Khamoudi.

— Permettez-moi, seigneur, de vous présenter mes condoléances.

— Personne, et surtout pas moi, ne regrettera cette vieille truie.

Grâce à Khamoudi, la dame Abéria était devenue riche. Désormais, elle ne travaillerait que pour lui.

L'élimination de l'impératrice, dont le Grand Trésorier redoutait l'influence pernicieuse, était un pas de plus vers le pouvoir absolu.

Cette idée-là, Khamoudi se l'interdisait en présence d'Apophis, car l'empereur des ténèbres aurait pu lire dans ses pensées.

37

Le gouverneur Emheb rendit son verdict à la reine Ahotep.

— Avant de m'occuper de ma bonne ville d'Edfou, rappela-t-il, j'ai exercé la profession de menuisier. Puisque vous ne souhaitez aucune fuite, Majesté, je me suis occupé moi-même de ce char hyksos. Une pièce remarquable, mais d'un poids considérable ! Il faut bien ça pour supporter quatre soldats !

— Allégeons l'ensemble et concevons-le pour deux hommes seulement, recommanda la reine. Nous gagnerons en mobilité.

— Sans nul doute, mais le problème de la stabilité sera difficile à résoudre[1]. Et je ne parle pas du choix du bois, qui doit être à la fois léger et solide ! Trois me paraissent convenir : le tamaris, l'orme et le bouleau. Le premier, nous en disposons en abondance ; les deux autres, en revanche,

1. Les indications techniques sur la fabrication des chariots égyptiens ont été exposées par J. Spruytte, in *Kyphi*, 2, pp. 77 *sq*.

sont plutôt rares. Je vais exploiter tous les stocks disponibles qui suffiront pour une centaine de roues mais, ensuite, il faudrait aller chercher les deux dernières essences dans le Delta ou en Asie !

Le sourire désarmant d'Ahotep effaçait les récriminations du technicien. Il lui montra comment il comptait courber le bois, en l'humidifiant et en le chauffant jusqu'à son point de résistance.

Et les deux premières roues furent achevées ! D'un mètre de diamètre, elles comportaient quatre rayons.

— Je me suis inspiré de la technique hyksos, précisa Emheb, mais je l'ai améliorée. Chaque rayon de leurs roues est formée de deux pièces de bois que j'ai façonnées de manière différente. Surtout, j'ai procédé au raccordement de plusieurs chevrons qui assureront une solidité maximum, d'autant plus que j'ai utilisé des adhésifs et des enduits pour les endurcir.

Avec fierté, Emheb caressa un essieu long de deux mètres qui supporterait la caisse du char et un timon de deux mètres cinquante dont la hauteur serait réglée en fonction de la taille des chevaux.

— Qu'as-tu prévu comme plancher ? demanda Ahotep.

— Des lanières de cuir bien tendues sur un cadre de bois. L'ensemble sera très souple, il absorbera les irrégularités du terrain et amortira les chocs.

Survint le moment de la première expérience.

Deux chevaux étaient attelés, ne manquait plus que l'équipage.

— Où trouver deux fous pour monter là-dessus et lancer ce char à pleine vitesse ? s'interrogea le Moustachu.

— La reine exige le secret absolu sur ces essais, répondit Emheb. Parmi ceux qui sont au courant, il n'est évidemment pas question de faire courir le moindre risque au pharaon Amosé. Le chancelier Néshi est un lettré peu habitué aux exercices physiques, l'intendant Qaris trop vieux, Héray trop lourd. Et moi, je m'occupe de la fabrication. Donc...

— L'Afghan et moi ?

— Vous avez affronté des situations bien plus périlleuses !

— Je n'en suis pas si sûr, répondit l'Afghan.

— Allons, montez ! Le Moustachu conduira, l'Afghan jouera le rôle de l'archer et tirera sur une cible en paille. Le but est simple : la toucher à tout coup en allant le plus vite possible.

— L'avenir de la guerre dépend de vous, affirma Ahotep, approuvée par le pharaon.

Le Moustachu et l'Afghan prirent place sur le prototype.

Dans ce genre de situation, l'un et l'autre adoptaient la même attitude : foncer.

En ligne droite, l'expérience se révéla concluante. Mais au premier virage, négocié sans ralentir, le char versa et les deux passagers furent projetés à l'extérieur.

— Je ne ressens plus aucune douleur, constata l'Afghan. Féline, tu es une vraie sorcière !

— Mon épouse dirige le service des urgences,

rappela le Moustachu, lui aussi remis d'aplomb, et tu n'en es plus une.

— Quand retournez-vous sur le terrain ? demanda la jolie Nubienne.

— Rien ne presse, chérie, et...

— Au contraire, il ne faut pas perdre de temps. Fabriquer un char supérieur à celui des Hyksos réclame de nombreuses expériences, et vous n'avez pas le loisir de paresser.

— Nous avons été blessés, nous...

— De simples contusions déjà oubliées. Vous êtes en parfaite santé et vous pourrez donc supporter quelques chutes supplémentaires.

La prophétie de Féline se réalisa.

Au cours des mois qui suivirent, Emheb procéda à de multiples réglages pour obtenir l'engin de guerre le plus efficace possible. Il augmenta la quantité d'enduits et d'adhésifs, ajusta plus solidement l'arrière du timon dans la barre placée sous le plancher, façonna un harnais idéal formé d'une large bande d'étoffe couvrant le garrot, d'une autre plus mince sous le ventre du cheval et d'une troisième, doublée de cuir, contre son poitrail afin que l'animal ne soit pas blessé.

Il allégea encore le caisson, ouvert à l'arrière. Son armature se composait de plusieurs barres de bois incurvées et ses minces parois étaient recouvertes de cuir. Le même matériau garnissait les parties du char exposées au frottement ainsi que les points de jonction entre les divers éléments.

Chaque jour, Ahotep redoutait de recevoir de mauvaises nouvelles du Port-de-Kamès. Mais les pigeons transmettaient toujours le même message : « Rien à signaler. »

La résistance memphite envoya un texte surprenant, à partir de rumeurs en provenance d'Avaris : le général Jannas aurait été assassiné par l'un de ses domestiques et le Grand Trésorier Khamoudi, nommé généralissime, procéderait à l'épuration et à la réorganisation de l'armée hyksos.

Si l'information était exacte, elle signifiait qu'un réseau de résistance, même infime, s'était reconstitué dans la capitale ennemie et parvenait à communiquer, sans doute très difficilement, avec Memphis assiégée.

— La disparition de Jannas expliquerait l'attentisme des Hyksos, jugea le roi.

— Il est d'autant plus important de réussir nos chars, conclut Ahotep. Les chevaux se reproduisent lentement, et nous ne disposons que d'un petit nombre de couples. Par conséquent, il faudra en dérober d'autres à l'adversaire en espérant que nos véhicules d'attaque soient opérationnels, ce qui n'est toujours pas le cas !

— Je m'y engage, promit Emheb.

Le Moustachu et l'Afghan ne comptaient plus leurs tentatives, dont certaines se terminaient moins mal que d'autres. Surtout, ils avaient appris à manier les rênes que le conducteur enroulait autour de sa taille. D'une simple rotation de son corps vers la droite ou la gauche, il faisait tourner les deux chevaux dans la direction souhaitée. Une tension plus ou moins accentuée vers l'arrière les faisait freiner ou stopper.

À l'intérieur du caisson, le Moustachu avait disposé des poches en cuir où se trouvaient des flèches, des javelots, des poignards et des lanières de cuir prévues pour une réparation d'urgence.

— Cette fois, confia-t-il à l'Afghan, je sens que c'est la bonne.

— Tu l'as déjà dit souvent !

— Allez, mes gaillards, pleine puissance !

Libérés, les chevaux bondirent.

Malgré les irrégularités du terrain, le char maintint sa vitesse.

Et ce fut le premier virage, autour d'une borne en pierre. Puis le second, à prendre très sèchement, à cause d'une ornière.

Le véhicule conserva un parfait équilibre.

L'Afghan tira cinq flèches sur le mannequin en paille. Toutes touchèrent leur but.

Le Moustachu effectua un second passage, aussi brillant que le premier.

— Nous avons réussi, dit la reine à Emheb, heureux à en pleurer. Que débutent sur-le-champ la fabrication d'autres chars et la formation de nouveaux conducteurs.

38

Après avoir fumé une belle quantité d'opium, l'officier chargé de la sécurité du port de commerce d'Avaris s'étala de tout son poids sur une jeune Égyptienne qui, après avoir été battue, venait de sombrer dans le coma.

— Réveille-toi, idiote ! Je ne vais quand même pas m'amuser avec une morte.

Il la gifla à plusieurs reprises, sans aucun résultat.

Tant pis pour celle-là. Elle finirait dans une fosse commune avec les traînées de son espèce.

Le Hyksos sortit de sa demeure de fonction pour uriner au bord du quai, en prenant garde de ne pas tomber à l'eau.

Quand il se vit entouré d'une dizaine de pirates appartenant à la garde rapprochée de Khamoudi, il se crut victime d'un mauvais rêve.

— Suis-nous, ordonna l'un d'eux.

— Il y a sûrement erreur.

— Tu es bien chargé de la sécurité du port ?

— Oui, mais...

— Alors, suis-nous. Le Grand Trésorier veut te voir.

— La journée a été dure, je... je suis très fatigué.

— Si nécessaire, on t'aidera à marcher.

Khamoudi s'était installé dans le bureau de l'amiral Jannas, au sein de la plus grande caserne d'Avaris. Il avait fait changer le mobilier et peindre les murs en rouge. Sur sa table de travail, des dénonciations écrites révélant les noms des partisans de Jannas, à tous les grades et dans tous les régiments. Khamoudi examinait les cas un à un et posait son sceau accusateur sur la quasi-totalité des documents. Seule une vraie épuration de l'armée lui permettrait de commander les troupes hyksos sans crainte d'être trahi.

Le suspect lui fut amené.

— Je suis certain que tu as beaucoup d'explications à me fournir.

— Mon travail est bien fait, Grand Trésorier ! Pour moi, la sécurité du port, c'est sacré !

— Tu étais un ami de Jannas, n'est-ce pas ?

— Moi ? Je détestais l'amiral !

— On t'a vu souvent avec lui.

— Il me donnait des ordres, rien de plus !

— Admettons.

Le suspect se détendit un peu.

— C'est pour un autre motif, non moins sérieux, que je t'ai convoqué, reprit Khamoudi. Dans ton lit, il y avait une jeune Égyptienne.

— Exact, seigneur, mais...

— La veille, il y en avait une autre. Et l'avant-veille, encore une autre.

— C'est vrai, je suis un homme ardent et...

— D'où viennent ces filles ?

— Des rencontres, des...

— Cesse de mentir.

L'accusé se tortilla.

— Depuis la fermeture du harem, il faut bien se débrouiller ! Alors, j'ai... je... je me suis débrouillé.

— Tu as constitué ton petit harem et tu loues tes filles aux amateurs, n'est-ce pas ?

— On est plusieurs à en profiter, mais c'est à cause de cette fermeture, vous comprenez ? En quelque sorte, je rends service.

— Je suis le Grand Trésorier, et aucun commerce ne peut s'ouvrir sur le territoire hyksos sans que j'en sois averti. Frauder l'État est une faute très grave.

— Je paierai l'amende, seigneur !

— Je veux savoir comment tu t'es organisé et connaître l'emplacement de toutes les maisons closes d'Avaris.

Le responsable de la sécurité du port parla d'abondance.

Ravi, Khamoudi mettrait la haute main sur ce réseau de prostitution et en tirerait de substantiels bénéfices.

— Tu as correctement coopéré, reconnut-il, et tu mérites donc une récompense.

— Je... je ne suis plus suspect ?

— Plus du tout, puisque les faits sont établis. Accompagne-moi.

L'officier ne comprenait pas très bien le sens de

la formule utilisée par le Grand Trésorier, mais il le suivit sans hésiter.

À la sortie de la caserne, la dame Abéria enchaînait elle-même des gradés et des soldats hyksos convaincus de complicité avec le criminel Jannas.

— Tu n'es plus seulement suspect, précisa Khamoudi, mais coupable de haute trahison et donc condamné au bagne. Bon voyage.

L'homme tenta de s'enfuir, mais Abéria l'agrippa par les cheveux, lui arrachant un cri de douleur. Elle le jeta à terre et lui brisa une jambe.

— Il te reste l'autre pour marcher. Et ne t'avise pas de traîner en route.

Dans l'arsenal du port, c'était la troisième descente de police depuis un mois. Cinquante membres du personnel avaient été arrêtés, et personne ne savait ce qu'ils étaient devenus.

Appartenant à l'équipe chargée de l'entretien des roues de char, Arek, un jeune homme vigoureux né de père caucasien et de mère égyptienne, avait vu son frère aîné partir dans un convoi d'hommes, de femmes et d'enfants, accusés d'avoir comploté avec l'amiral Jannas. D'après des rumeurs, ceux qui survivaient à la marche forcée étaient entassés dans un camp de concentration d'où aucun prisonnier ne ressortait vivant.

Persuadé que la folie de l'empereur serait de plus en plus meurtrière, Arek était entré dans la résistance en transmettant tout ce qu'il savait à un livreur de sandales qui, en cas de nécessité, se rendait à Memphis afin de rééquiper les soldats hyksos. Au prix de mille précautions, il contactait alors les Égyptiens.

Bien qu'il se sentît très seul, Arek vivait d'une certitude : d'après le livreur, la Reine Liberté n'était pas un mirage. Elle avait levé une armée que les Hyksos ne parvenaient pas à détruire. Grâce à elle, un jour, l'Égypte vaincrait les ténèbres.

Outre le peu d'informations qu'il pouvait offrir au livreur de sandales, le jeune homme s'adonnait à une tâche obscure et délicate : saboter les roues des chars. Il entaillait profondément les rayons ou le pourtour de manière à les fragiliser et masquait son sabotage sous une couche de vernis. Quand les véhicules rouleraient à vive allure, l'accident serait inévitable.

Soudain, des bruits de pas précipités et des cris.

— La police ! avertit un collègue d'Arek.

— Restez où vous êtes et ne tentez surtout pas de vous enfuir, ordonna la voix impérieuse de la dame Abéria, accompagnée d'une centaine de sbires.

Dans l'arsenal, les employés se figèrent.

Les poussant à coups de bâton dans les reins, les policiers les regroupèrent.

Aux pieds d'Abéria, un magasinier ensanglanté dont les plaies étaient horribles à voir.

— Ce criminel complotait avec Jannas, révéla-t-elle. Il a forcément un complice parmi vous. S'il ne le dénonce pas immédiatement, je fais exécuter tous les membres de sa famille.

Abéria obligea le malheureux à se lever.

— Mais il a les yeux crevés ! s'exclama un employé, horrifié.

Un policier assomma l'insolent et le traîna hors de l'arsenal, pendant que le supplicié, titubant, s'approchait de ses collègues.

— Je vous jure... que je n'ai pas de complice !

— Touche le coupable et ta famille sera épargnée, promit Abéria, qui l'avait déjà envoyée au camp de Tjarou.

L'aveugle tendit la main.

Ses doigts effleurèrent le visage d'Arek, qui ne respirait plus.

La main du mourant se crispa et crocha l'épaule du voisin du jeune résistant, un Syrien qui hurla de terreur.

39

Deux heureux événements se produisirent le même jour : Néfertari donna naissance à un fils qui reçut le même nom que son père afin que la dynastie du dieu Lune puisse continuer à combattre, et le gouverneur Emheb annonça à la reine Ahotep que le premier régiment de chars égyptiens était opérationnel.

Le pharaon Amosé s'entraînait avec le Moustachu et l'Afghan pour acquérir une parfaite maîtrise de cette nouvelle arme de guerre. Obstiné, sérieux et précis, Amosé égalait à présent ses instructeurs. D'ultimes expériences dans le désert lui avaient donné toute satisfaction.

Ahotep berçait le bébé que sa mère allaiterait pendant trois mois avant de le confier à une nourrice.

— Majesté, demanda Néfertari, accordez-moi l'honneur d'attribuer à mon fils le nom secret qu'il portera s'il en est digne.

— Puisse-t-il être le fondateur d'une nouvelle dynastie qui verra la réunification des Deux Terres et Maât régner sur l'Égypte. Que son nom secret, accomplissement de son être, soit Amon-hotep, « Amon est en paix ».

La reine n'eut pas le loisir de témoigner davantage sa tendresse à son petit-fils, car Filou venait d'arriver de Memphis et l'attendait sur le rebord de la fenêtre de sa chambre.

Les nouvelles dont il était porteur justifiaient la convocation immédiate des membres de l'état-major.

— Nous disposons à présent d'une source d'informations à Avaris même, déclara la reine. Elles parviennent à la résistance memphite qui nous les transmet.

— Ne s'agirait-il pas plutôt d'une désinformation ? s'interrogea le chancelier Néshi, sceptique. Veillons à ne pas être attirés dans un piège !

— Cette mise en garde était indispensable, admit la reine, mais j'ai tendance à croire ce qui nous est révélé : la confirmation de la mort de l'amiral Jannas, la nomination du Grand Trésorier à la tête des forces armées hyksos et le climat de terreur qui règne à Avaris. Les partisans de Jannas sont pourchassés, arrêtés et exécutés.

— Khamoudi envisage-t-il de nous attaquer ? demanda le gouverneur Emheb.

— Notre informateur ne nous parle que d'une terrifiante épuration qui n'épargne même pas les dignitaires.

— On jurerait que les envahisseurs se rétractent, observa l'intendant Qaris, et que leur barbarie les ronge de l'intérieur.

— N'est-ce pas un nouveau signe du destin ? suggéra Héray. L'heure est venue de prendre l'offensive !

Le Moustachu et l'Afghan opinèrent du chef.

— L'un de vous est-il d'un avis différent ? questionna Ahotep.

Chacun fut conscient du poids de son silence.

— Le conseil de Pharaon est donc unanime, conclut la reine. Mais c'est à lui qu'il appartient de décider.

— Préparons-nous à quitter Thèbes, déclara Amosé.

Belle, reposée, à la fois heureuse de tant de bonheur et angoissée en songeant à l'intensification de la guerre, Néfertari se promenait dans le jardin du palais en compagnie d'Ahotep.

— Te voici de nouveau seule responsable de notre capitale, Néfertari. L'affrontement sera terrible, nul ne saurait en prédire l'issue. Comme son père et comme son frère, Amosé combattra au premier rang et son exemple sera indispensable pour assurer la cohérence de nos hommes et juguler leur peur. Ce sont les ténèbres que nous allons défier. Peut-être ni mon fils ni moi-même ne reviendrons-nous du front. C'est pourquoi je dois prendre des dispositions qui te concernent directement.

La Grande Épouse royale n'émit aucun commentaire superflu. Elle devait regarder la réalité avec la même lucidité qu'Ahotep.

— Je n'ai guère eu le temps d'être jeune, Néfertari, et j'espère que ce ne sera pas ton cas. Mais si le destin se montre impitoyable, tu n'auras pas le droit d'être faible.

C'est sur un chariot conduit par la reine Ahotep que les deux femmes se rendirent du palais au temple de Karnak où les attendaient le pharaon Amosé et le grand prêtre Djéhouty.

Malgré la gravité du moment, Néfertari avait apprécié cette promenade inattendue et la sensation inédite de vitesse.

Les rites de purification accomplis, le quatuor traversa la cour à ciel ouvert et gagna la chapelle où avait été célébré le couronnement du pharaon.

Avec étonnement, Néfertari y découvrit une stèle dont Amosé résuma le contenu.

— Sur la demande de la reine Ahotep, j'accorde à la Grande Épouse royale Néfertari le titre d'Épouse de Dieu et la fonction de Deuxième Serviteur d'Amon. Elle gouvernera le temple de Karnak avec le grand prêtre. À cet effet, elle recevra de l'or, de l'argent, des vêtements, des pots d'onguent, des champs et des domestiques. Que cette institution perdure et prospère, qu'elle enchante l'esprit d'Amon et maintienne sa bienveillance à l'égard de la terre aimée des dieux.

Néfertari s'inclina devant le roi.

— Tu m'as vêtue alors que je ne possédais rien, tu me rends riche alors que j'étais pauvre. Cette fortune appartient au temple, elle est au service de la puissance créatrice qui le fait vivre.

Ahotep donna l'accolade à la nouvelle Épouse de Dieu qui la remplacerait si elle tombait sous les coups des Hyksos.

Le lendemain à l'aube, afin d'éviter les fortes chaleurs, Ahotep traversa le Nil en compagnie du pharaon, de son épouse et de quelques soldats de la garde royale. Mis à l'épreuve des pistes du désert, les chars démontrèrent, une nouvelle fois, leurs qualités de maniabilité et de stabilité.

Ahotep s'arrêta à l'orée d'un vallon protégé par des collines.

— La vraie richesse de l'Égypte, ce sont les bâtisseurs qui la créent. Pendant que mon fils et moi-même affronterons les Hyksos, toi, Ahmès-Néfertari, tu fonderas ici un village d'artisans, la Place de Vérité[1]. Ils devront travailler en secret, loin des yeux et des oreilles, et façonner les objets rituels dont nous manquons. En eux s'inscrira Maât, la rectitude de l'œuvre. Rassemble ceux qui te paraissent dignes de cette tâche, mets-les à l'épreuve, initie-les selon les anciens rites et montre-toi inflexible sur la qualité de leur être. Le plus vieil orfèvre thébain sera ton assistant. Voici l'offrande qu'il a accomplie pour Pharaon.

La reine orna le cou d'Amosé d'un pectoral combinant l'or, la cornaline, le lapis-lazuli et la turquoise. Il représentait le roi, debout dans une barque, encadré par les dieux Amon et Râ. L'un et l'autre tenaient des vases d'où jaillissait l'énergie céleste qui, en imprégnant la personne du souverain, lui permettait de remplir sa fonction[2].

— À présent, dit Ahotep, nous pouvons partir pour le Port-de-Kamès.

1. En égyptien *set Maât*, dont le nom moderne est Deir el-Médineh. Nous avons évoqué cette exceptionnelle confrérie dans les quatre volumes de *La Pierre de Lumière*.

2. Ce pectoral a été retrouvé dans la demeure d'éternité d'Ahotep, à Drah Aboul Naggah (Thèbes-ouest).

L'intendant Qaris vint au-devant de la reine.

— Majesté, l'homme est arrivé il y a une heure. J'ai cru bon de lui donner une chambre au palais, mais sous surveillance. Je lui ai apporté du vin et un civet de lièvre, et il en réclame encore.

— De qui parles-tu ?

— Du Crétois qui est revenu.

Linas n'avait pas changé.

— Bonne traversée, commandant ?

— Exécrable, Majesté. La mer était capricieuse, les vents mauvais. Si je n'avais pas été un bon marin, j'aurais coulé. Et c'eût été bien dommage, pour moi comme pour vous.

— Cela signifie-t-il que tu es porteur de bonnes nouvelles ?

— Permettez-moi de vous offrir deux présents : cette hache de guerre décorée de griffons et cette dague où l'on voit un lion, en plein effort, chasser sa proie. La poignée a la forme d'une tête de taureau, symbole de notre roi Minos le Grand [1].

— Serait-il vivant ?

— Il est revenu de la grotte avec une réponse de l'oracle, en effet, et n'a montré aucune clémence à l'égard de ceux qui voulaient s'emparer de son trône. Il vous souhaite la puissance du lion et la magie des griffons pour triompher de vos ennemis, les Hyksos.

— Dois-je comprendre qu'il ne s'agit pas de *nos* ennemis ?

— Partout où se rendront les Crétois, ils décla-

1. Ces objets furent également retrouvés dans la tombe d'Ahotep.

reront que la Reine Liberté fait la guerre à l'empereur qui est incapable de la terrasser. La Crète vous reconnaît comme souveraine des rivages lointains, se place sous votre protection et ne fournira plus ni tributs ni assistance aux Hyksos.

40

Il était le dernier.

Le dernier officier supérieur qui avait combattu aux côtés de Jannas dans toutes les provinces de l'empire. À cinquante-sept ans, le vice-amiral était couvert d'honneurs mais vivait plutôt chichement dans sa demeure de fonction, avec deux domestiques.

Tous ses compagnons d'armes avaient été exécutés ou déportés dans des camps de concentration dont il venait d'apprendre l'existence.

Horrifié, il s'était enfermé chez lui pour s'y enivrer.

Ainsi, le Grand Trésorier envoyait de loyaux guerriers hyksos finir leurs jours dans des bagnes !

Pourquoi l'empereur cédait-il aux caprices de ce malade mental, guidé par sa seule cupidité ?

Puisqu'on l'avait oublié, sans doute en raison de son âge, le vice-amiral ne devait-il pas tenter de venger Jannas et ses camarades de combat ? Il demanderait audience à Khamoudi, sous prétexte de dénoncer des traîtres qui n'avaient pas encore été interpellés. Dès qu'il serait face à ce monstre, il frapperait.

Bien qu'il fût sommaire, son plan pouvait réussir.

Le vice-amiral appela sa servante afin qu'elle lui apporte du vin aromatisé.

N'obtenant pas de réponse, il sortit de sa salle de séjour et la découvrit dans le couloir, couchée sur le dos et la langue pendante. Près d'elle, son mari, également étranglé.

La dame Abéria sortit de l'ombre.

— Je ne t'avais pas oublié, vice-amiral.

Le vieil empereur passait le plus clair de son temps dans la pièce secrète, au centre de la citadelle où régnaient le froid et l'obscurité.

C'est là que Khamoudi venait, chaque matin, lui présenter son rapport et la liste des nominations.

— As-tu éliminé tous les partisans de Jannas ?

— L'épuration est en bonne voie, Majesté. Nous traquons sans cesse les traîtres.

— C'est bien, Khamoudi. Ne ralentis surtout pas tes efforts. Dire que ce Jannas a osé exiger les pleins pouvoirs ! Il a oublié que, comme n'importe quel Hyksos, il me devait une obéissance absolue.

— Grâce à la dame Abéria, nous arrêtons même les comploteurs qui se croyaient à l'abri.

— Parfait, Grand Trésorier. Épurer et déporter : voilà nos deux priorités. Quand Avaris et le Delta ne compteront plus que de fidèles serviteurs d'Apophis, l'ordre sera rétabli.

— J'ai d'assez bonnes nouvelles de Memphis, où votre stratégie se révèle la meilleure. D'après le commandant qui assiège la place, les Memphites sont à bout de forces. Il vous demande si vous souhaitez un nouvel assaut.

— Qu'il continue à laisser pourrir, je veux que ces révoltés crèvent dans leur fange. Ensuite, nous brûlerons la ville. Pourrir, Khamoudi, c'est la vraie loi de la vie.

— Les nouvelles d'Asie sont plutôt satisfaisantes, elles aussi. Notre armée, comme vous lui en avez donné l'ordre, massacre civils et rebelles, et regagne village après village. Dans les montagnes, la reconquête est lente mais certaine. Bientôt, il n'y aura plus âme qui vive en Anatolie, et les Hittites seront exterminés.

— Jannas avait tort de réclamer une attaque globale. En cas de succès, nos soldats seraient devenus inactifs. Il est bon qu'ils se battent et qu'ils tuent.

— Reste Ahotep, Majesté. À l'évidence, elle renonce à lutter, et c'est sans doute la raison pour laquelle notre espion est muet.

— Il ne l'est pas, Khamoudi. Voici le texte de son dernier message : « Quoi qu'il arrive, je remplirai ma mission. »

Soudain, la voix éraillée devint encore plus sinistre, comme si elle montait de profondeurs ténébreuses où seul Apophis avait accès.

— Ahotep approche, je le sens. Elle vient vers nous parce qu'elle se croit capable de nous vaincre. Les malheurs qui l'ont déjà frappée ne suffisent pas à la stopper. Elle va connaître davantage de désespoir et de souffrance. Viens, Ahotep, viens, je t'attends !

— Des informations en provenance d'Éléphantine, indiqua l'intendant Qaris à Ahotep. La crue sera parfaite : environ seize coudées[1].

C'était le dernier détail, mais combien important, qui manquait encore à Ahotep pour donner le signal du départ. En utilisant la force du courant, la flotte égyptienne, composée de nouveaux bateaux de guerre sortis du chantier naval, atteindrait rapidement le Port-de-Kamès où elle établirait sa jonction avec le gros des troupes.

Tout en continuant à progresser avec l'aide du Nil, elle s'élancerait vers le territoire hyksos.

C'est avec émotion que la reine contempla la maquette de Qaris.

— Notre premier secret d'État, rappela-t-elle. Je n'étais qu'une jeune fille exaltée et toi, le sage et pondéré intendant d'un petit palais décrépit, tu glanais des renseignements sur l'ennemi en essayant de croire qu'il existait quelques résistants. Tu m'as montré cette maquette où le dernier espace de liberté était la cité du dieu Amon.

— Vous auriez dû vous décourager, Majesté. Au contraire, cette constatation a décuplé vos forces ! Grâce à vous, nous avons vécu dans la dignité et dans l'espoir.

Ahotep songea à son mari Séqen, à son fils aîné Kamès, et à sa mère Téti la Petite. Pour elle, ils n'étaient pas des ombres, mais des alliés bien vivants qui continuaient à lutter à ses côtés.

— Ma maquette a beaucoup changé, observa

1. 8,32 mètres.

Qaris. Vous avez libéré le sud du pays, Majesté, et une partie de la Moyenne-Égypte.

— Comme moi, tu sais que c'est encore trop peu. La prochaine bataille sera décisive.

— À présent, vous possédez des chevaux et des chars !

— Pas assez, Qaris. Et nous n'avons aucune expérience des affrontements en terrain plat, armée contre armée.

— Ne renoncez pas, Majesté. Même si vous êtes vaincue ; même si Thèbes est détruite, même si nous mourons tous, vous aurez eu raison. Pharaon doit régner sur les Deux Terres en célébrant l'union de la Haute et de la Basse-Égypte. Hors de cette harmonie, hors de la fraternisation de Seth et d'Horus, pas de bonheur possible.

L'intendant s'était rarement exprimé de manière aussi nette, et ses paroles dissipèrent les ultimes hésitations d'Ahotep.

Au palais et sur les quais de Thèbes, c'était l'effervescence. Doté d'une énergie surprenante malgré le poids de l'âge, Qaris veillait à ce que rien ne fût oublié pour assurer le confort de la reine Ahotep et du pharaon Amosé. De la qualité des draps à celle des rasoirs, il surveillait tout.

Quant au chancelier Néshi, il ne faisait confiance à aucun de ses assistants. Surnommé par certains « l'étoile des Deux Terres » à cause de sa brillance intellectuelle, le scribe ne se souciait guère de sa réputation tant il était préoccupé par les préparatifs du départ. Examinant chaque bouclier, chaque lance, chaque épée, il n'oubliait pas le stock de gousses de moringa. Plongées dans des jarres d'eau, elles la purifiaient ; dans celles d'huile, elles la clarifiaient. Et il ne devait manquer ni une natte ni un pagne. Par bonheur, Féline et ses auxiliaires médicaux chargeaient eux-mêmes remèdes et onguents.

Loin de cette agitation, le pharaon Amosé et la Grande Épouse royale Néfertari contemplaient le Nil qui gonflait et prenait une teinte rougeâtre. Après avoir longuement serré son fils contre lui, Amosé avait emmené son épouse au bord du fleuve afin de goûter un dernier moment d'intimité à l'abri d'un tamaris, avant de se lancer dans une aventure d'où il avait peu de chances de revenir vivant.

Non loin de là, dissimulé dans un bosquet de papyrus, l'espion hyksos songeait à profiter de cette occasion. Le roi n'était pas armé, ses gardes se tenaient à bonne distance de manière à ne pas l'importuner.

En passant par la berge et en frappant très vite, l'espion passerait inaperçu.

Toujours aussi méticuleux, il répéta mentalement chacun des gestes qu'il devait accomplir sans laisser à ses victimes la possibilité de donner l'alerte. La moindre imprécision lui serait fatale.

Hésitant, il scruta une nouvelle fois les parages.

Une nouvelle fois, sa prudence le sauva du désastre.

Un soldat bien caché, plus vigilant et plus redoutable que les autres, le fit renoncer à son projet. Aplati sous les branches basses du tamaris et l'œil aux aguets, Rieur le Jeune protégeait le couple royal.

41

— La constellation d'Orion s'est levée, déclara le grand prêtre Djéhouty. Osiris ressuscite dans la lumière céleste.

Vingt nouveaux bateaux de guerre, parmi lesquels « Celui qui brille dans Memphis », « L'Offrande » et « Le Taureau combattant », larguèrent les amarres, suivi du « Septentrion » qui attirait le maximum de curiosité, car il transportait les chevaux. Tous les bâtiments arboraient l'étendard aux couleurs d'Ahotep, avec le disque de la pleine lune trônant dans sa barque.

À la proue du « Septentrion », la reine tenait le sceptre en or à tête de Seth. Quant au pharaon, il portait la couronne blanche de Haute-Égypte et un corselet de cuir. Lorsqu'il brandit l'épée d'Amon, les prêtres de Karnak entonnèrent l'hymne composé en son honneur :

« *Quand il apparaît, Pharaon ressemble au dieu Lune au milieu des étoiles. Accompli est son bras au moment de gouverner, heureux sont ses pas, ferme sa démarche, vives ses sandales, lui qui est le symbole sacré sur lequel se pose la lumière divine.* »

Après avoir confié l'épée à la Reine Liberté, Amosé mania la rame-gouvernail qui provenait d'Éléphantine, et la flotte, s'aidant d'un courant rapide, se dirigea vers le Port-de-Kamès.

— Nous arrivons, dit le gouverneur Emheb.

Installés dans de vastes cages en partie à l'air libre qui comprenaient deux stalles, les chevaux n'avaient manifesté aucune nervosité pendant le voyage. À la halte du Port-de-Kamès, ils purent se dégourdir les pattes sous les regards dubitatifs de l'amiral Lunaire et d'Ahmès fils d'Abana.

— Êtes-vous certains de parvenir à les maîtriser ? demanda l'amiral au Moustachu et à l'Afghan.

— Grâce à notre entraînement intensif, répondit le premier, il n'y aura aucun problème.

Lunaire voulut voir les chars, solidement arrimés sur un autre bateau de charge et gardés par des archers.

— Seront-ils aussi efficaces que ceux des Hyksos ?

— Sans doute davantage, estima l'Afghan. Le gouverneur Emheb a bien amélioré le modèle dont il s'est inspiré.

La halte ne devait être que de courte durée, car il ne fallait pas laisser la crue prendre trop d'ampleur.

Alors que l'ensemble des unités s'apprêtait à appareiller, un vent étrange se leva. Tourbillonnant et glacé, il ressemblait à une bise d'hiver.

— Nos manœuvres risquent d'être sérieusement contrariées, déplora l'amiral Lunaire.

— C'est l'empereur, estima Ahotep. Il tente de nous retarder en déclenchant les souffles mauvais de l'année qui meurt[1]. Invoquons Amon, le maître des vents, et protégeons les bateaux.

Sur chaque pont furent déposés des dizaines de sachets d'offrandes contenant des grains d'encens, de la poudre de galène, des dattes et du pain. Puis Ahotep leva son sceptre vers le ciel, devenu menaçant, afin de se concilier les faveurs de Seth.

Le vent tomba, les nuages se dissipèrent.

En cette dix-septième année de son règne, Amosé donna à l'armée de libération le signal du départ vers le nord.

Les soldats thébains qui avaient participé au raid contre Avaris sous le commandement du pharaon Kamès redécouvraient avec émotion des paysages gravés dans leur mémoire. Les autres s'aventuraient dans un monde inconnu qui était pourtant la terre de leurs ancêtres.

Grâce à la puissance du courant, la flotte progressait vite. À tout moment, Ahotep s'attendait à affronter l'ennemi. Mais l'empereur avait abandonné la zone comprise entre le front égyptien et les abords de Memphis. Seules s'y trouvaient des milices qui terrorisaient les villageois et volaient l'essentiel de leurs récoltes pour les transporter à Avaris.

1. L'année nouvelle débutait avec la crue, approximativement début juillet.

— Majesté, suggéra le gouverneur Emheb, on ne peut pas abandonner ces malheureux. Sinon, les miliciens les assassineront.

Briser l'élan de la flotte eût été une erreur. Aussi Ahotep confia-t-elle un message à Filou : les trois derniers bâtiments feraient halte, et leurs fantassins libéreraient plusieurs villages. Une fois les Hyksos éliminés, les paysans recevraient des armes et, sous l'autorité d'un officier thébain, propageraient la révolte dans toute la Moyenne-Égypte.

Le chancelier Néshi vérifiait encore l'armement : épées droites et courbes, à l'imitation de celles des Hyksos, pour le combat au corps à corps, lances aux pointes de bronze, dagues légères et perforantes, massues, haches très maniables, arcs de tailles diverses, boucliers en bois renforcés de bronze, cuirasses et casques. De meilleure qualité qu'autrefois, ce matériel vaudrait-il celui de l'adversaire ?

À l'approche du premier objectif majeur, test décisif imposé à l'armée de libération, les gorges se serrèrent. Même ceux qui avaient l'habitude des affrontements violents, comme le gouverneur Emheb ou Ahmès fils d'Abana, savaient que le prochain serait d'une autre nature.

En cas de défaite, l'Égypte ne survivrait pas.

Le commandant hyksos chargé du siège de Memphis était d'une humeur massacrante. La chaleur ne lui réussissait pas et, pis encore, la crue l'obligeait à modifier son dispositif. Bientôt, le Nil envahirait les terres, et l'Égypte deviendrait une sorte de mer.

Déjà, le commandant avait fait vider plusieurs écuries. Rassemblés dans un enclos, les chevaux seraient évacués vers le nord. Il ne restait plus qu'une seule unité de charrerie opérationnelle qui, comme les autres, ne tarderait plus à se mettre à l'abri dans la forteresse de Léontopolis, près de la ville sainte d'Héliopolis.

— Officier du génie au rapport, mon commandant !

— Quoi encore ?

Le technicien était excité.

— On pourrait utiliser la crue afin de venir à bout de Memphis. Installons nos archers sur des pontons que le fleuve élèvera à la hauteur des murailles, et ils élimineront facilement les défenseurs. Mes hommes détruiront une partie des murailles, et nos fantassins s'engouffreront dans la ville par cette brèche.

— Opération délicate... Elle ne correspond pas aux ordres que j'ai reçus.

— Je sais, commandant, mais les assiégés sont à bout de forces ! Et l'empereur ne vous reprochera quand même pas de vous être emparé de Memphis. Nos hommes souhaitent terminer ce siège par un succès qui devrait vous valoir une belle promotion.

Raser ce trou à rats après l'avoir pillé, quitter enfin ce camp où l'on s'ennuyait ferme, remporter une victoire totale... Le commandant se laissa tenter. Il expliquerait à Khamoudi, le nouveau généralissime, que les Memphites, désespérés, avaient commis une erreur fatale en tentant une sortie massive.

Ordre fut donné de disposer les bateaux côte à

côte afin de former une sorte de muraille dans le canal le plus proche du mur blanc. Ensuite, on mettrait les pontons à l'eau et on laisserait agir le fleuve.

La dernière bande de terre encore accessible aux chars serait inondée dans les prochains jours. Aussi avaient-ils été rassemblés dans la partie la plus large avant d'être embarqués sur les cargos à destination de Léontopolis.

Le commandant convoqua ses subordonnés et leur révéla ses intentions.

Une sentinelle interrompit la réunion.

— Que signifie cette insolence, soldat ?

— Commandant, des chars en vue !

— Tu divagues !

— Non, je vous assure que non.

Ainsi, Khamoudi envoyait enfin des renforts. Mais à quoi serviraient-ils en période de crue ? Irrité, le commandant sortit de sa tente pour accueillir fraîchement le responsable de ce régiment inutile.

La sentinelle avait oublié de signaler que les véhicules ne venaient pas du nord, mais du sud.

Frappé de stupeur, le commandant fut le premier mort de la bataille de Memphis. La flèche tirée par le Moustachu, bien en équilibre sur la plate-forme du char que conduisait l'Afghan, se ficha dans le front du Hyksos.

42

Les Égyptiens n'auraient pu rêver meilleures conditions de combat. Les chevaux rassemblés d'un côté, les chars de l'autre, les bateaux immobilisés et incapables de manœuvrer, les soldats vaquant à des tâches domestiques... Profitant aussitôt de la situation, le régiment de charrerie que commandaient le Moustachu et l'Afghan supprima de nombreux Hyksos grâce à l'habileté des archers.

Cette percée, rapide et profonde, facilita la tâche des fantassins emmenés par Emheb, tandis que les marins de Lunaire et d'Ahmès fils d'Abana prenaient d'assaut les bâtiments ennemis. Passé l'effet de surprise, les hommes de l'empereur tentaient de s'organiser, bien que leurs différents corps de troupe fussent trop isolés les uns des autres.

Au plus fort de la mêlée où le pharaon faisait flamboyer l'épée d'Amon, les résistants sortirent de Memphis et prêtèrent main-forte aux Thébains.

Comprenant qu'aucun d'eux ne sortirait indemne de l'affrontement, les Hyksos vendirent chèrement leur peau. Submergés par l'enthousiasme des Égyptiens qui sentaient la victoire toute proche, ils tombèrent les uns après les autres.

— Memphis est libérée, annonça le pharaon Amosé à ses troupes, et nous nous sommes emparés d'un nombre considérable de chars et de chevaux ! Mais avant de fêter ce succès, songeons à nos morts, à tous ceux qui ont donné leur vie pour l'Égypte.

À la vue des nombreux cadavres qui jonchaient le sol ou flottaient dans les canaux, Ahotep se sentit aussi désespérée que si l'armée de libération avait subi une défaite.

La guerre était l'une des pires dépravations de l'espèce humaine, mais quel autre moyen employer pour vaincre l'empereur des ténèbres ?

Plutôt que de s'enfermer dans ses pensées, Ahotep s'assura qu'aucun de ses fidèles compagnons n'avait succombé sous les coups de l'adversaire. Seul Lunaire était blessé au bras. Soigné par Féline qui ne savait plus où donner de la tête, l'amiral ne s'accorda aucune minute de repos, soucieux de connaître l'ampleur de ses pertes.

Rassemblant les soldats les moins épuisés et les chars, le gouverneur Emheb forma une première ligne au nord de Memphis. Il redoutait une contre-attaque de troupes hyksos tenues en réserve. En ce cas, l'apparente victoire se transformerait en désastre.

Le Moustachu, l'Afghan, leurs soldats et leurs chevaux reprenaient leur souffle. Eux aussi savaient qu'ils ne seraient pas en mesure d'endiguer une ruée hyksos.

Le soir tomba. Un calme oppressant régnait sur la plaine memphite.

— Ce site est très difficile à défendre, estima Ahotep.

— La muraille blanche de Memphis sera une précieuse alliée, indiqua le chancelier Néshi. Mettons chars et chevaux à l'abri dans la vieille ville.

— Exécution, ordonna Amosé. Nous ne dormirons qu'au terme de la manœuvre.

Les Égyptiens consolidèrent leurs nouvelles positions à la limite du territoire que les Hyksos considéraient comme leur sanctuaire, à la fois si proche et si inaccessible.

Bienvenue, cette trêve serait de courte durée. Chacun songeait déjà au prochain objectif : Avaris, la capitale hyksos.

C'était cette bataille-là qu'il fallait gagner. En cas d'échec, les sacrifices accomplis auraient été inutiles.

— Nos hommes sont prêts, dit le pharaon à la reine Ahotep. Morts de peur, mais prêts à attaquer le repaire d'Apophis. Ils sont conscients de l'énormité de la tâche, personne ne reculera devant son devoir.

— Marcher sur Avaris serait une folie, jugea Ahotep.

— Mère... Nous ne pouvons pas renoncer !

— Qui te parle de renoncer ? Si l'empereur n'a pas envoyé de renforts à Memphis, c'est pour savoir de quoi nous sommes réellement capables. Voilà longtemps qu'il cherche à nous attirer sur son terrain, avec l'espoir que l'ensemble de nos forces tombera dans son piège. Non, Amosé, nous ne sommes pas prêts.

— Il faudra bien nous engager dans le Delta !

— Certes, mais quand, nous, nous l'aurons décidé. Après le raid mené par ton frère aîné, il est certain que les Hyksos ont mis en place un dispositif pour repousser une offensive navale. Quant à notre charrerie, elle est encore insuffisante. Transformons et allégeons les chars hyksos dont nous nous sommes emparés, puis formons des conducteurs. De plus, nous ne vaincrons pas l'empereur uniquement avec des armes matérielles. C'est pourquoi nous devons, toi et moi, nous rendre à Saqqara afin que ton pouvoir royal y soit confirmé.

Sous la surveillance attentive de Rieur le Jeune qui avait beaucoup apprécié la promenade en char jusqu'à la nécropole de Saqqara, la reine Ahotep et le pharaon Amosé contemplèrent avec émerveillement cette immensité consacrée aux ancêtres ressuscités dans la lumière. Pyramides et demeures d'éternité témoignaient de leur présence, et leur parole continuait à se transmettre grâce au rayonnement des hiéroglyphes et des formes architecturales.

Dominant le site, la pyramide à degrés de Djéser, édifiée par le maître d'œuvre Imhotep dont le renom avait traversé le temps, semblait aussi en être la gardienne. Véritable escalier vers le ciel, elle permettait à l'âme du pharaon de communier avec les étoiles, puis de redescendre sur terre pour y incarner l'harmonie d'en haut.

La pyramide à degrés trônait au cœur d'un vaste

espace rituel que délimitait un mur d'enceinte. Le roi et sa mère constatèrent qu'il n'existait qu'une seule entrée. Figée dans la pierre, la porte était, en apparence, éternellement ouverte.

— Étrange, nota Amosé. Pourquoi les Hyksos n'ont-ils pas détruit ce sanctuaire ? Ils savent forcément que l'âme royale se régénère ici dans le mystère, hors de la vue des humains.

— J'en suis persuadée, approuva la reine, mais l'empereur s'est trouvé confronté à une telle puissance que sa magie négative a échoué.

Le pharaon voulut s'engager dans l'étroit accès, Ahotep le retint.

— Apophis n'a certainement pas renoncé à nuire. S'il a laissé ce monument intact sans même en condamner la porte, c'est qu'il a découvert le moyen de bloquer son rayonnement.

— Aurait-il enfermé l'énergie régénératrice à l'intérieur ?

— C'est bien ce que je crois. L'empereur a dû rendre cet accès infranchissable en lui jetant un sort. Ainsi, nul pharaon ne pourra plus se nourrir de l'héritage des ancêtres.

La reine se recueillit, implorant son mari Séqen et son fils Kamès.

— Il faut briser ce maléfice, annonça-t-elle à Amosé. Je m'en charge, car je pense connaître le nom de cette porte.

— Mère, vous...

— Qu'importe ma mort. C'est toi qui dois réunir la couronne blanche et la couronne rouge.

Ahotep avança très lentement.

Lorsqu'elle aborda le seuil, un souffle glacial l'immobilisa.

Puis il lui sembla que les montants, brûlants comme des braises, se rapprochaient d'elle pour la broyer.

La reine était clouée au sol.

— Porte, je connais ton nom ! Tu t'appelles « la rectitude donne la vie ». Puisque je te connais, ouvre-toi.

Une intense lumière jaillit de la belle pierre blanche, le souffle glacial disparut.

Ahotep invita Amosé à la suivre. Précédant le pharaon, la reine progressa dans le faible espace laissé libre entre de robustes colonnes.

Rieur le Jeune se coucha sur le seuil, dans la posture d'Anubis, et garda la porte de l'invisible.

Guidé par l'esprit de Séqen et de Kamès, la reine sentait que le maléfice de l'empereur n'était pas totalement annihilé.

À la sortie de la colonnade, elle aperçut plusieurs cobras dressés au sommet d'un mur. Prêts à jaillir de la pierre dans laquelle ils étaient sculptés, n'allaient-ils pas se jeter sur Amosé ?

— Votre rôle consiste à ouvrir le chemin du pharaon et à répandre votre feu sur ses ennemis ! Auriez-vous oublié l'esprit qui vous a conçus et la main qui vous a créés ? Vous, les serpents de la royauté, je connais votre nom : vous êtes la flamme de l'origine !

Les regards des reptiles et celui de la reine se défièrent avant que les sculptures ne retrouvent leur allure hiératique.

Épuisée mais sereine, Ahotep put enfin contempler la grande cour à ciel ouvert, devant la pyramide à degrés. Elle symbolisait l'Égypte entière sur laquelle son fils était appelé à régner.

43

Apophis n'exerçait plus que deux activités.

Soit il assistait au supplice des condamnés qu'il envoyait dans le labyrinthe ou la fosse au taureau, soit il s'enfermait dans la pièce secrète au cœur de la citadelle où il allumait une lampe.

Dans la flamme, d'une inquiétante lueur verdâtre, il contemplait des scènes que lui seul pouvait voir.

Impatient, le Grand Trésorier devait attendre le bon vouloir de l'empereur pour lui communiquer les informations alarmantes qui lui parvenaient.

— Seigneur, les révoltés ont repris Memphis ! Notre régiment, chargé d'assiéger la ville, a été anéanti.

— Je sais.

— Nos milices de Moyenne-Égypte ont été exterminées !

— Je sais.

— Seigneur, il faut bien admettre qu'Ahotep et son fils sont à la tête d'une véritable armée !

— Je sais, Khamoudi. La reine a même réussi à briser le maléfice que je faisais peser sur Saqqara.

À présent, Amosé est un authentique chef de guerre.

— Quels sont vos ordres, seigneur ?

— Attendre. Bien qu'elle hésite encore, Ahotep viendra vers nous.

— Ne faudrait-il pas l'attaquer avant qu'elle ne s'approche d'Avaris ?

— Surtout pas.

— Pardonnez-moi d'insister, seigneur, mais ces Égyptiens ne sont plus à prendre à la légère !

Le regard glacé d'Apophis transperça le Grand Trésorier.

— Crois-tu vraiment que j'aie commis une telle erreur ? Ahotep est une adversaire à ma mesure, parce que je l'ai laissée croître. En elle vit une puissance, *la* puissance que je dois détruire. Si j'étais intervenu plus tôt, cette révoltée n'aurait pas dépassé les frontières de Thèbes. Aujourd'hui, elle s'imagine aussi forte que moi. La flamme m'apprend que son espérance de liberté n'a jamais été aussi intense, et c'est cette espérance même qui conduit les Égyptiens vers l'abîme. Je vais leur infliger une défaite dont ils ne se relèveront pas. Et c'est à Avaris, au pied de ma citadelle, qu'ils la subiront. Ahotep disparue, plus un seul de ses compatriotes n'osera prendre les armes contre moi.

Fou de rage, Khamoudi brisa une table basse et la piétina.

— Calme-toi, chéri ! l'implora son épouse, Yima.

Le généralissime jeta les débris du meuble par la fenêtre.

— L'empereur est trop vieux pour gouverner, déclara-t-il, les mâchoires crispées.

— Tais-toi, je t'en supplie ! Si quelqu'un t'entendait...

— Tu es la seule à pouvoir m'entendre, Yima. Et tu n'es pas femme à me trahir, n'est-ce pas ?

La fausse blonde dodelina de la tête.

— Bien sûr que non, mon amour ! Et je ne te cache pas le fond de ma pensée : puisque tu t'es débarrassé de Jannas, cesse de tergiverser.

Le ton coupant de son épouse surprit Khamoudi.

— Que veux-tu dire exactement ?

— Tu le sais aussi bien que moi.

Memphis renaissait.

Les survivants devaient s'habituer à ne plus redouter l'assaut des Hyksos, à sortir de la ville sans crainte d'être abattus, à manger à leur faim et à parler d'un avenir. Avec l'aide des fantassins, prêtres et tailleurs de pierre remettaient en état les temples les moins dégradés.

Soulagés de ne pas avoir à marcher immédiatement sur Avaris, les soldats de l'armée de libération attendaient la décision du conseil de guerre qui se tenait dans le palais en grande partie dévasté.

— Le pouvoir royal a été confirmé à Saqqara, révéla la reine Ahotep aux membres de l'état-major. Mais un danger nous guette : le manque de *heka*. Sans cette force magique qui nous a aidés à surmonter tant d'obstacles, nous n'aurons aucune chance de vaincre les Hyksos massés dans le Delta. C'est pourquoi nous devons recueillir le *heka* là où il rayonne sous sa forme la plus pure, dans la ville sainte d'Héliopolis.

— D'après les renseignements que nous a fournis la résistance memphite, indiqua le chancelier Néshi, Héliopolis est malheureusement hors d'atteinte.

— Pour quelle raison ?

— Parce qu'elle se trouve sur le territoire que contrôle la forteresse de Léontopolis, la plus importante du Delta après Avaris.

— Nous savons démanteler des places fortes, rappela Ahotep.

— Celle-là est différente, Majesté : des murs épais hauts de dix mètres et des portes si solides qu'aucun bélier ne saurait les enfoncer.

— Les monuments d'Héliopolis sont-ils intacts ?

— L'empereur a inscrit son nom sur les feuilles de l'arbre sacré, révéla le maire de Memphis. Il s'est ainsi placé dans la lignée des pharaons. C'est pourquoi le sanctuaire d'Atoum est encore debout, mais gardé par des Hyksos.

— D'une certaine manière, déplora Néshi, l'arbre rend Apophis immortel. De plus, il a probablement détruit la source de *heka*.

— Avant de nous désespérer, recommanda Ahotep, vérifions par nous-mêmes.

De retour de leur mission de reconnaissance au cours de laquelle ils avaient chevauché le Grand Blanc et le Gris, le Moustachu et l'Afghan étaient dubitatifs. Bâtie sur une éminence à l'abri de l'inondation, Léontopolis paraissait imprenable.

Deux bateaux de guerre bloquaient le canal la reliant à Héliopolis.

— Nos nageurs leur causeront de telles avaries qu'ils finiront par sombrer, estima le Moustachu.

— Côté fantassins hyksos d'Héliopolis, pas de problèmes non plus, renchérit l'Afghan. Notre charrerie en viendra à bout.

— La forteresse enverra des renforts, objecta le gouverneur Emheb. L'empereur sera alerté, des milliers de Hyksos convergeront vers Héliopolis, et c'est là que nous serons écrasés ! Aucune manœuvre ne réussira sans la conquête de cette place forte.

— C'est bien pourquoi nos charpentiers doivent se mettre au travail, précisa la reine Ahotep. Pourquoi chercher ailleurs que dans notre propre tradition l'arme dont nous avons besoin ?

Informé de la victoire de Memphis remportée par l'armée égyptienne, le commandant de la forteresse de Léontopolis n'avait pourtant d'autres soucis que des problèmes d'intendance. Il abritait de nombreux chevaux qu'il fallait nourrir et deux régiments de charrerie qui créaient une surpopulation difficile à maîtriser. Heureusement, la décrue avait commencé. Dans quelques jours, ses hôtes encombrants quitteraient les lieux.

— Commandant, l'avertit une sentinelle, des bateaux ennemis en vue !

Étonné, il monta jusqu'au sommet de la plus haute tour de garde.

De fait, des dizaines de bâtiments arborant

l'étendard de la Reine Liberté s'engageaient dans le canal menant au débarcadère de la forteresse !

Les révoltés avaient donc éliminé les vaisseaux de garde, mais cet exploit serait inutile. Immobilisés devant les hauts murs, les Égyptiens offriraient des cibles parfaites aux archers hyksos. Puis la grande porte s'ouvrirait, et la charrerie exterminerait les fuyards.

C'est donc au commandant de Léontopolis que reviendrait l'honneur d'apporter à l'empereur la tête de la reine Ahotep.

44

Les bateaux égyptiens s'immobilisèrent, hors de portée de l'ennemi.

À la stupéfaction du commandant de Léontopolis, les tireurs d'élite de l'armée de libération utilisèrent de grands arcs qui leur permirent d'abattre un bon nombre de Hyksos postés sur les remparts.

Portant d'énormes poutres, des soldats du génie débarquèrent. Couverts par leurs archers, ils parvinrent à la grande porte sans trop de dégâts.

Le commandant sourit.

Aucun bélier ne parviendrait à l'enfoncer.

Mais les Égyptiens n'essayèrent même pas ! Au contraire, ils se servirent des poutres comme d'énormes verrous pour bloquer les Hyksos à l'intérieur !

Puis se présentèrent d'autres fantassins chargés de très longues échelles montées sur des roues ! La cadence de tir des archers s'accentua, permettant à leurs camarades de dresser les échelles et de les déplacer aussi vite que possible pour les plaquer contre les murailles.

Affolé, le commandant ordonna à un maximum

de défenseurs d'occuper les remparts. Mais le chemin de ronde était étroit et, déjà, les premiers assaillants parvenaient au sommet des échelles mobiles.

Grands Pieds, le matricule 1790, était le plus ancien survivant du bagne de Sharouhen. Seule le maintenait en vie la volonté de se venger. Puisque la mort ne voulait pas de lui, il ferait payer aux Hyksos le vol de ses vaches.

Depuis plusieurs semaines, les convois de déportés se succédaient sans interruption. Parmi eux, beaucoup d'Égyptiens du Delta, mais aussi une nouvelle catégorie de condamnés qui découvraient l'horreur du camp de concentration : des militaires hyksos !

Regroupés, ils évitaient le regard des femmes, des enfants et des vieillards qui crevaient de faim et subissaient les sévices de leurs tortionnaires. Comme eux, les ex-militaires avaient à présent un numéro gravé dans leur chair.

Une nuit, un officier originaire du Caucase s'approcha de Grands Pieds qui dormait sur des planches, protection inestimable contre la boue.

— 1790... Tu n'es pas arrivé d'hier, toi ! Quel est ton secret pour tenir le coup dans cet enfer ?

— Je n'accepte pas l'injustice. Toi et tes semblables, vous m'avez volé mes vaches.

— Moi, on m'a volé mon honneur et ma raison de vivre.

— Pourquoi es-tu ici ?

— Épuration. Moi et mes camarades, on croyait

en l'avenir de l'amiral Jannas. L'empereur l'a fait assassiner.

— Un Hyksos de moins... Excellente nouvelle.

— Il y en a de bien meilleures, en ce qui te concerne. La reine Ahotep a libéré Memphis et s'est emparée de la forteresse de Léontopolis. Bientôt, elle attaquera Avaris.

Grands Pieds se demanda s'il rêvait. Puis il comprit.

— Tu mens pour me torturer, hein ? Salaud ! Tu t'amuses à me redonner espoir !

— Ne t'énerve pas, l'ami ! C'est la stricte vérité. L'empereur veut ma mort, mais ta reine aussi. Je n'ai qu'une solution : m'échapper de ce bagne.

Grands Pieds fut ébahi.

— Personne ne peut s'échapper d'ici !

— Avec les autres Hyksos, on éliminera les gardiens. Comme tu m'es sympathique, je te préviens : ou bien tu nous suis, ou bien tu pourriras dans cette fange.

Grands Pieds voulait croire que le Caucasien ne mentait pas.

Mais il ne suivit pas les partisans de Jannas quand ils tentèrent de forcer la porte du camp de Sharouhen, sûr qu'ils échoueraient.

Grands Pieds eut raison.

Découpés en morceaux, les cadavres des insurgés furent jetés aux porcs.

Grâce à la prise de Léontopolis, la charrerie égyptienne doublait ses effectifs en chevaux et en chars. Restait à alléger ces derniers, à former des conducteurs et des archers capables d'affronter les Hyksos d'Avaris.

Profitant du retrait des eaux qui laissèrent dégagée une vaste plaine, les instructeurs se mirent aussitôt au travail pendant qu'Ahotep et le pharaon gagnaient Héliopolis, enfin libérée.

Vidée de ses ritualistes et des artisans qui travaillaient autrefois dans les ateliers des temples, la vieille cité semblait éteinte à jamais. Engourdie dans un calme oppressant, comment pouvait-elle offrir du *heka* ?

Tous les sens en alerte, Rieur le Jeune précéda la reine et le pharaon dans l'allée menant au grand temple d'Atoum et de Râ dont la porte monumentale était close. Aussi longèrent-ils l'enceinte jusqu'à la petite porte des purifications, grossièrement murée. Un soldat ôta les briques.

Leurs pas conduisirent Ahotep et son fils vers un obélisque à la pointe recouverte d'or, dressé sur la butte primordiale sortie de l'océan d'énergie lors de la naissance de l'univers.

Puis ils découvrirent l'arbre sacré d'Héliopolis, le perséa aux énormes branches et aux feuilles lancéolées sur lesquelles étaient préservés les noms des pharaons.

Retrouvant d'instinct le geste rituel de ses ancêtres, Amosé s'agenouilla, la jambe gauche repliée sous le corps et la droite étendue en arrière. Il présenta au perséa l'épée d'Amon afin que l'invisible l'imprègne de sa puissance.

L'Épouse de Dieu examinait les feuilles. Étonnée par ses premières constatations, elle vérifia.

Cette fois, aucun doute possible.

— Apophis a menti : son nom ne figure pas sur le feuillage de l'arbre solaire ! Le perséa a refusé de conserver la mémoire de ce tyran, le *heka* d'Héliopolis n'a pas été souillé.

Au moment où Ahotep inscrivait les noms rituels du pharaon Amosé, l'épée d'Amon devint un rayon de lumière si intense que le roi dut fermer les yeux.

— Viens auprès de moi, lui demanda sa mère.

Ahotep remplit la fonction de Séchat qui rendait vivantes les paroles des dieux, Amosé celle de Thot qui transmettait leur message. Et ce fut au tour des noms du jeune pharaon de devenir lumineux.

En son cœur, il perçut la voix d'Atoum, l'être et le non-être indissolublement liés, la totalité précédant le temps et l'espace, la matière première d'où tout provenait. Et la chaîne fut renouée avec ses prédécesseurs dont la magie protectrice pénétra dans son souffle.

— Notre tâche n'est pas achevée, estima Ahotep. Ce temple ne vibre pas encore comme il le devrait.

Poursuivant son exploration, elle pénétra dans une vaste chapelle où gisaient les morceaux de deux grandes barques en acacia.

— La barque du jour et la barque de la nuit, murmura-t-elle. Si elles ne circulent plus, les rythmes du cosmos sont perturbés et les ténèbres envahissent la terre. Voilà pourquoi l'empereur a pu imposer sa loi !

Patiemment, le pharaon assembla chaque barque.

À la proue de celle du jour, une Isis en bois doré ;

à la proue de celle de la nuit, une Nephtys. Face à face, les déesses tendaient les mains pour se transmettre le disque d'or où s'incarnait la lumière régénérée.

Un disque qu'Apophis avait dérobé et détruit. Mais sur le sol gisait l'amulette de la connaissance [1] que la reine plaça au cou de son fils.

— Situe-toi entre Isis et Nephtys, lui ordonna-t-elle. Comme tout souverain d'Égypte, tu es le fils de la lumière qui retourne dans l'océan d'énergie avec le soleil du soir et renaît à l'orient avec celui du matin.

Un sourire paisible anima le visage des déesses qui emplirent de *heka* l'esprit du pharaon.

Après qu'Ahotep et Amosé eurent quitté les lieux, un disque d'or apparut sur les mains de Nephtys, qui le transmit à Isis dans le secret du temple.

La circulation des barques du jour et de la nuit venait de reprendre.

1. Le *siat*, mot formé sur la racine *sia*, « connaître intuitivement, être sage ».

45

Loin, très loin de l'Égypte, le royaume nubien de Kerma vivait dans une opulence dont son prince, Nedjeh, se réjouissait chaque jour davantage. Après avoir tenté de damer le pion aux Hyksos dans le sud de l'Égypte tout en se proclamant leur allié, puis guerroyé contre la reine Ahotep, Nedjeh se contentait de son existence dorée.

Reclus dans sa province aux riches ressources agricoles, devenu obèse à force de se gaver de succulentes nourritures, le bouillant prince de Kerma avait renoncé à combattre qui que ce fût. Il sortait rarement de son palais décoré à l'égyptienne où la disposition des ouvertures assurait une circulation d'air frais. Cinq repas par jour, agrémentés de câlineries dispensées par les superbes femmes de son harem, suffisaient à son bonheur. Aucune ne laissait paraître son dégoût, car la colère du vieux despote faisait encore trembler ses sujets. Quiconque lui déplaisait mourait le crâne fracassé et rejoignait les nombreux ossements entassés dans la future tombe de Nedjeh, plus vaste que la sépulture d'un roi de Thèbes.

— Encore toi ! grogna l'obèse en voyant Ata, le chef de sa police, s'approcher du lit moelleux sur lequel il était allongé.

— Prince, cette situation ne peut plus durer ! Les soldats d'Ahotep, alliés aux tribus nubiennes qui nous ont trahis, nous condamnent à l'immobilité.

— Tu ne m'apprends rien. Cesse donc de t'agiter.

Ata était grand, mince et nerveux. Nedjeh lui reprochait de ne pas savoir tenir en place, mais c'était un bon policier, apte à faire régner l'ordre dans la cité.

— Kerma est une principauté guerrière qui doit retrouver sa fierté, insista-t-il.

— Oublie ces rêves dangereux et profite de la vie ! Je commence à me lasser de certaines femelles, que je consens à t'offrir. Elles t'apaiseront les nerfs.

— Voilà trop longtemps que nous étions coupés du monde extérieur et que nous ne recevions aucune information, déclara Ata. J'ai mis fin à cet isolement.

L'obèse fronça les sourcils.

— Tu as fait quoi ?

— Mes meilleurs hommes ont risqué leur vie pour traverser le territoire sous contrôle égyptien et gagner Avaris en passant par le désert.

— Je ne permets à personne de prendre de pareilles initiatives ! tonna le prince de Kerma.

— Vous devez m'approuver, seigneur. Sans doute avez-vous eu raison de temporiser, mais il faut maintenant resserrer nos liens avec les Hyksos et reconquérir le terrain perdu.

— Tu es devenu fou, Ata !

— Mes messagers ont annoncé à l'empereur que Kerma reprenait la lutte contre l'Égypte.

L'obèse était abasourdi.

— Comment as-tu osé... ?

— Vous devez m'approuver, répéta le chef de la police.

— Tu te trompes lourdement !

— Alors, tant pis pour vous.

Ata planta son épée dans la panse de l'obèse, stupéfait de ce crime de lèse-majesté.

Avec une lenteur menaçante, il se releva.

— Je vais t'écraser, vermine !

Oubliant le dard mortel, Nedjeh marcha vers Ata qui reculait, incrédule. Comment ce poussah parvenait-il encore à se déplacer ?

Se saisissant d'un pied de lampe en bronze, il lui assena un coup violent sur la tête.

Un instant figé, Nedjeh recommença à avancer, le visage en sang.

Ata frappa de nouveau. Cette fois, le jouisseur s'effondra. L'ex-chef de la police pouvait apprendre au peuple de Kerma qu'il avait un nouveau prince.

— La forteresse de Léontopolis est tombée, annonça Khamoudi à l'empereur, tassé dans un fauteuil aux accoudoirs grossiers.

— Sans importance.

Les chevilles cnflées et douloureuses, les joues plus pendantes qu'à l'ordinaire, la voix usée, Apophis ne quittait plus la pièce secrète aménagée au cœur de la citadelle. Seul le généralissime Khamoudi y avait accès.

— La chute de Léontopolis a entraîné celle d'Héliopolis, précisa-t-il.

« À présent, pensa l'empereur, Ahotep sait que l'arbre sacré a refusé d'accepter mon nom et que je n'appartiens pas à la lignée des pharaons. C'est pourquoi elle doit mourir. »

— Nous ne devons plus rester passifs, Majesté. Cette reine accumule trop de succès. Je propose de l'attaquer sans délai. Dans les plaines du Delta, notre charrerie écrasera l'armée égyptienne.

— Laisse-la venir jusqu'à la capitale, ordonna Apophis. Mon plan se déroule point par point, et c'est ici qu'Ahotep tombera entre mes mains. Ici, et nulle part ailleurs. Plus elle s'étourdira avec d'inutiles victoires, plus elle sera vulnérable.

— Majesté, je...

— Ça suffit, Khamoudi, j'ai besoin de me reposer. Avertis-moi quand Ahotep parviendra aux portes de ma capitale.

Khamoudi ne décolérait plus. Comment faire entendre raison à ce vieillard sénile qui ne percevait plus la réalité ? Certes, le Grand Trésorier lui-même s'était montré, un temps, hostile à un déploiement de forces. Mais la situation avait bien changé. Aujourd'hui, Ahotep et le pharaon Amosé étaient à la tête d'une véritable armée qui venait de s'emparer d'une forteresse réputée imprenable et de violer le sanctuaire hyksos.

Leur stratégie était claire : détruire une à une

toutes les places fortes du Delta et ne défier Avaris qu'après l'avoir isolée.

Les attendre serait donc suicidaire. Puisqu'ils commettaient l'erreur de s'aventurer en terrain plat, le généralissime les anéantirait.

Mais impossible de lancer la charrerie à l'assaut sans ordre explicite de l'empereur !

Alors qu'il songeait aux paroles de son épouse Yima, Khamoudi fut informé que des émissaires du prince de Kerma étaient arrivés à Avaris. Une bonne occasion de passer ses nerfs sur ces nègres qu'Ahotep avait réduits à l'état de moutons !

— Seigneur, dit un homme jeune à l'allure martiale, nous vous transmettons les salutations du prince de Kerma.

— Ce lâche qui se contente de manger et de forniquer ?

— Nedjeh est mort, et le prince Ata ne lui ressemble en rien. À la tête des guerriers de Kerma, il brisera le carcan dans lequel nous étouffons.

— Ata veut se battre contre les Égyptiens ?

— Dans un premier temps, il récupérera toute la Nubie. Ensuite, il s'emparera du sud de l'Égypte, à condition que vous lui donniez votre accord de ne pas entraver sa marche en avant.

Khamoudi ne réfléchit pas longtemps.

— Je le lui donne.

— Majesté, des éclaireurs de l'armée égyptienne ont été repérés, annonça Khamoudi.

— Enfin, la voilà ! Viens, Ahotep, viens vers moi !

La haine qui emplissait le regard de l'empereur le rendait insupportable.

— Ne devriez-vous pas aller au temple de Seth pour déclencher sa fureur contre l'ennemi ? suggéra le généralissime.

— Ahotep sait comment la conjurer, mais tu as raison : il ne faut pas négliger ce précieux allié. Un orage d'une extrême violence s'abattra sur les Égyptiens et la foudre détruira une partie de leur flotte.

Khamoudi aida l'empereur à se lever et à marcher.

Sur le seuil de la citadelle, Apophis prit place dans une chaise à porteurs sans remarquer le geste discret que le Grand Trésorier adressait au chef des pirates chypriotes.

Obséquieux, Khamoudi soutint encore Apophis lorsqu'il s'installa dans la barque qui traverserait le bras d'eau pour accoster l'îlot où était érigé le temple de Seth.

— Ces rameurs n'appartiennent pas à ma garde personnelle, remarqua l'empereur.

— Exact, ce sont mes hommes.

— Qu'est-ce que ça signifie, Khamoudi ?

— Que je prends le pouvoir.

— Tu perds la tête, comme Jannas !

— Jannas a temporisé, je ne commettrai pas la même erreur.

— Tu es un petit, mon ami, et tu seras toujours un petit, malgré ta vanité, ta fortune et tes manœuvres sordides.

La voix et le regard d'Apophis glacèrent le sang de Khamoudi qui sentit ses membres se paralyser.

Puisant dans le tréfonds de sa rage, il percuta du poing le visage de l'empereur, dont le nez et les lèvres éclatèrent.

Avec hargne, il lui planta un poignard dans le cœur. Alors que sa victime s'effondrait sur le côté, Khamoudi s'empara de la dague d'Apophis et l'enfonça dans le dos du vieillard.

Hébété, il s'écarta du cadavre.

— Continuez à ramer, ordonna-t-il aux soldats.

La barque accosta.

— Portez cette charogne sur l'autel de Seth et brûlez-la.

— Il bouge encore ! s'exclama un marin, terrorisé.

Khamoudi empoigna une rame et frappa l'empereur dix fois, vingt fois, cent fois, jusqu'à ce qu'il ne fût plus qu'un pantin ensanglanté et désarticulé.

La main droite d'Apophis se souleva légèrement.

Hystérique, Khamoudi comprit que le vieillard portait sur lui une protection.

À son cou, l'*ânkh*, la croix de vie, attachée à une chaîne d'or et, au petit doigt de sa main gauche, un scarabée en améthyste sur une bague en or.

Le Grand Trésorier arracha les bijoux et les piétina.

La main du vieillard retomba, enfin inerte.

— Vite, brûlez-le !

La fumée qui s'éleva au-dessus du temple de Seth répandit une odeur pestilentielle.

46

— C'est fait, annonça Khamoudi à son épouse, la dame Yima.

— Alors, tu es... l'empereur des Hyksos !

— Tous me doivent désormais une obéissance absolue.

— C'est merveilleux, merveilleux ! Mais... Comme tu sens mauvais ! Tu es couvert d'une poussière noirâtre, va vite te laver. Je te fais servir notre meilleur vin. Et moi... Moi, je suis impératrice !

Abandonnant Yima à des rêves de grandeur qui devenaient réalité, Khamoudi se hâta de réunir officiers supérieurs et dignitaires dans la salle d'audience de la citadelle.

— L'empereur Apophis est décédé, révéla-t-il. J'ai eu le triste privilège de recueillir ses dernières volontés : que son corps soit incinéré sur l'autel du temple de Seth et que je lui succède pour maintenir la grandeur de l'empire.

Qui aurait pu s'opposer à la prise de pouvoir du généralissime et Grand Trésorier Khamoudi ?

Après avoir épuré l'armée et fait main basse sur l'économie hyksos, il ne comptait aucun rival.

Chacun s'inclina donc devant le nouvel empereur, qui sentit sa poitrine se gonfler et son torse s'élargir. Cette consécration était plus enivrante que toutes les drogues réunies !

La démarche mal assurée, comme s'il était ivre, Khamoudi pénétra dans les appartements privés d'Apophis dont les gardes avaient été supprimés le matin même par les pirates chypriotes fidèles au Grand Trésorier. À la dame Abéria, il avait ordonné d'envoyer au bagne l'ensemble des domestiques de son prédécesseur. Place neuve : tel était le mot d'ordre qui s'appliquait aussi aux objets. Tout souvenir du tyran devait disparaître, à l'exception des peintures crétoises dont la fraîcheur plaisait à Khamoudi.

La dame Yima courait d'une pièce à l'autre, pleurait, riait, embrassait une servante, en giflait une autre, se couchait sur un lit, se relevait, demandait à boire, oubliait sa coupe, absorbait un peu de drogue et déchirait ses anciennes robes en poussant des cris.

— Nous avons réussi, je suis impératrice ! Impératrice, moi, tu te rends compte !

Elle se jeta au cou de son mari, qui la repoussa.

— Nous avons du travail, il faut continuer à épurer. Tu mèneras une enquête approfondie sur chacun des membres du personnel de la citadelle. Au moindre soupçon, qu'Abéria nous en débarrasse.

Laissant son épouse vaquer à ses occupations, Khamoudi convoqua généraux et amiraux afin de préparer la contre-attaque qui lui permettrait de reprendre Léontopolis, Héliopolis et Memphis, pendant que les Nubiens du nouveau prince de Kerma déferleraient sur la Haute-Égypte. Obligée de reculer jusqu'à Thèbes, Ahotep serait prise entre deux feux.

Khamoudi la voulait vivante. Pour elle, il inventerait des supplices inédits afin qu'elle meure le plus lentement possible dans d'insupportables souffrances.

Perdu dans ses pensées, le nouvel empereur heurta le vieil amiral qu'il avait nommé à la tête de la flotte.

— Seigneur, les Égyptiens !

— Quoi, les Égyptiens ?

— Ils sont là !

Pourquoi cet imbécile lui répétait-il la fable qu'il avait racontée à Apophis pour l'inciter à sortir de la citadelle ?

— Retourne à ton poste.

— Vous ne comprenez pas, seigneur ! Les Égyptiens attaquent Avaris !

— Tu divagues, nos guetteurs les auraient signalés depuis longtemps.

— Non, car ils ne sont pas venus par le sud.

— Impossible !

— Nous attendons vos ordres, seigneur.

Que prévoyaient les Hyksos, sinon une offensive de la marine égyptienne identique à celle menée avec un succès certain par Kamès ? Aussi la reine Ahotep avait-elle suggéré une stratégie totalement différente qui consistait à attaquer Avaris de différentes manières et à plusieurs endroits en même temps. Elle impliquait de lancer la totalité des forces égyptiennes dans la bataille et, auparavant, de détruire l'ensemble des postes de guet.

L'Afghan et le Moustachu s'étaient acquittés de cette tâche pendant que la reine renforçait les mesures de sécurité autour de la personne du pharaon. Si l'espion hyksos était toujours en activité, il tenterait de supprimer Amosé afin d'enrayer la marche en avant de l'armée de libération. Plus que jamais, Rieur le Jeune demeurait sur ses gardes.

— Voici Avaris, dit le gouverneur Emheb, ému.

Enfin, Ahotep découvrait la capitale de l'empire des ténèbres !

Comme sa mère, le pharaon Amosé fut impressionné par l'ampleur du site, la dimension des ports de guerre et de commerce et, surtout, la taille de la citadelle. Aucune forteresse ne pouvait lui être comparée.

La peur s'insinua dans les rangs égyptiens, tant les bâtiments de la flotte hyksos et les chars alignés sur la rive orientale leur parurent innombrables.

Tous s'étaient préparés à cet instant, mais personne n'avait imaginé que l'adversaire fût aussi monstrueux.

— Nous allons au massacre, prédit le chancelier Néshi, livide.

— Qu'en pensent les deux officiers les plus intrépides ? demanda Ahotep.

— Le chancelier a raison, approuva le Moustachu.

— Pour une fois, reconnut l'Afghan, mon camarade n'a pas tort.

— Mieux vaut battre en retraite plutôt que de subir une défaite irrémédiable, préconisa le gouverneur Emheb. Je sais que vous n'avez jamais reculé, Majesté, mais personne ne vous le reprochera.

Le silence de l'amiral Lunaire prouva qu'il partageait l'avis de ses compagnons d'armes.

Dans le regard de son fils, la reine déchiffra des intentions bien différentes.

— Regardez les Hyksos, recommanda Amosé, ils courent dans tous les sens comme du gibier affolé ! Notre dispositif d'assaut est excellent, c'est lui qui nous permettra de combler notre déficit en hommes et en matériel. Que chacun gagne immédiatement son poste. Quand les tambours résonneront, que toutes nos unités s'engagent selon le plan prévu.

Khamoudi ne s'était pas effondré.

Au contraire, l'imminence de la confrontation avec les Égyptiens avait déclenché en lui une telle fureur qu'il s'était multiplié pour inciter les officiers supérieurs à reprendre leurs soldats en main. Les Hyksos n'étaient-ils pas supérieurs à leurs adversaires et Avaris imprenable ?

La vraie bataille s'engageait, et c'était celle-là qu'il fallait gagner.

Survoltés par l'ardeur de leur nouveau chef, les Hyksos s'organisèrent. Les conducteurs de char et leurs équipages bondirent dans leurs véhicules, les marins se ruèrent à leurs postes de combat, les archers prirent place dans les tours de la citadelle.

Suivi de plusieurs bâtiments, le vaisseau amiral

de la flotte égyptienne, « Le Faucon d'or », s'engageait dans le canal qui menait au débarcadère de la citadelle.

L'erreur fatale que Khamoudi espérait !

Imitant son frère aîné, Amosé tentait de s'emparer des ports, lesquels deviendraient des cimetières pour les bateaux égyptiens.

Mais « Le Faucon d'or » s'immobilisa à mi-chemin, alors que d'autres navires pénétraient dans le canal du nord afin de prendre à revers les bâtiments hyksos, au son entêtant des tambours.

À cette mauvaise surprise succéda la stupéfaction : du vaisseau amiral débarqua un char tiré par deux chevaux que conduisait le pharaon en personne, coiffé de la couronne blanche de Haute-Égypte. Sur les flancs du véhicule étaient peints des Hyksos agenouillés et ligotés.

— Ils ont réussi à construire un char ! s'étonna Khamoudi.

— Pas un char, rectifia un général, dépité. Des centaines de chars !

Lancée à pleine vitesse, la charrerie égyptienne se ruait sur celle des Hyksos.

47

D'après Ahotep, seules des manœuvres combinées et inattendues pouvaient donner à l'armée de libération une petite chance de terrasser l'adversaire.

Le vaisseau amiral et ses accompagnateurs servirent d'appât à la marine hyksos, qui les considéra, à tort, comme des proies faciles. Un combat féroce s'engagea pendant que d'autres vaisseaux égyptiens, arrivant par le canal du nord, coupaient en deux la flotte ennemie.

Et ce fut l'infanterie de marine, commandée par le gouverneur Emheb et Ahmès fils d'Abana, qui utilisa des barges fortifiées pour se lancer à l'abordage des lourds bâtiments hyksos, totalement pris au dépourvu.

Sur ces deux fronts, l'enthousiasme et la mobilité des Égyptiens leur permirent de faire jeu égal avec l'adversaire.

Restait le choc majeur dont dépendait l'issue de la bataille d'Avaris : quelle charrerie sortirait victorieuse de la confrontation ?

D'abord étonné par cette attaque sur terrain plat

avec des véhicules qu'occupaient seulement deux hommes, le chef de la charrerie hyksos lança un régiment en ligne afin de tout balayer sur son passage.

Sur l'ordre d'Amosé, les Égyptiens s'écartèrent à vive allure et, tout en tournant, tirèrent sur les flancs adverses. La plupart des traits atteignirent leurs cibles. Des chevaux s'effondrèrent, entraînant un véritable chaos où de nombreux Hyksos furent blessés ou tués.

Tels des frelons, les chars de Pharaon se portaient à la hauteur de leurs adversaires, lents et moins maniables. Les archers abattaient les conducteurs ennemis. Sans contrôle, les chevaux percutaient leurs congénères et provoquaient une mêlée que venaient nourrir d'autres équipages désemparés.

Les Égyptiens observaient la consigne : éviter tout heurt frontal avec les Hyksos, les surprendre de côté et par l'arrière. En véritables virtuoses, le Moustachu et l'Afghan s'offrirent un beau tableau de chasse.

Entouré de plusieurs chars qui le protégeaient, selon les ordres d'Ahotep, le pharaon Amosé tirait flèche sur flèche.

Dans un sinistre concert de hennissements et de cris de souffrance, les soldats de l'empereur se retrouvèrent encerclés. Virevoltant autour d'eux, les Égyptiens ne leur accordaient aucun répit.

Quand une nouvelle vague de chars hyksos entama une contre-attaque, la reine Ahotep redouta qu'elle ne fût décisive. À la limite de l'épuisement, comment les Égyptiens parviendraient-ils à la contenir ?

Mais ces véhicules étaient équipés des roues sabotées par le magasinier Arek, et la plupart cédèrent dès la première accélération. Ainsi ceux qui auraient dû renverser le cours du conflit ajoutèrent-ils à la débandade de leur propre camp, désormais incapable de se défendre.

Sous l'impulsion d'Amosé, les régiments de chars égyptiens ne relâchèrent plus leurs efforts, exigeant le maximum des animaux comme des hommes. Lances et flèches jaillissaient, meurtrières.

Du côté du vaisseau amiral, la situation n'évoluait pas de manière favorable. Après avoir repoussé deux tentatives d'abordage, les marins de Pharaon, décimés, succombaient sous le nombre. Il fallut une percée audacieuse de Lunaire pour éviter le pire. Mais en délaissant le canal du nord, il permit à plusieurs bateaux hyksos de se regrouper et de reprendre le contrôle de cet accès à Avaris.

Féline chauffa une lancette au feu et cautérisa la plaie profonde qu'avait creusée l'épée dans le flanc gauche de l'Afghan. Quoique rude au mal, il ne put retenir un gémissement.

— Tu as eu de la chance, lui dit-elle. C'est spectaculaire, mais sans gravité.

— Et moi, se plaignit le Moustachu, je reste sans soins ?

— Tu n'as que des égratignures.

— J'ai tout de même du sang partout et j'ai failli mourir cent fois !

— Je dois m'occuper d'abord des cas sérieux. Toi et les rescapés, aidez-moi.

Les blessés ne se comptaient plus, Féline et les infirmiers étaient débordés, mais la charrerie égyptienne venait de remporter sa première grande victoire.

Pourtant, aucune manifestation de joie dans les rangs de l'armée de libération, car la citadelle, intacte, la défiait de toute sa masse.

Arriva l'heure des rapports, qu'écoutèrent avec attention la reine et le pharaon, dans la cabine du vaisseau amiral.

— Un quart de nos chars détruit, déclara le chancelier Néshi, mais beaucoup de matériel prélevé chez l'ennemi. Nos soldats se sont comportés de manière admirable. Dès demain, il faudra former de nouveaux conducteurs pour remplacer les morts. Grâce aux richesses de la campagne environnante, les chevaux seront bien nourris.

— Rien à ajouter, dit le Moustachu, approuvé par l'Afghan.

— Ta blessure ? s'inquiéta la reine.

— Pendant quelques jours, Majesté, elle me gênera un peu mais ne m'empêchera pas de remplir mon rôle d'instructeur.

— Dix bateaux coulés ou gravement endommagés, indiqua l'amiral Lunaire, lourdes pertes parmi les navigants et l'infanterie de marine. Par bonheur, la flotte hyksos a été beaucoup plus durement touchée que la nôtre, mais elle demeure importante et s'est massée dans le canal du nord. Je déconseille un affrontement immédiat, car nos hommes sont épuisés.

— Il faut me laisser le temps d'organiser l'intendance, demanda le chancelier Néshi, et ça ne s'annonce pas facile. Il est nécessaire que nos braves mangent correctement et dorment dans de bonnes conditions.

— Nos échelles mobiles sont inutilisables, précisa Emheb. Les murs de la citadelle sont trop élevés et, contrairement à ce qui s'est produit à Léontopolis, les archers hyksos sont parfaitement protégés par des créneaux. Hors de notre portée, ils abattront les soldats qui tenteront de s'approcher de la muraille.

Ahotep reconnut la validité des arguments.

Malgré leur vaillance, les troupes égyptiennes n'avaient remporté qu'un demi-succès.

— Je suis très inquiet, avoua le chancelier Néshi. Il reste sûrement une grande quantité de Hyksos dans l'est du Delta et d'autres encore en Syro-Palestine. L'empereur les appellera à la rescousse pour dégager Avaris, et nous serons submergés.

— Il est hors de question de reculer, jugea le pharaon Amosé. Nous devons nous emparer d'Avaris à n'importe quel prix.

— C'est bien notre vœu le plus cher, confirma Emheb, mais le siège sera long, très long.

— Nous avons tous besoin de repos et de réflexion, trancha Ahotep.

Quelle étrange nuit ! Bien que le ciel étoilé fût celui de la Basse-Égypte, la terre noire, les canaux et les cultures appartenaient encore à l'empereur des ténèbres.

Ahotep songeait à son fils Kamès qui, avec de maigres moyens, avait lancé un premier assaut contre Avaris, réussissant à piller son port de commerce. Sans l'intervention de l'espion hyksos, le jeune roi aurait causé de plus graves dommages à l'ennemi. Mais lui aussi serait resté impuissant au pied de cette citadelle qui narguait l'armée d'Amosé.

Devant chaque obstacle, la reine avait trouvé le moyen de le franchir ou de le contourner. Cette fois, il semblait trop monumental ! Néanmoins Ahotep savait depuis son adolescence que, là où il n'existait pas de chemin, il fallait en créer un.

Laissant sa pensée voguer dans les étoiles où vivaient à jamais les pharaons Séqen et Kamès, la reine s'approcha de la tente d'Amosé afin de vérifier les mesures de sécurité.

Pendant le combat, l'espion hyksos n'avait rien pu tenter. Formée de fidèles entre les fidèles, la garde rapprochée du roi assurait la meilleure des protections. Et Rieur le Jeune, couché sur le seuil de la tente, ne dormait que d'un œil.

Comme nourritures et boissons proposées au monarque étaient goûtées par deux cuisiniers volontaires, l'espion ne parviendrait pas non plus à empoisonner le pharaon.

De nouveau circulaient les barques de la nuit et du jour. Ahotep vécut la transmission de l'ancien au nouveau soleil, et sa renaissance à l'orient, après qu'il eut vaincu le serpent des ténèbres dans le lac de la flamme.

À l'aube, la décision de la reine était arrêtée.

Ou bien l'armée de libération s'emparerait d'Avaris, ou bien elle serait anéantie.

48

Grâce aux stupéfiants, aucun soldat hyksos ne redoutait les Égyptiens. Les uns voyaient leurs angoisses disparaître, les autres se sentaient capables d'affronter dix adversaires en même temps. Khamoudi avait même fait distribuer de la drogue médiocre à la population, afin que les civils ne soient pas pris de panique.

À l'évidence, un seul objectif intéressait la reine Ahotep et son fils Amosé : la citadelle. Mais ils ne possédaient aucun moyen d'y pénétrer. Le siège se terminerait par un fiasco, et les renforts en provenance du Delta et de Canaan leur infligeraient une défaite définitive.

Du haut de la principale tour de guet, Khamoudi observait l'adversaire, dont le comportement lui parut étrange. Les corps d'archers et d'infanterie de marine embarquaient sur les bateaux de guerre qui, un à un, s'engageaient dans les canaux et sur le lac d'Avaris.

À la proue du vaisseau amiral, le pharaon Amosé, aisément reconnaissable à sa couronne blanche.

« Ils veulent détruire ma flotte, constata le nouvel empereur, pour mieux encercler Avaris. »

— Trouve-moi un excellent archer, ordonna-t-il à l'officier qui se tenait près de lui. Qu'il prenne une barque légère avec deux bons rameurs et qu'il s'approche à distance de tir de ce petit roi imprudent.

Commandant le bateau nommé « Celui qui apparaît en gloire dans Memphis » depuis la libération de l'illustre cité, Ahmès fils d'Abana était secondé par des archers d'élite qui causaient des ravages dans les rangs ennemis. En éliminant les défenseurs adverses, ils facilitaient les manœuvres d'abordage. Déjà, deux bâtiments hyksos étaient tombés entre les mains des Égyptiens.

Ahmès fils d'Abana repéra une barque légère. À son bord, trois hommes torse nu, dont deux rameurs soutenant une cadence effrénée.

Soudain, les rameurs ralentirent l'allure.

Quand le troisième homme se mit debout et sortit une flèche d'un carquois, Ahmès fils d'Abana s'aperçut qu'il regardait dans la direction du vaisseau amiral.

Le pharaon... L'archer hyksos voulait tuer le pharaon dont la couronne blanche étincelait sous le soleil !

Bandant son arc, l'Égyptien prit à peine le temps de viser. Le trait rasa la tête du Hyksos qui, affolé, lâcha son arme.

Abandonnant ses camarades, il se jeta à l'eau.

Par précaution, Ahmès fils d'Abana abattit les

deux rameurs. Puis, enragé à l'idée que cette vermine ait pu toucher le roi, il plongea à son tour.

Grâce à son crawl[1] puissant et régulier, il ne tarda pas à rattraper le Hyksos, qu'il frappa d'un violent coup de poing sur la nuque avant de le tirer vers la berge et de le placer sur son dos comme un vulgaire sac de marchandises.

À demi conscient, le prisonnier tenta de s'emparer du poignard de l'Égyptien. Ahmès fils d'Abana le plaqua sur le sol, lui trancha la main et l'assomma plus proprement.

— Commandant Ahmès fils d'Abana, je te remets l'or de la vaillance, déclara le pharaon Amosé en passant un fin collier autour du cou de l'officier.

La réputation du héros ne cessait d'embellir dans les rangs de l'armée de libération qui s'était emparée de plusieurs bateaux hyksos. Bientôt, les combats reprendraient, intenses et meurtriers.

Ahmès fils d'Abana s'inclina.

— Puis-je solliciter une faveur, Majesté ?

— Parle.

— M'accorderez-vous l'honneur de commander votre garde personnelle, de sorte que je sois le premier à vous protéger en toutes circonstances ?

— Après l'exploit que tu viens d'accomplir, j'accède volontiers à ta demande.

La reine Ahotep sourcilla.

Et si Ahmès fils d'Abana était l'espion hyksos ? Si son acte de bravoure n'avait été qu'un trompe-

1. Cette technique fut pratiquée dès l'Ancien Empire.

l'œil destiné à gagner la confiance du pharaon ? Désormais très proche de lui, il disposerait tôt ou tard de conditions idéales pour le supprimer !

Ces soupçons étaient absurdes. Ahmès fils d'Abana servait dans l'armée de libération depuis son adolescence et il avait risqué cent fois sa vie en luttant de manière exemplaire contre les Hyksos. La reine mettrait néanmoins son fils en garde.

— Interrogeons ton prisonnier, décida Amosé.

Soigné mais terrorisé, le Hyksos n'osait pas lever les yeux vers le souverain.

— Ton grade et ta fonction ?

— Premier archer dans le régiment du bas de la citadelle.

— Décris-nous l'intérieur, exigea Ahotep.

— Je n'y étais pas admis. Je sais seulement qu'elle abrite suffisamment de soldats et de vivres pour tenir pendant des années.

— Qui t'a donné l'ordre de tirer sur Pharaon ?

— Khamoudi... L'empereur Khamoudi.

— Tu veux dire... Apophis ?

— Non, Apophis est mort. Enfin, le Grand Trésorier l'a tué, et son cadavre a été brûlé. Maintenant, l'empereur, c'est Khamoudi.

— Si tu veux avoir la vie sauve, va lui dire que le pharaon est gravement blessé.

— Oh non, Majesté ! s'écria le Hyksos. Jamais Khamoudi ne me croira ! Je serai jeté dans le labyrinthe ou dans l'enclos du taureau.

Le prisonnier se répandit en détail sur les supplices et les tortures dont étaient friands l'ancien et le nouvel empereur.

— Tuez-moi tout de suite, implora-t-il.

— Quand nous aurons gagné cette guerre, décréta Ahotep, tu deviendras le serviteur d'Ahmès fils d'Abana.

Tous les magasiniers de l'arsenal d'Avaris avaient absorbé de la drogue à bas prix et voguaient dans des rêves où les flèches et les lances égyptiennes ne causaient aucune blessure.

Tous, sauf Arek.

Le jeune résistant, à présent privé de tout contact avec l'extérieur, contenait difficilement sa joie. Enfin, les Égyptiens assaillaient Avaris ! Même si Khamoudi se comportait comme une brute redoutable, la disparition d'Apophis affaiblissait les Hyksos.

Après avoir saboté les roues des chariots, Arek s'était attaqué aux arcs. Une fois tendus, le bois casserait net.

Beaucoup plus facile que pour les roues, le travail présentait davantage de risques, car le magasinier n'était pas autorisé à pénétrer dans cet entrepôt-là. Aussi devait-il attendre que ses collègues fussent endormis pour ôter les verrous et s'affairer la nuit durant.

— Que fais-tu là, petit ?

Arek se figea.

La voix rocailleuse de son chef d'équipe, un Asiatique dont la résistance à la drogue dépassait l'entendement.

— Ce soir, j'ai remarqué que tu ne consommais rien, petit, et ça m'a intrigué. Tu n'as pas le droit d'être ici.

— Je... je voulais un arc !

— C'est du vol, ça. Et un vol d'arme, en pleine guerre, c'est un crime.

— Oublie-le, à charge de revanche.

— Je ne suis pas un malfaiteur, moi ! Tu vas m'accompagner à la citadelle et tu t'expliqueras devant notre nouvel empereur. Si tu as des choses à cacher, il te les fera avouer. Et moi, il me remerciera.

Arek s'élança, bouscula l'Asiatique et sortit de l'entrepôt en courant.

Son chef d'équipe alerta les gardes qui patrouillaient sur le quai.

Une atroce brûlure déchira l'épaule d'Arek. Surmontant la douleur provoquée par la lance, il se jeta dans le canal.

Pour lui, la mort la plus douce. Car le jeune résistant ne savait pas nager.

49

Les yeux dans le vague, chancelante, la dame Yima s'accrocha au bras de son mari.

— Mon empereur, sommes-nous vraiment en sécurité ?

— Toi, tu as pris trop de drogue, jugea Khamoudi.

— Il faut bien lutter contre la peur ! Ici, plus personne ne redoute les Égyptiens, parce que tu es le plus fort, le seul maître du pays. Et moi, je t'aide... Avec mon amie Abéria, on va exécuter tous les traîtres.

— Excellente idée. Si vous n'avez pas de preuves, choisissez un coupable au hasard, rassemblez ses proches et tuez-le devant eux. Que chacun comprenne que Khamoudi est invulnérable.

Ravie à l'idée de ces réjouissances, l'impératrice alla rejoindre la tortionnaire aux mains démesurées pendant que l'empereur réunissait ses généraux.

— La bataille continue à faire rage sur les canaux et sur le lac, indiqua l'un d'eux. Contrairement à ce que nous pensions, Ahotep et Amosé ne s'intéressent pas à la citadelle. Leur unique but semble être la destruction de notre flotte. Ils n'y parviendront pas avant l'arrivée de nos renforts. Malheureusement, inutile d'envoyer des commandos pour abattre le pharaon qui se méfie et ne se montre plus.

— Relève de la garde toutes les trois heures. Un maximum d'archers dans les tours de guet et aux créneaux, ordonna Khamoudi.

Tandis qu'Ahotep, le gouverneur Emheb et l'amiral Lunaire dirigeaient l'affrontement naval en prenant soin de le faire durer, le pharaon Amosé se trouvait loin d'Avaris, sur la piste du Ouadi Toumilat qu'empruntaient les caravanes de ravitaillement. Sous la protection de Rieur le Jeune et d'Ahmès fils d'Abana, nouveau commandant de sa garde personnelle, le pharaon appliquait le plan préconisé par sa mère : couper la route commerciale et empêcher les renforts hyksos, en provenance de Canaan et du Delta oriental, d'atteindre Avaris.

La saisie de plusieurs chargements permit aux soldats de faire bombance avant que le régiment de chars commandé par le Moustachu affrontât son homologue cananéen, tandis que l'Afghan et le sien se heurtaient aux Hyksos du Delta.

En contact avec eux grâce à Filou et à son escouade de pigeons messagers, le pharaon Amosé accourait là où ses troupes connaissaient des difficultés.

Inférieurs en nombre, les Égyptiens jouaient de leur mobilité. Sous le soleil ardent, l'épée d'Amon répandait une lumière si intense que chaque soldat se sentait animé d'une énergie inépuisable.

Ni les saisons, ni les mois, ni les jours, ni les nuits, ni les heures, plus rien ne comptait, sauf la bataille d'Avaris où, peu à peu, la marine égyptienne prenait le dessus. Privée de Féline qui, par bonheur, avait formé des assistantes, Ahotep s'occupait des blessés dont la plupart exigeaient de retourner au combat. Si près du but, personne n'acceptait de renoncer, bien que la citadelle, arrogante, assistât aux violents engagements sans rien perdre de sa superbe.

— Nous venons de couler leurs meilleurs bâtiments, annonça Emheb. Enfin, notre supériorité est bien marquée.

Ce fut le moment que choisit Filou pour se poser sur l'épaule d'Ahotep qui, comme à l'accoutumée, le gratifia de nombreuses caresses avant de consulter le précieux message dont il était porteur.

Sans cesse, la reine songeait à son fils, avec l'espoir que sa protection était réellement assurée. Comment oublier le combat au cours duquel son époux, Séqen, avait été trahi et assassiné ? Pourtant, il n'existait pas d'autre stratégie : si Amosé ne parvenait pas à couper la route des renforts, l'armée de libération serait écrasée. Jusqu'à présent, la stratégie d'Ahotep réussissait : faire croire à l'empereur Khamoudi que les Égyptiens concentraient l'ensemble de leurs forces à Avaris en ne s'attaquant qu'à la marine adverse.

Le gouverneur Emheb ne cachait pas son impatience.

— Quelles nouvelles, Majesté ?

— Les renforts venus de Canaan ont dû reculer.

— Et les Hyksos du Delta ?

— Eux aussi ont battu en retraite, mais nos régiments de chars ont subi des pertes sévères. Le pharaon nous demande de lui envoyer des hommes et du matériel.

— Possible, mais nous serons fragilisés. Si les Hyksos de la citadelle effectuent une sortie, nous risquons la catastrophe.

— Alors, Emheb, il faut venir à bout de leur marine !

À la vue du sceptre d'Ahotep qui symbolisait la puissance de Thèbes, les Égyptiens oublièrent fatigue et blessures. Tant sur le lac que dans les canaux, leurs vaisseaux se ruèrent à l'assaut de l'ennemi. Et ce fut l'amiral Lunaire qui, malgré une lance plantée dans sa cuisse gauche, trancha les mains du dernier capitaine hyksos qui avait combattu jusqu'à la mort.

— Seigneur, ne faudrait-il pas tenter une sortie ? suggéra un général hyksos.

— En aucun cas ! s'emporta Khamoudi. Ne comprends-tu pas que c'est exactement ce qu'attendent les Égyptiens ? Il ne nous reste plus un seul bateau, Ahotep a bloqué l'ensemble des canaux, Avaris est encerclée ! Autrement dit, nos chars tomberaient dans un traquenard. Nous ne sommes en sécurité qu'à l'intérieur de la citadelle.

« Où est passé le foudre de guerre qui devait tout ravager sur son passage ? » s'interrogea le général, à l'instar de ses collègues.

— A-t-on enfin des nouvelles de nos troupes de Canaan et du Delta ? s'enflamma le nouvel empereur.

— Aucune, mais elles ne tarderont plus.

— Nos liaisons avec le Nord seraient-elles coupées ?

— C'est l'évidence, seigneur. Plus aucun messager hyksos ne peut atteindre Avaris. Soyez néanmoins certain que nos hommes, comparables à un nuage de sauterelles, s'abattront sur les Égyptiens.

Pour se soulager les nerfs, Khamoudi assista à une exécution.

Avec un plaisir grandissant, la dame Abéria étranglait les supposés traîtres à tour de bras.

La Reine Liberté partageait chaque jour le repas de ses soldats, composé de poisson ou de porc séché, d'ail, d'oignons, de pain et de raisin, le tout arrosé de bière légère. Après avoir eu le privilège de la côtoyer, chacun reprenait courage.

— Ce ne sont pas les Hyksos qui pourraient manger ça ! s'amusa un fantassin, car ils s'interdisent la viande de porc. Moi, un bon rôti aux lentilles, j'en rêve !

— Merci, soldat. Tu me donnes une excellente idée pour faire parvenir mon message à l'empereur Khamoudi.

Le fantassin en resta bouche bée, et ses camarades ne manquèrent pas de le chahuter pendant que la reine faisait préparer une outre en peau de porc où elle glissa une tablette inscrite.

— Bateau en approche ! cria un guetteur hyksos.

Aussitôt, les archers de la citadelle se mirent en position, et un déluge de flèches s'abattit sur le bâtiment de guerre, qui ne riposta pas.

— Cessez le tir, ordonna Khamoudi.

Le bateau heurta violemment un quai, au nord de la citadelle, et il s'immobilisa.

— C'est l'un des nôtres, remarqua un archer, mais il n'y a personne à bord !

— Regardez, au sommet du grand mât ! recommanda son voisin.

Lui était fixé un mannequin en bois vêtu d'une cuirasse noire et coiffé d'une outre.

— Ce doit être un message de l'ennemi, estima un gradé.

— Va le chercher, exigea l'empereur.

— Moi, mais...

— Tu oses discuter ?

Ou bien il mourait supplicié, ou bien il tombait sous les flèches égyptiennes. Le gradé préféra la seconde solution. Descendant en rappel du haut des remparts à l'aide d'une corde, il fut tout étonné d'être encore vivant quand il atteignit le sommet du mât et en décrocha l'étrange parure.

Sain et sauf, il comparut devant Khamoudi.

— Ne touchez pas à cette outre, Majesté, c'est une horreur... Elle est en peau de porc !

— Ouvre-la.

Le gradé en sortit la tablette, qu'il posa avec dégoût sur un créneau.

Le texte rédigé par Ahotep apprenait à Khamoudi qu'il ne pouvait plus compter sur aucun secours, puisque ses troupes avaient été stoppées par le pharaon Amosé.

— Jette-moi ça.

Le gradé s'exécuta.

— Tu pues le porc, tu es impur. Un linge pour mes mains, vite !

Sans se souiller, Khamoudi s'empara de l'outre, en coiffa la tête du gradé et le poussa dans le vide.

50

De nouveau, la situation s'était figée.

À l'abri dans sa citadelle, Khamoudi narguait Ahotep. Quant au pharaon Amosé, il était dans l'incapacité de poursuivre l'offensive. Dans les mois, voire dans les années qui suivraient, il devrait se contenter de consolider le nouveau front et de barrer la route aux renforts espérés par Khamoudi.

La reine méditait en compagnie de Vent du Nord. Éclatant en mille couleurs, le couchant était somptueux. Fatigué après une longue journée de travail où il avait porté armes et provisions, l'âne appréciait ce moment de calme.

Et c'est auprès de ce fidèle serviteur, dont Ahotep n'avait à redouter aucune trahison, que l'évidence s'imposa.

Alors que le camp égyptien s'endormait, elle convoqua l'amiral Lunaire, le gouverneur Emheb et le chancelier Néshi.

— La citadelle d'Avaris est imprenable à cause de la magie d'Apophis, déclara la reine. Tant qu'elle ne sera pas annihilée, nos efforts seront inutiles. Il m'appartient de la briser en honorant les ancêtres. Sans eux, Amosé ne remportera pas la guerre des couronnes, et jamais il n'unira la rouge à la blanche. C'est pourquoi je dois partir.

L'amiral était éberlué.

— Partir... Je ne comprends pas, Majesté !

— Je me rends à l'île de la flamme où j'implorerai les ancêtres de venir en aide au pharaon. Pendant mon voyage, poursuivez le siège d'Avaris.

— Combien vous faut-il de soldats ? questionna Néshi.

— Deux rameurs.

— Il y a trop de risques ! s'insurgea Emheb.

Ahotep se contenta de sourire.

— Devons-nous informer le roi ? s'inquiéta le chancelier Néshi.

— Bien entendu. Si je ne suis pas de retour dans vingt-huit jours, demandez-lui de se replier et regagnez Thèbes. Amon sera notre ultime rempart.

En suivant des bras d'eau, la barque d'Ahotep traversait de vastes étendues peuplées de chèvres et de moutons à laine. Des genettes détalaient à l'approche de l'embarcation qu'observaient des taureaux sauvages, à demi cachés dans de hautes herbes. La vigilance devait être permanente, afin de déceler à temps la présence d'hippopotames qu'il ne fallait pas importuner ou de crocodiles que l'on éloignait en tapant dans l'eau à grands coups de rames.

La barque vogua sur un lac peu profond, regorgeant de poissons comme les latès, les muges ou les silures. Grâce aux onguents, le trio formé de la reine et de deux rameurs échappait aux piqûres des innombrables moustiques.

Peu à peu, les fourrés de papyrus s'épaissirent jusqu'à devenir impénétrables.

— On ne peut pas continuer avec cette barque-là, constata l'un des rameurs. Fabriquons un radeau.

Les deux hommes étalèrent des bottes de papyrus sur une armature de branchages entrecroisés et lièrent l'ensemble avec des cordes.

— Attendez-moi ici, dit la reine, qui s'enfonça seule dans une forêt obscure et hostile.

Pour faire avancer le radeau, elle prenait appui sur un long bâton qu'elle plantait dans la vase.

Des centaines d'oiseaux et de petits carnassiers vivaient sur ce territoire perpétuellement inondé où la végétation dépassait six mètres de haut. Ibis, huppes, vanneaux et bécasses s'y reproduisaient malgré les agressions des genettes et des chats sauvages.

Soudain, elle aperçut le piège : un filet tendu entre deux piquets. Le radeau s'immobilisa.

On l'observait.

— Montrez-vous, exigea Ahotep.

Ils étaient quatre. Quatre pêcheurs nus et barbus.

— Ça alors, s'exclama le plus âgé, une femme ! Une femme, ici !

— Ce doit être une déesse, estima un rouquin. À moins que... Vous ne seriez pas cette Reine Liberté que tous les Hyksos veulent supprimer ?

— Seriez-vous leurs alliés ? demanda la souveraine.

— Pour ça non, c'est à cause d'eux qu'on crève de faim !

— Alors, conduisez-moi jusqu'à Bouto.

Le pêcheur se renfrogna.

— C'est un territoire sacré où nul ne peut pénétrer. Il y a des monstres qui dévorent les curieux.

— Emmenez-moi à proximité, et je m'y aventurerai seule.

— À votre guise, mais c'est très dangereux. Le coin est infesté de reptiles.

— Ma baguette en cornaline les tiendra à distance.

Subjugués par la prestance de la reine, les quatre hommes la firent monter sur une barque en papyrus et progressèrent avec habileté dans un dédale où seul un familier des lieux pouvait se repérer. Lors de leur halte sur une butte, ils mangèrent du poisson grillé et des tiges de souchets à la saveur amère.

— Les Hyksos ont tenté d'explorer ces marais, révéla le rouquin, mais aucun n'en est sorti vivant. On va dormir et, demain, on vous mettra sur le chemin de Bouto.

Au réveil, l'un des pêcheurs s'était volatilisé.

— C'est Gueulard, un type bizarre, à moitié dérangé, commenta le rouquin. Il nous a déjà volé des poissons. Bon débarras.

Après plusieurs heures d'un périple éprouvant, les fourrés s'éclaircirent. La forêt disparut, laissant place à un lac que traversait une étroite bande de terre.

— Vous n'avez qu'à la suivre et vous atteindrez

l'île de Bouto. Nous, on vous attendra quelque temps ici. Mais sachez que vous n'en reviendrez pas.

Armée de sa seule baguette en cornaline, Ahotep s'élança vers le lieu où reposaient les esprits des rois de la première dynastie et ceux de leurs ancêtres divins, les Âmes de Pé et de Nekhen, les deux cités mythiques édifiées en leur honneur sur l'île du premier matin du monde.

La reine marchait d'un pas léger. Il n'y avait plus de chants d'oiseaux, l'eau était d'une pureté incroyable.

Soudain, elle la vit.

Une île plantée de grands palmiers qui abritait deux sanctuaires, l'un gardé par des statues représentant des hommes à tête de faucon, l'autre à tête de chacal.

À l'instant où Ahotep abordait ce lieu sacré, une flamme jaillit en son centre. La reine s'immobilisa, la flamme se métamorphosa en un cobra couronné d'un disque d'or.

Ahotep était en présence de l'œil de Râ, la lumière divine.

Ici s'accomplissait le mariage impossible de l'eau et du feu, de la terre et du ciel, du temps et de l'éternité.

— Je suis venue chercher l'aide des Âmes, déclara la reine. Vous qui avez réuni ce qui était dispersé, vous qui avez accompli le Grand Œuvre, permettez au pharaon Amosé de porter la double couronne sur laquelle se posera l'œil de Râ afin d'illuminer son chemin.

Débuta un long silence.

Lorsqu'il fut aussi profond que le *Noun*, l'océan d'énergie primordiale, la voix des ancêtres s'éleva dans le cœur d'Ahotep.

Au sommet de la baguette en cornaline se dressait à présent un petit serpent en or coiffé de la double couronne.

La reine aurait aimé séjourner sur l'île et goûter plus longuement la paix qui y régnait. Mais de rudes combats l'attendaient encore.

Elle parcourut en sens inverse la langue de terre.

À l'orée de la forêt de papyrus, des cris et des bruits de lutte.

Le sang des trois pêcheurs rougissait l'eau.

Apparut Gueulard, à la tête d'une patrouille de Hyksos aux cuirasses et aux casques noirs qu'il avait guidés dans le labyrinthe végétal.

Ahotep n'avait aucune possibilité de s'enfuir.

51

Courir comme du gibier affolé en direction de l'île qu'elle n'avait aucune chance d'atteindre, être abattue par des flèches qui se planteraient dans le dos d'une fuyarde, c'était indigne d'une reine.

Aussi Ahotep fit-elle face aux Hyksos.

— C'est elle, cria Gueulard, c'est bien elle, la Reine Liberté !

Elle le regarda avec un tel mépris que le délateur, inquiet, se cacha derrière un soldat.

Quand ils virent cette souveraine belle et sereine avancer dans leur direction, les Hyksos reculèrent. Cette assurance ne dissimulait-elle pas quelque maléfice contre lequel leurs épées seraient impuissantes ?

— Elle n'a pas d'arme, éructa Gueulard, et ce n'est qu'une femme ! Emparez-vous d'elle !

Les soldats se reprirent. Une pareille capture leur vaudrait une fabuleuse récompense.

Alors qu'ils ne se trouvaient plus qu'à quelques pas de leur proie, un dauphin effectua un bond gracieux et s'approcha de la langue de terre.

Dans son regard, un appel.

Ahotep plongea.

— Rattrapez-la, mais rattrapez-la donc ! hurla Gueulard.

Comme les soldats hyksos n'osaient pas se jeter à l'eau à cause du poids de leur cuirasse, le traître se rua seul à la poursuite de la reine.

D'un mouvement d'une suprême élégance, le dauphin lui déchira le visage avec la nageoire tranchante implantée sur son dos, grâce à laquelle il fendait le ventre fragile des crocodiles.

Au moment où les Hyksos lançaient épées et poignards, la reine s'accrocha au dauphin, qui l'entraîna vers le sud.

Sans guide, les soldats de l'empereur ne sortiraient pas vivants de la forêt de papyrus.

Surnommé « disque solaire », le roi des poissons rabattait des pêches miraculeuses dans les filets des pêcheurs devenus ses amis. Il emmena sa protégée jusqu'à l'endroit où l'attendaient les deux rameurs égyptiens.

Comme l'épouse d'Apophis qu'elle avait fait assassiner par la dame Abéria, la nouvelle impératrice Yima détestait l'art égyptien et, plus particulièrement, la poterie. Aussi n'admettait-elle dans la capitale que des jarres hyksos ovoïdes de type cananéen, avec une bouche étroite et deux poignées. Avaris en recevait chaque année plus de huit mille. Couvertes d'une glaçure rose clair, les plus belles étaient réservées à l'aristocratie militaire.

Malgré l'interdiction formelle de fabriquer des poteries traditionnelles, un vieil artisan avait osé utiliser son tour. Dénoncé par l'épouse d'un officier syrien, il venait d'être étranglé par Abéria devant ses collègues.

Devenus des esclaves, ils comprirent que le même sort leur serait bientôt infligé.

— Réunion demain matin chez le boiteux, annonça le fils de la victime.

Dans la plupart des villas hyksos où les potiers étaient réduits à l'état de valetaille, il ne restait plus que les épouses et les enfants des officiers enfermés dans la citadelle ou partis guerroyer en Asie. « Se réunir chez le boiteux », le père du magasinier Arek qui s'était suicidé pour échapper à la torture, avait une signification précise : ne plus accepter aucune humiliation et se débarrasser des tortionnaires.

Dès le lendemain, l'impératrice rassembla de nouveau les ex-potiers sur une petite place d'Avaris. Derrière elle, la dame Abéria et des policiers.

— Vous n'avez pas retenu la leçon, pouilleux et têtus que vous êtes ! Qui a été assez fou pour déposer une poterie à l'ancienne devant la demeure du révolté exécuté hier ? Si le coupable ne se dénonce pas, vous mourrez tous !

Enivrée par sa toute-puissance, Yima exultait. Après ceux-là, elle supprimerait d'autres artisans.

— C'est moi, avoua le fils du vieillard.

— Avance !

Tête basse, hésitant, le délinquant obéit.

— Tu connais le sort qui t'est réservé.

— Pitié, Majesté !

— Bande de lâches, vous m'écœurez ! Vous croyez que votre Reine Liberté va vous délivrer ?

Eh bien, vous vous trompez ! Les renforts ne tarderont plus à arriver, elle sera faite prisonnière, et je la torturerai de mes propres mains !

Le potier se traîna aux pieds de l'impératrice.

— Je regrette, pitié !

Yima cracha sur le condamné.

— Toi et tes complices, vous n'êtes que des sous-hommes.

Se relevant avec vivacité, le potier trancha la gorge de l'impératrice avec le morceau de verre dissimulé dans sa main droite.

Pour lui permettre d'achever Yima dont le sang maculait déjà le haut de la robe, ses collègues se ruèrent sur les gardes. Surpris par la révolte de ceux qu'ils considéraient comme des moutons incapables de combattre, ils tardèrent à réagir. N'ayant plus rien à perdre, les artisans frappaient et frappaient encore.

Sous l'impulsion de la dame Abéria, la police reprit le dessus et passa aussitôt l'ensemble des insurgés au fil de l'épée.

— Tu as l'air aussi stupide morte que vivante, dit Abéria sur le cadavre de l'impératrice Yima.

Dès le retour de la reine Ahotep, Emheb avait confié un message à Filou pour qu'il prévienne le pharaon Amosé. La légende de la Reine Liberté, acclamée par ses soldats, s'enrichissait d'un nouveau chapitre.

— Les Âmes des ancêtres nous protègent, déclara-t-elle. Désormais, Amosé s'inscrit dans leur lignée. Pour que vous n'en doutiez pas et que l'empereur Khamoudi soit informé du châtiment qui l'accablera, approchons-nous de la citadelle.

Le gouverneur Emheb pâlit.

— Majesté... Que comptez-vous faire exactement ?

— Qu'on dresse une estrade.

Des soldats du génie exécutèrent l'ordre, mais la reine ne parut pas satisfaite.

— Déplacez-la et installez-la plus près de la citadelle.

— Impossible, Majesté, vous seriez à portée de tir !

— Khamoudi doit entendre clairement ce que j'ai à lui dire.

Pour éviter de creuser une nouvelle fosse dans le cimetière étroit et surpeuplé du palais, Khamoudi fit rouvrir celle où était inhumée l'impératrice Tany. Sur son cadavre fut jeté celui de Yima, dans sa robe tachée de sang. Puis on les recouvrit de terre.

Certes, cette hystérique avait bien aidé Khamoudi qui appréciait les jeux pervers dont elle était une instigatrice avertie. Mais aujourd'hui, en tant que chef suprême des Hyksos, il n'était pas mécontent d'en être débarrassé. Une centaine d'artisans seraient décapités en guise de représailles, et la dame Abéria ne quitterait plus l'empereur afin d'assurer sa sécurité.

— Seigneur, les Égyptiens vont tenter de prendre d'assaut la citadelle ! l'avertit un officier.

Khamoudi grimpa quatre à quatre l'escalier montant à la plus haute tour.

Certes, les assaillants s'étaient rassemblés, mais à bonne distance des remparts.

Faisait exception Ahotep, debout sur une estrade.

La reine brandit la baguette en cornaline.

— Regarde, Khamoudi, regarde bien la déesse cobra de Bouto coiffée de la double couronne ! Tu veux l'ignorer, mais ton règne est déjà terminé. S'il te reste un peu d'intelligence, rends-toi et implore la clémence du pharaon Amosé. Sinon, la colère de l'œil de Râ t'anéantira.

— Un arc ! exigea l'empereur, fou furieux.

Ahotep ne quitta pas des yeux le tueur qui la visait.

— Majesté, reculez ! supplia le gouverneur Emheb.

La reine continuait à brandir la baguette en cornaline.

À l'instant où son arc était tendu au maximum, le bois se fendit et l'arme explosa.

À présent, les Hyksos comme les Égyptiens savaient que l'œil de Râ protégeait Ahotep et le pharaon.

52

L'Afghan et le Moustachu se regardèrent, hébétés.

C'était la troisième attaque de la charrerie cananéenne qu'ils repoussaient en moins de dix jours.

Harassés, eux et leurs soldats se demandaient comment ils trouvaient encore la force de combattre. Quant aux chevaux, ils se comportaient de manière admirable, répondant aux moindres sollicitations des conducteurs. Entre les quadrupèdes et les hommes était née une complicité de chaque instant qui leur permettait de survivre dans les situations les plus désespérées.

— Nos pertes ? s'inquiéta le pharaon Amosé.

— Un vrai miracle, répondit l'Afghan. Seulement dix morts. En face, trente chars hors d'état de nuire.

— Sauf votre respect, Majesté, avança le Moustachu, vous devriez moins vous exposer.

— Avec un archer comme Ahmès fils d'Abana en couverture, je ne crains rien. Et si je ne participais pas au combat, pourquoi mes hommes risqueraient-ils leur vie sous le regard d'un lâche ?

C'est au coucher du soleil qu'un éclaireur revenant de l'est du Delta leur apporta une excellente nouvelle. Plusieurs localités s'étaient soulevées contre les Hyksos et, un peu partout, les insurgés sabotaient des chars et volaient des chevaux. Occupé à rétablir l'ordre sans vraiment y parvenir, l'ennemi n'était plus en mesure de reprendre l'offensive.

— Appuyons les résistants, décida le roi. Que deux cents hommes leur prêtent main-forte et continuent à semer le maximum de troubles.

Depuis qu'Ahotep était revenu indemne de Bouto et avait ridiculisé Khamoudi, chaque soldat de l'armée de libération la considérait comme une déesse protectrice qui, grâce à l'œil de Râ, les tirerait des pires calamités. Mais les ressources de l'adversaire étaient encore énormes et la citadelle d'Avaris demeurait imprenable.

— Les organismes sont usés, indiqua Féline, elle-même amaigrie à force de nuits blanches passées à soigner les blessés. Si nous ne prenons pas du repos, nous nous effondrerons sur place.

— Après la raclée qu'on vient d'infliger aux Cananéens, estima le Moustachu, ils ne doivent pas être beaucoup plus frais que nous.

Ahotep reçut le chancelier Néshi, de retour du front du Nord.

— Ton opinion, et sans fioritures, exigea la reine.

— Ce n'est guère brillant, Majesté. Grâce à l'interception des caravanes, la nourriture est bonne et abondante. Mais nos troupes sont épuisées. Certes, la révolte qui gronde dans l'est du Delta est riche de promesses ; certes, la charrerie palestinienne a été décimée. Mais le temps ne joue pas en notre faveur, et le fait que la citadelle d'Avaris semble imprenable assure la cohésion de nos ennemis.

Le chancelier avait malheureusement raison.

Et les informations que la reine venait de recevoir d'Éléphantine assombrissaient le paysage. Le nouveau prince de Kerma, Ata, s'était emparé de villages contrôlés par les Égyptiens et descendait le Nil. Mais la garnison du fort de Bouhen et les tribus nubiennes fidèles à Ahotep s'étaient mobilisées pour le stopper. Entre la deuxième et la première cataracte, la guerre faisait rage.

En cas de victoire d'Ata, Éléphantine serait menacée, puis Edfou et Thèbes. Impossible d'envoyer même un seul régiment à la rescousse.

— Que proposes-tu ? demanda Ahotep au gouverneur Emheb.

— Les volontaires qui ont atteint les murailles de la citadelle ont été tués par les archers ou les manieurs de frondes. Une attaque massive serait suicidaire. Nous sommes impuissants, Majesté.

— Il faut donc attendre l'épuisement de leurs réserves d'eau et de nourriture.

— Le front du Nord risque d'être percé avant cette échéance, prophétisa Emheb.

— Alors, cherchons une autre solution !

Las, le gouverneur se retira sous sa tente.

Blessé au front et au ventre, l'éclaireur égyptien agonisait. Sans les drogues administrées par Féline, il aurait été la proie d'abominables souffrances et incapable de parler. Le visage presque détendu, il était fier de pouvoir faire son rapport au roi d'Égypte.

— Les dieux m'ont protégé, Majesté, j'ai réussi à traverser les lignes cananéennes. C'est grave, très grave... Des milliers de soldats hyksos venant d'Asie ne tarderont plus à rejoindre les Cananéens. C'est une véritable nuée de chars et de fantassins qui s'abattra sur nous...

L'éclaireur se crispa, sa main serra celle du roi, et son regard s'éteignit.

Le pharaon erra longuement dans le camp, après avoir confié un message à Filou afin qu'Ahotep fût avertie au plus vite.

Ainsi, c'était le terme du chemin.

Tous ces morts, toutes ces souffrances, tout cet héroïsme pour finir sous les roues des envahisseurs dont la répression serait terrifiante. De Thèbes, il ne subsisterait rien. Khamoudi achèverait l'œuvre destructrice d'Apophis.

Le pharaon réunit ses proches et leur dit la vérité.

— Souhaitez-vous lever le camp dès demain matin, Majesté ? questionna l'Afghan.

— Nous restons, déclara Amosé.

— Majesté... Pas un de nous n'en réchappera ! protesta le Moustachu.

— Autant mourir en guerriers plutôt qu'en fuyards.

Sachant qu'il était porteur de très mauvaises nouvelles, Filou, l'œil triste, se tenait à l'écart d'Ahotep, qui ne songeait même pas à le caresser.

— C'est fini, révéla-t-elle au gouverneur Emheb, au chancelier Néshi et à l'amiral Lunaire. Alliées à la charrerie cananéenne, les troupes d'Asie déferleront sur Amosé, puis sur nous. Le pharaon tiendra aussi longtemps que possible afin de couvrir notre retraite jusqu'à Thèbes.

— Puisque les Hyksos nous poursuivront et nous détruiront, avança l'amiral Lunaire, pourquoi ne pas assaillir la citadelle avec la totalité de nos effectifs ? Mourir pour mourir, Majesté, j'aimerais autant ne pas avoir de regrets.

— Mieux vaut protéger Thèbes, estima Emheb.

— Ne devriez-vous pas convaincre le roi de nous rejoindre ? suggéra le chancelier Néshi. Ensemble, nous serions plus forts.

— Je vous donnerai ma décision demain matin.

Quelle que soit la solution adoptée, l'armée de libération serait anéantie. Pourtant, Ahotep était allée à Bouto, avait entendu la voix des ancêtres et reçu l'œil de Râ !

La reine leva les yeux et implora l'aide de son protecteur, le dieu Lune.

C'était le quatorzième jour de la lune montante où s'accomplissait le remplissage de l'œil complet, pêché et reconstitué par les dieux Thot et Horus. Provoquant toute croissance, il brillait dans sa barque.

Non, son compagnon céleste ne pouvait pas l'abandonner ainsi !

Refusant de croire au désastre, la reine songea, la nuit durant, aux exploits de tous ceux qui s'étaient battus pour la liberté.

À l'aube, elle n'avait pas entendu la voix des ancêtres.

Soudain, un grondement terrifiant.

À peine levé, le soleil avait disparu. Le ciel devenait plus noir que l'encre, des vents d'une violence inouïe emportaient les tentes et s'attaquaient aux murailles de la citadelle.

Une pluie de cendres recouvrait Avaris, tandis que des vagues énormes assaillaient la côte méditerranéenne.

S'ajoutant à cette furie, un tremblement de terre !

À neuf cents kilomètres de là, dans les Cyclades, le volcan de Théra avait explosé[1].

1. Également connu sous le nom de Santorin.

53

— Majesté, il pleut des roches ! s'exclama le chancelier Néshi.

De fait, des débris de pierre ponce, ultimes avatars de la lave du volcan véhiculés par le vent, tombaient sur la capitale hyksos.

Affolés, les Égyptiens couraient en tous sens.

— Calmez les chevaux, exigea Ahotep.

De son côté, Vent du Nord poussait des cris impérieux pour inciter les ânes de sa compagnie à rester tranquilles.

Peu à peu, la pluie de pierres cessa, le vent s'atténua et le voile noir se dissipa. Avec le retour du soleil, Ahotep constata que le camp égyptien était dévasté et qu'il y avait de nombreux blessés.

Pourtant, un large sourire illumina son visage.

Ce que les Égyptiens avaient subi n'était rien en comparaison des dégâts infligés à la citadelle !

De profondes lézardes déchiraient les murs et la plupart des créneaux s'étaient effondrés, entraînant dans leur chute des centaines d'archers. À la place de la grande porte, un trou béant.

— Rassemble les soldats et les chars, ordonna la reine à Emheb.

Une muraille entière vacilla, pierres et briques se disloquèrent dans un grand fracas.

Tous les soldats de l'armée de libération contemplaient l'incroyable spectacle. Face à eux, il n'y avait plus qu'une ruine.

— Que le dieu Seth soit remercié pour son aide, déclara Ahotep. Sa fureur et sa puissance, il vient de les mettre au service de la liberté. À l'attaque !

Couverts de cendres, fantassins et archers se ruèrent à l'assaut du monstre éventré.

Choqué, l'empereur Khamoudi observait le désastre.

Des pièces entières avaient disparu, toitures et planchers n'existaient plus, d'innombrables cadavres jonchaient la grande cour intérieure.

— Organisons notre défense, préconisa la dame Abéria, légèrement blessée à la tête.

— Inutile, il faut fuir.

— En abandonnant les rescapés ?

— Ils ne résisteront pas longtemps. Allons à la chambre forte.

Khamoudi espérait s'emparer des trésors d'Apophis, surtout de la couronne rouge de Basse-Égypte, mais des blocs lui barrèrent le chemin.

Il appela le chef de sa garde, un Chypriote moustachu.

— Je repousse les assaillants au nord de la citadelle. Toi, rassemble les survivants et occupe-toi du sud. Les Égyptiens n'ont pas encore gagné. Si nous parvenons à contenir leur premier assaut, ils se décourageront.

De sanglants corps à corps s'engagèrent. Déterminés à tenir tête aux Égyptiens, les Hyksos profitaient des recoins intacts de la citadelle et formaient des poches de résistance difficiles à réduire.

Des heures durant, Ahotep exhorta ses soldats à ne pas faiblir. Malgré ces circonstances exceptionnelles, la victoire était loin d'être acquise.

— Majesté, le pharaon ! s'exclama le gouverneur Emheb.

Comme le bruit des roues de char était agréable à entendre !

La chance avait voulu que le cataclysme touchât durement les troupes cananéennes et asiatiques, mais fort peu les Égyptiens. Espérant que la citadelle d'Avaris serait ébranlée par la colère du ciel et de la terre, Amosé avait fait mouvement vers la capitale ennemie.

Le résultat le comblait.

Prenant aussitôt le commandement, le roi brisa une à une les défenses adverses.

Il ne restait plus à conquérir qu'une salle d'armes, la partie la moins abîmée de la citadelle. En y pénétrant, le monarque ne vit pas le Chypriote moustachu qui, surgissant derrière lui, s'apprêtait à lui planter une hache dans le dos.

Vive et précise, la flèche tirée par Ahmès fils d'Abana se ficha dans la nuque du chef de la garde personnelle de l'empereur.

Après avoir reçu l'or de la vaillance une nouvelle fois et obtenu trois prisonnières comme futures servantes de sa maisonnée, Ahmès fils d'Abana relut le texte hiéroglyphique inscrit par le chancelier Néshi sur le trophée dont il était le plus fier :

« *Au nom du pharaon Amosé, doté de vie : pointe de flèche rapportée d'Avaris la vaincue.* »

En l'an 18 du règne du fils d'Ahotep, la capitale de l'Empire hyksos venait de rendre l'âme.

Plusieurs pigeons messagers partirent pour le Sud, porteurs de l'extraordinaire nouvelle, tandis que des éclaireurs égyptiens se chargeaient de la répandre dans les cités du Delta où la résistance s'intensifiait.

— Aucune trace de Khamoudi, déplora le gouverneur Emheb.

— Il a fui, le lâche ! s'emporta l'amiral Lunaire.

— Tant que l'empereur des Hyksos sera vivant, jugea le pharaon Amosé, la guerre se poursuivra. Khamoudi dispose encore d'une armée puissante et il ne rêvera que de revanche.

— Ses hommes apprendront vite qu'Avaris est tombée, estima Ahotep, et cette défaite-là hantera leurs esprits. Notre tâche la plus urgente consiste à libérer complètement le Delta et à engager de nouvelles recrues. Auparavant, accomplissons la volonté des ancêtres. Je suis persuadée que la couronne rouge est cachée ici, dans la citadelle. Démontons-la pierre par pierre si nécessaire.

Alors que de nombreux soldats se mettaient en chasse, l'Afghan, visiblement bouleversé, interpella le pharaon et la reine.

— Venez voir, je vous prie...

C'était un étrange jardin, en partie encombré par

les briques provenant de la dislocation des murs du palais. Devant le premier arceau couvert de plantes grimpantes, une cinquantaine de grandes jarres.

— J'ai ôté les couvercles, indiqua l'Afghan. À l'intérieur, il y a des cadavres d'enfants et de nourrissons égorgés.

Des centaines d'autres jarres étaient entassées dans le jardin.

Pendant le siège d'Avaris, Khamoudi avait fait supprimer toutes les bouches inutiles.

— Là-bas, devant le bosquet de tamaris, le cadavre d'un homme presque coupé en deux par une lame ! constata le Moustachu.

— Voici le sinistre labyrinthe, précisa la reine, certaine que l'empereur des ténèbres avait rêvé de la précipiter dans ce piège à l'allure champêtre. Brûlez-le.

Non loin, un animal émit une plainte.

Le gouverneur Emheb découvrit un taureau sauvage enfermé dans un enclos dont l'accès était bouché par des gravats.

— Libérez-le, exigea Ahotep.

— Cette bête est dangereuse, l'avertit l'amiral Lunaire.

— Le taureau est le symbole de la puissance de Pharaon. Apophis a envoûté celui-là pour le transformer en meurtrier. Aussi convient-il de le ramener dans le domaine de Maât.

Dès que l'enclos fut dégagé, lances, épées et flèches furent pointées vers la bête, qui n'avait d'yeux que pour la reine.

— N'avancez pas, Majesté ! recommanda le

gouverneur. D'un seul coup de corne, il pourrait vous transpercer.

Le monstre grattait le sol de ses sabots.

— Calme-toi, conseilla Ahotep. Plus personne ne t'oblige à tuer. Laisse-moi t'offrir la paix.

L'animal était sur le point d'attaquer.

— Baissez vos armes, ordonna la souveraine.

— C'est de la folie, Majesté ! protesta Lunaire.

D'un geste rapide et précis, la reine posa l'œil de Râ sur le front du taureau, dont le regard exprima aussitôt une intense gratitude.

— Maintenant, lui dit-elle, tu es vraiment libre. Écartez-vous.

Sans hésiter, l'animal s'élança hors de la forteresse et prit la direction des marais.

— Il reste des Hyksos ! prévint le chancelier Néshi. L'un de nos fantassins a été gravement blessé dans les ruines de la salle du trône.

L'Afghan et le Moustachu furent les premiers sur le seuil, poignard en main.

Provenant du fond de la pièce, une flamme les agressa, brûlant l'Afghan au poignet.

— Il y a un être maléfique là-dedans ! s'exclama le Moustachu.

— L'œil de Râ l'aveuglera, promit Ahotep qui pénétra dans la salle, sa baguette en cornaline pointée vers l'endroit d'où avait jailli la flamme.

Dans le chaos de briques, les visages des deux griffons avaient été épargnés. Ils foudroyaient quiconque s'approchait du trône de l'empereur.

Protégée par l'œil de Râ, Ahotep occulta les yeux des mauvais génies avec un linge. Puis

Emheb les recouvrit de plâtre afin de les rendre inoffensifs.

— Brisez le trône en mille morceaux et bouchez le nez de toutes les statues intactes, ordonna la reine. L'empereur les a certainement envoûtées pour qu'elles répandent des miasmes.

— Majesté, annonça Néshi, nous avons trouvé une chambre forte !

Redoutant un traquenard posthume d'Apophis, Ahotep fit allumer un feu. Lorsque les verrous métalliques fondirent, la porte s'ouvrit en grinçant.

À l'intérieur de la chambre forte, la couronne rouge de Basse-Égypte.

54

Grands Pieds, matricule 1790, était inquiet. Depuis plus d'un mois, pas un seul convoi de déportés.

Autour de lui, on continuait à mourir. Devenu le fossoyeur officiel du camp de concentration, Grands Pieds bénéficiait d'une ration supplémentaire par semaine. Habile de ses mains, il réparait les sandales des gardes, qui ne se méfiaient plus de ce squelette ambulant dont la survie était un mystère.

— J'ai deux gamines et un vieillard à enterrer, dit-il au surveillant en chef, un Iranien barbu. Regardez, ma pioche est cassée... Puis-je en prendre une autre ?

— Tu n'as qu'à creuser avec tes mains !

Résigné, Grands Pieds s'éloignait quand le surveillant le rappela.

— Ça va, ça va... Sers-toi dans la cabane.

Parmi les outils, plusieurs marques en bronze qui servaient à graver dans la peau des prisonniers leur numéro d'incarcération. Grands Pieds en déroba une, qu'il enfouit dans un angle du camp. S'il sortait vivant de cet enfer, il conserverait ainsi une preuve de ses souffrances et la contemplerait chaque jour pour remercier le destin.

Après avoir accompli sa pénible tâche, il rendit la pioche au surveillant.

— Voilà longtemps qu'il n'y a plus de nouveaux, observa-t-il.

— Ça te dérange, 1790 ?

— Non, mais...

— Nettoie cette porcherie et fais-toi oublier.

À l'aigreur du ton, Grands Pieds comprit que tout n'allait pas pour le mieux chez les Hyksos. La Reine Liberté avait-elle remporté des victoires décisives et l'empire commençait-il à se déliter ?

Plus que jamais, le déporté devait refuser le désespoir. Aujourd'hui, le pain rassis aurait meilleur goût.

C'est dans l'ancienne salle du trône de l'empereur des Hyksos que le pharaon Amosé porta, pour la première fois, la double couronne, union de la rouge de Basse-Égypte et de la blanche de Haute-Égypte. Puis il apparut devant ses troupes, qui l'acclamèrent.

Ahotep resta en retrait pour mieux cacher ses larmes de joie. Mais son fils la pria de venir au premier rang.

— Cette immense victoire, c'est à la Reine Liberté que nous la devons. Que le nom d'Ahotep devienne immortel et qu'elle soit la mère bienveillante d'une Égypte ressuscitée.

La reine pensait à Séqen et à Kamès. Ils se trouvaient là, près d'elle, et ils partageaient ce moment de bonheur intense.

Pourtant, l'heure n'était pas encore au repos, car il fallait transformer la capitale des Hyksos en base militaire égyptienne. Le premier travail des prisonniers de guerre, femmes comprises, consista à purifier les maisons encore debout en les fumigeant. Puis ils furent affectés au service des officiers et reçurent l'assurance d'être un jour libérés s'ils se comportaient correctement.

Pendant que les spécialistes du génie abattaient les parties trop endommagées de la forteresse et restauraient celles qui méritaient de l'être, la reine fit inhumer les soldats morts au combat. Indignée, elle s'aperçut que les Hyksos enterraient leurs défunts dans les cours des maisons ou dans les demeures elles-mêmes, et que les tombes du cimetière du palais abritaient de considérables quantités de drogue ! Ni stèles d'offrandes, ni inscriptions d'éternité qu'aurait dû prononcer un serviteur du *ka*. Coupés de leurs traditions et de leurs rites, les Égyptiens d'Avaris avaient vécu des heures horribles.

Avant de reformer une armée pour libérer l'ensemble des cités du Nord, il fallait purifier le temple de Seth. Ahotep s'y rendit en barque avec le pharaon, sous la protection de Rieur le Jeune et d'Ahmès fils d'Abana. Comme aucun incident ne s'était produit au cours des nombreux combats livrés par le roi, la raison commandait d'alléger les mesures de sécurité. Mais la guerre n'était pas finie, et Ahotep refusait de faire courir le moindre risque à un monarque qui devait inaugurer une dynastie nouvelle.

— D'après les dernières informations, rappela Amosé, les troupes du prince de Kerma ne progressent pas. Il n'est donc pas nécessaire de dégarnir nos régiments pour venir en aide à la forteresse de Bouhen et à nos alliés nubiens.

Le pharaon et sa mère furent étonnés de l'insignifiance du temple, un médiocre édifice en briques indigne d'une puissance divine.

Sur l'autel, entouré de chênes, les restes de la dépouille d'Apophis déchiquetés par des vautours. Dans une fosse, des ânes sacrifiés.

— Quel lieu sinistre ! jugea le pharaon. Il ne doit rien subsister de ce sanctuaire du mal.

— Ici se dressera un grand temple dédié à Seth, lui que l'empereur n'est pas parvenu à asservir, lui qui nous a procuré sa force lorsque nous en avions besoin. Puissent Horus et Seth se réunir et se pacifier dans l'être de Pharaon.

À peine le char conduit par Abéria était-il entré dans la forteresse de Sharouhen que les deux chevaux s'écroulèrent, morts d'épuisement. L'empereur Khamoudi fut heureux de mettre pied à terre, au terme d'un voyage éprouvant au cours duquel il avait redouté, à chaque instant, d'être intercepté.

Partout, les stigmates du cataclysme : arbres arrachés, fermes détruites, champs crevassés, et des centaines de cadavres de Hyksos que la fureur des éléments avait terrassés. Au grand soulagement de l'empereur, la forteresse de Sharouhen semblait presque intacte.

— Ampleur des dégâts ? demanda Khamoudi au commandant venu l'accueillir.

— Seulement des fissures dans une muraille, Majesté. Nous sommes en train de la consolider. Quelques chevaux sont devenus fous et ont piétiné des fantassins. Plusieurs hommes qui faisaient le guet sur les remparts ont été emportés par la tempête.

— J'accorde un grand honneur à Sharouhen, déclara Khamoudi : elle devient la capitale de mon empire. Convoque les officiers dans ma salle du trône.

On était loin du luxe du palais d'Avaris, mais le maître des Hyksos saurait patienter avant de jouir à nouveau d'un cadre digne de lui.

Affamé, il dévora du mouton grillé, du canard et de l'oie, et but une jarre de vin blanc. N'était-il pas invincible, lui qui avait réussi à se débarrasser d'Apophis et à s'emparer du pouvoir suprême ?

— Les Égyptiens n'ont remporté aucune victoire, annonça-t-il à son état-major. En raison de défauts de construction, la citadelle d'Avaris n'a pas résisté à un tremblement de terre et à des vents violents. L'ennemi s'est contenté d'envahir une ruine. Soyez sûrs que je ne commettrai pas les mêmes erreurs que mon prédécesseur. Notre armée reste la meilleure, elle écrasera les révoltés. Ahotep et le pharaon ignorent que nous disposons d'un immense réservoir de troupes en Asie auxquelles je vais donner l'ordre de revenir immédiatement et en totalité. Nous commencerons par reprendre le Delta, puis nous raserons Thèbes. Mon règne sera le plus grand de l'histoire hyksos et ma renommée dépassera celle d'Apophis. Préparez vos hommes au combat et ne doutez plus de notre triomphe.

Les officiers se retirèrent, à l'exception de cinq d'entre eux.

— Que voulez-vous ? s'étonna Khamoudi.

— Nous arrivons d'Anatolie, répondit un général syrien, et nous sommes porteurs de très mauvaises nouvelles. C'est pourquoi je préférais, avec les quatre autres généraux rescapés, vous parler en privé.

— Rescapés... rescapés de quoi ?

— Nous ne contrôlons plus aucun territoire en Asie. Le roi Hattousil Ier a pris la tête d'une énorme armée hittite et il nous a vaincus. Nos bases du nord de la Syrie ont été détruites, Alep est tombée. Les quelques régiments qui subsistent sont encerclés, il n'y aura aucun survivant.

Khamoudi resta figé un long moment.

— Tu t'es mal battu, général.

— Toutes nos provinces d'Asie se sont soulevées, seigneur, même les civils ont pris les armes. À la longue, la guérilla hittite s'est révélée très efficace, et il ne manquait qu'un Hattousil pour fédérer les révoltés.

— Un Hyksos vaincu n'est pas digne de m'obéir. Toi et tes généraux incompétents, vous allez connaître votre vraie place : le bagne.

55

Abandonnés à eux-mêmes par l'empereur, les soldats, miliciens et policiers hyksos du Delta ne recevaient plus aucun ordre clair. Dépourvus de liaisons, incapables de coordonner leurs efforts, ils étaient perpétuellement harcelés par les résistants et les commandos d'Amosé.

Lorsque l'armée égyptienne s'engagea dans l'est du Delta, elle ne rencontra qu'une faible opposition de la part d'un ennemi démoralisé. Et les villes de Basse-Égypte furent libérées les unes après les autres, dans un climat de liesse indescriptible.

C'est dans l'antique cité de Saïs, où la déesse Neith avait prononcé les sept paroles créatrices, qu'une vieille femme ridée s'effondra non loin d'Ahotep que tous voulaient approcher. La reine la fit aussitôt transporter dans une chambre du palais, où Féline l'examina.

D'un seul regard, la Nubienne fit comprendre à la souveraine que l'organisme de la malheureuse était usé.

La vieille femme ouvrit néanmoins les yeux et

s'exprima avec tant de douleur dans la voix qu'Ahotep en fut bouleversée.

— Les Hyksos ont emmené mon mari, mes enfants et mes petits-enfants pour les torturer...

— Où se trouvent-ils ?

— Dans un camp de concentration, à Tjarou. Ceux qui osaient en parler ont été déportés, eux aussi. Sauvez-les, Majesté, s'il en est encore temps.

— Tu as ma parole.

Apaisée, la vieille femme mourut doucement.

Le pharaon était aussi ému que sa mère.

— Un camp de concentration... Qu'est-ce que ça signifie ?

— Apophis est allé plus loin sur le chemin du mal que n'importe quel démon du désert, et je redoute les pires horreurs ! Je pars immédiatement pour Tjarou.

— Cette place forte se situe dans un territoire que contrôlent encore les Hyksos, mère. Il est certain que Khamoudi rassemble des forces importantes en Syro-Palestine, et c'est bien une nouvelle bataille d'envergure qu'il nous faut préparer.

— Prépare-la, Amosé. Moi, j'ai donné ma parole d'intervenir aussi vite que possible.

— Pour une fois, je vous en supplie, écoutez-moi ! Ne prenez aucun risque, l'Égypte a trop besoin de vous. L'Égypte, et votre fils.

Le pharaon et la reine s'étreignirent.

— Tjarou est à la limite de la zone d'influence ennemie. Le Moustachu et l'Afghan m'accompagneront avec deux régiments de chars. Si cette forteresse est un trop gros obstacle, nous attendrons ton arrivée.

— Tenir, tenir, c'est bien beau ça, tenir ! s'emporta le commandant cananéen de la forteresse de Tjarou. Tenir avec quoi et avec qui ? Khamoudi a complètement oublié que nous sommes la position la plus avancée de l'Empire hyksos depuis la chute d'Avaris !

Habitué à entasser des déportés dans le camp de concentration proche du marais et à vivre confortablement à l'abri de ses murs, le Cananéen n'avait aucune envie de subir un siège.

— Ne désespérons pas, commandant, suggéra son adjoint. L'empereur reconstitue une armée, la contre-offensive ne tardera plus.

— En attendant, c'est quand même nous qui sommes en première ligne ! Des nouvelles du Delta ?

— Pas fameuses. Je crains que le pharaon et la reine Ahotep ne l'aient reconquis en totalité.

— Être vaincus par une femme, quelle honte pour des Hyksos !

En frappant rageusement du pied sur le dallage, le commandant se blessa au talon.

— État d'alerte permanent, ordonna-t-il. Des archers sur les remparts, jour et nuit.

Au débouché de la route commerciale venant de Canaan et à l'orée des multiples canaux qui traversaient le Delta en direction de la vallée du Nil, la forteresse de Tjarou était à la fois un poste de douane et un lieu de stockage des marchandises. Bâtie sur l'isthme qui s'était formé entre les lacs

Ballah et Menzala, elle trônait au cœur d'un paysage hésitant entre le désert et des étendues verdoyantes.

Nerveux, le commandant passa ses hommes en revue et inspecta les réserves d'armes et de nourriture. Certes, il pouvait tenir plusieurs semaines, mais à quoi bon résister s'il ne devait pas être secouru ? Autant le Cananéen vouait une obéissance aveugle à Apophis, autant il se méfiait de Khamoudi, financier véreux et marchand de drogue dépourvu d'expérience militaire.

— Voilà les Égyptiens, commandant, annonça son adjoint d'une voix tremblante.

— Sont-ils nombreux ?

— Ils ont des chars, beaucoup de chars, et des échelles mobiles !

— Tout le monde à son poste.

— Belle bête, jugea l'Afghan en observant la forteresse de Tjarou. Mais, à côté d'Avaris, ça ressemblerait presque à un amuse-gueule.

— Ne t'égare pas, lui recommanda le Moustachu. Cette bête-là est solide et saura se défendre.

— Avons-nous repéré des troupes hyksos dans la région ?

— Non, Majesté. Selon toute vraisemblance, Khamoudi abandonne Tjarou à elle-même avec l'espoir qu'elle nous retardera dans notre progression vers le nord-est. Il est probable que la forteresse dispose de suffisamment de vivres pour soutenir un siège prolongé.

— Nous devons délivrer les déportés au plus vite, estima Ahotep.

— On peut tenter un assaut, mais on perdra beaucoup d'hommes, jugea l'Afghan. Auparavant, étudions le terrain en détail et repérons les points faibles de l'édifice.

— Je suis trop pressée, trancha la reine.

Le plan qu'Ahotep exposa au Moustachu et à l'Afghan les fit frémir. Mais comment empêcher la reine de le mettre à exécution ?

— Comment, seule ? s'étonna le commandant.

— La reine Ahotep est seule devant la grande porte de la citadelle, confirma l'adjoint, et elle désire vous parler.

— Cette femme est folle ! Pourquoi les archers ne l'ont-ils pas abattue ?

— Une reine seule, sans armes... Ils n'ont pas osé.

— Mais c'est notre pire ennemie !

« Les Hyksos ont perdu la tête », pensa le commandant, qui se précipita pour enchaîner lui-même cette démone et l'empêcher d'envoûter la totalité de la garnison.

La grande porte avait été entrebâillée, Ahotep se trouvait déjà à l'intérieur de la forteresse.

Un fin diadème d'or, une robe rouge, et un regard intense, franc et perçant... Le commandant fut subjugué.

— Majesté, je...

— Ta seule chance de survivre, c'est de te rendre. Ton empereur t'a abandonné, l'armée de libération arrive. Du sud au nord, aucune forteresse ne lui a résisté.

Le Cananéen pouvait arrêter Ahotep et la livrer

à Khamoudi, qui ferait de lui un général couvert de richesses. Elle était là, à sa merci, il lui suffisait de donner un ordre.

Mais le regard de la Reine Liberté lui imposait d'adopter la solution qu'elle lui proposait.

— On m'a appris qu'il y avait un camp de déportés, à Tjarou.

Le commandant baissa les yeux.

— C'est la dame Abéria, sur l'ordre de Khamoudi, qui l'a ouvert... Moi, je n'y suis pour rien.

— Que se passe-t-il, dans ce camp ?

— Je l'ignore. Je suis un soldat, pas un garde-chiourme.

— Les soldats hyksos seront prisonniers de guerre et employés à la reconstruction de l'Égypte, décréta Ahotep, mais pas les bourreaux. Rassemble immédiatement tous les tortionnaires qui ont sévi dans ce camp et n'en oublie pas un seul. Sinon, je te considérerai comme l'un d'eux.

56

La reine ne parvenait même plus à pleurer.

Après tant d'années de lutte, elle croyait tout connaître de la souffrance, mais ce qu'elle venait de découvrir à Tjarou lui déchirait le cœur.

Elle n'avait sauvé qu'une cinquantaine de déportés, parmi lesquels dix femmes et cinq enfants dont certains ne survivraient pas à leurs blessures et à la malnutrition.

Une fillette était morte dans ses bras. Sur le sol, des cadavres à moitié dévorés par les rongeurs et les rapaces.

Les deux seuls rescapés capables de s'exprimer racontèrent, avec leurs pauvres mots et des phrases parfois incohérentes, ce que la dame Abéria et ses sbires leur avaient fait subir.

Comment des êtres humains, même au service d'un monstre qui les terrorisait, avaient-ils pu se comporter ainsi ? Ahotep ne voulut entendre aucune explication, seuls les faits comptaient. La faute la plus grave, qui eût inévitablement provoqué la répétition des mêmes horreurs, consistait à pardonner. Aussi la reine fit-elle exécuter sur-le-champ les tortionnaires.

Dès son arrivée, le pharaon Amosé constata que Tjarou était une belle prise : chevaux, chars, armes, provisions... Mais il tremblait encore en apprenant comment Ahotep s'était emparée de cette forteresse.

— Mère, vous ne deviez pas...

— D'après le commandant, il existe un autre camp de concentration, plus vaste que celui-ci, à Sharouhen, une cité fortifiée. C'est là que s'est réfugié Khamoudi.

La guerre de Canaan durait depuis plus de deux ans, et Grands Pieds tenait toujours bon. Ce n'étaient plus des Égyptiens du Delta que l'on jetait dans le camp, mais des soldats hyksos coupables d'avoir déserté ou reculé devant l'ennemi. Torturés par la dame Abéria, ils mouraient vite.

Au moins, le matricule 1790 disposait à présent d'échos réjouissants. Pas à pas, l'armée du pharaon et de la Reine Liberté venait à bout des troupes syro-cananéennes, pourtant acharnées au combat. La ville fortifiée de Tell Hanor, dont le gouverneur prenait plaisir à tuer les chiens, s'était rendue. Cette fois, Sharouhen était isolée.

Grands Pieds s'approcha d'un jeune Libanais qui n'avait plus qu'un bras.

— Tu l'as perdu à la guerre, petit ?

— Non, c'est Abéria qui me l'a tranché parce que je m'étais caché pour échapper aux chars égyptiens.

— Sont-ils encore loin d'ici ?

— Ils seront bientôt à Sharouhen. On ne peut plus les freiner.

Grands Pieds respira à pleins poumons comme il ne l'avait plus fait depuis fort longtemps, de peur de briser sa pauvre carcasse.

— Seigneur, déclara le commandant de la forteresse de Sharouhen, la guerre est perdue. Toutes nos places fortes ont été prises, nous n'avons plus aucun régiment à opposer à l'armée du pharaon Amosé. Si vous le désirez, Sharouhen peut encore résister quelque temps. À mon sens, mieux vaudrait se rendre.

— Un Hyksos meurt les armes à la main ! éructa Khamoudi.

— À vos ordres.

L'empereur se retira dans ses appartements où la dame Abéria, détestée par la garnison, avait trouvé refuge. La nuit, elle s'amusait à satisfaire les caprices de Khamoudi.

— Organise notre départ, Abéria.

— Où allons-nous ?

— À Kerma. Le prince Ata me réservera un accueil digne de mon rang et il se mettra à mon service.

— Vous n'appréciez guère les Noirs, seigneur.

— Ils seront de meilleurs guerriers que ce ramassis de lâches qui a osé perdre cette guerre ! L'erreur fatale des Égyptiens sera de croire que je suis vaincu. Nous prendrons un bateau jusqu'à la côte libyenne, puis nous emprunterons les pistes du désert. Sélectionne un équipage sûr, fais embarquer un maximum d'or et de drogue.

— Quand partons-nous ?

— Après-demain à l'aube.

— Dès que le bateau sera prêt, il me restera une petite formalité à accomplir, indiqua la dame Abéria avec gourmandise. Je fermerai moi-même le camp de Sharouhen.

D'ordinaire, les supplices prenaient fin à la tombée de la nuit, juste avant que les prisonniers n'eussent droit à un infâme repas. C'est pourquoi Grands Pieds fut étonné de voir la dame Abéria et ses scribes pénétrer dans le camp au crépuscule. Quelle nouvelle torture avait-elle encore inventée ?

— Viens près de moi, ordonna-t-elle au Libanais qui n'avait plus qu'un bras.

Les prisonniers contemplèrent la tortionnaire qui régissait cet enfer.

— Dans quelques heures, révéla-t-elle, les Égyptiens entreront dans Sharouhen et dans ce camp. Impossible, vous en conviendrez, de le laisser dans un tel désordre qui nuirait gravement à ma réputation. La cause de ce laisser-aller, c'est vous et votre paresse ! Je dois donc supprimer cette cause.

La dame Abéria passa son bras autour du cou du jeune soldat et lui brisa les vertèbres cervicales.

Grands Pieds déterra la marque qu'il avait enfouie, pendant que les policiers plaquaient au sol un Libyen qui tentait de s'enfuir.

Du pied, Abéria lui enfonça le visage dans la

boue et maintint sa pression jusqu'à ce que sa victime cessât de respirer.

De son pas lent, le matricule 1790 s'approcha.

— Dois-je enfouir les cadavres ?

L'idée amusa Abéria.

— Creuse-moi une belle fosse, et vite !

Quand il passa devant la sculpturale directrice du camp, capable de le tuer d'un coup de poing, aucun policier n'aurait pu imaginer que Grands Pieds, soumis et brisé, eût été capable du moindre geste de révolte.

Ce fut ce juste calcul qui lui permit d'agir en toute sérénité.

— Ça, dit-il avec calme en plantant la marque en bronze dans l'œil droit d'Abéria, c'est pour mes vaches.

Alors qu'elle hurlait de douleur, Grands Pieds frappa une seconde fois en enfonçant son arme dans la bouche d'Abéria, si violemment et si profondément qu'elle ressortit par la nuque.

Un instant interdits, les policiers levèrent leurs épées pour abattre le matricule 1790. Mais les prisonniers hyksos, sentant qu'ils avaient une occasion unique de s'échapper, se jetèrent sur les gardiens.

Avant de sortir du camp, Grands Pieds ramassa une épée et trancha les énormes mains de la dame Abéria.

— Moi, murmura-t-il, j'ai gagné ma guerre.

La Grande Épouse royale Néfertari fit relire au vieil intendant Qaris le message acheminé par

Filou : la cité fortifiée de Sharouhen, dernière poche de résistance hyksos, venait d'être conquise !

— Ahotep est victorieuse ! s'exclama le vieillard, songeant à la jeune fille qui, voici plus de quarante ans, avait été la seule à croire en la libération de l'Égypte.

— Je t'emmène au temple, annonça Néfertari.

— Bien sûr, bien sûr... Mais les chars me font un peu peur.

— Une chaise à porteurs te conviendra-t-elle mieux ?

— Majesté ! Je ne suis qu'un intendant et...

— Tu es la mémoire de Thèbes, Qaris.

La bonne nouvelle se répandit très vite. Déjà, on s'occupait de préparer une immense fête pour le retour de la reine Ahotep et du pharaon Amosé.

Le grand prêtre Djéhouty se tenait sur le seuil du temple. Son visage grave n'exprimait pas la moindre joie.

— La porte de la chapelle d'Amon est toujours fermée, Majesté. Cela signifie que la guerre n'est pas terminée et que nous ne sommes pas encore vainqueurs.

57

Après avoir averti le roi Hattousil Ier que l'Égypte était libérée du joug hyksos et qu'il comptait entretenir les meilleures relations avec l'Anatolie, le pharaon Amosé avait pris soin d'occuper militairement le couloir syro-palestinien afin de décourager toute tentative d'invasion. Une administration spéciale régirait la région et, grâce au corps d'élite des pigeons voyageurs, le roi serait informé des moindres troubles.

Seul point noir : la disparition de l'empereur Khamoudi qui, d'après des témoins, aurait quitté Sharouhen en bateau. Comme la porte de la chapelle d'Amon demeurait obstinément fermée, Amosé et Ahotep savaient que d'autres épreuves les attendaient.

— Au nord, Khamoudi ne trouvera plus aucun allié, avança le roi, et pas davantage dans le Delta. Ou bien il est parti pour les îles de la mer Égée avec l'intention de s'y cacher jusqu'à sa mort, ou bien il ne songe qu'à prendre sa revanche.

— Poser la question, c'est y répondre, estima Ahotep. Il ne reste donc qu'une seule possibilité :

Khamoudi a tenté de rejoindre le royaume de Kerma, le dernier adversaire qu'il nous faudra affronter. Même si Thèbes a le cœur à la fête, notre tâche n'est pas achevée.

Pendant qu'Amosé goûtait la joie des retrouvailles avec son épouse et son fils, Ahotep consultait les derniers rapports en provenance de Nubie. Certes, le prince Ata ne progressait pas, mais la guérilla continuait à faire rage.

Sans nul doute, cet abcès était la raison pour laquelle Amon mettait en garde les Égyptiens.

— Rien à propos de Khamoudi ?

— Rien, répondit le chancelier Néshi. Peut-être s'est-il égaré dans les sables du désert.

— N'y comptons pas trop. La haine lui aura permis de retrouver son chemin.

— Majesté... Pouvons-nous espérer votre présence au banquet de ce soir ?

— Je suis fatiguée, Néshi.

C'est au temple de Karnak, face à la déesse Mout, qu'Ahotep passa la nuit. Elle avait tant reçu de l'épouse d'Amon, la mère des âmes vivantes et la détentrice du feu divin, qu'elle lui devait le récit de ces éprouvantes années de guerre au terme desquelles Amosé portait enfin la double couronne.

À qui d'autre qu'à Mout Ahotep pouvait-elle confier qu'elle aspirait au silence et à la solitude ?

— Pharaon n'a plus besoin de moi, lui dit-elle. Mon fils est devenu un excellent chef qui inspire respect et confiance.

Dans les yeux de pierre, une lueur courroucée.

— Si tu m'accordes le repos, déesse Mout, incline la tête.

La statue demeura immobile.

Entre Ata, le prince de Kerma, et Khamoudi, l'empereur des Hyksos, le premier contact fut glacial.

— Votre présence m'honore, seigneur, mais j'aurais préféré vous voir à la tête de milliers de soldats.

— Rassure-toi, Ata, ils existent ! Partout, ma réputation est intacte. Quant aux Égyptiens, ils tremblent à l'idée de prononcer mon nom. Dès que nous aurons reconquis la Nubie et détruit Éléphantine, mes partisans se soulèveront et nous rejoindront. Bien entendu, je marche à la tête de notre armée.

— Vous n'êtes pas un Nubien, seigneur, et mes guerriers n'obéissent qu'à leur prince.

Khamoudi encaissa l'injure sans broncher.

— En quoi consiste ta stratégie, Ata ?

— Récupérer les villages que nous ont volés les Égyptiens, puis nous emparer du fort de Bouhen. Sinon, impossible d'envisager la conquête du sud de l'Égypte.

— Tu ne connais rien aux forteresses, Ata. Moi, elles me sont familières.

— Vos conseils me seront donc des plus précieux !

— Il faudra d'abord se frayer un chemin jusqu'à Bouhen, et ce ne sont pas des opérations de guérilla qui nous le permettront.

— Que préconisez-vous ?

— Donne-moi une carte de la région et nous en reparlerons. Pour le moment, je veux me reposer.

Les appartements du palais de Kerma étaient spacieux et confortables. Mais ce qui attira l'attention de Khamoudi, ce fut le regard du majordome.

Celui d'un drogué.

— Ton nom ?

— Tétian.

— Tu fumes des herbes, n'est-ce pas ?

Le grand gaillard hocha la tête affirmativement.

— J'ai apporté mieux, beaucoup mieux ! Si tu veux de la drogue de première qualité, il faudra m'écouter. Tu as une allure de guerrier, pas de serviteur. Ata t'a ordonné de m'espionner, n'est-ce pas ?

— Exact, seigneur.

— Pourquoi acceptes-tu cette humiliation ?

— Nous n'appartenons pas au même clan. Un jour, le mien prendra sa revanche et gouvernera Kerma.

— Pourquoi attendre, Tétian ? Agis immédiatement, et nous combattrons ensemble les Égyptiens. Tu en tueras beaucoup et ton peuple sera à tes pieds.

— J'en tuerai beaucoup, beaucoup, et je serai admiré, moi, Tétian !

— Auparavant, mon ami, goûte aux merveilles promises.

Une nuit durant, Tétian consomma la meilleure drogue hyksos.

Au milieu de la matinée, il se présenta devant Ata, comme convenu, pour lui faire son rapport.

— As-tu obtenu les confidences de Khamoudi ?

— Oui, prince.
— Quelles sont ses intentions réelles ?
— Prendre la tête de notre armée et envahir l'Égypte. Et puis il m'a confié une mission.
— Laquelle ?
— Te supprimer.
Ata n'eut pas le temps de se battre. Le poignard lancé par Tétian lui perça le cœur.
Kerma avait un nouveau prince.

Étant donné l'avertissement du dieu Amon, Ahotep prenait l'affaire nubienne très au sérieux.
Certains pensaient qu'un simple corps expéditionnaire aurait suffi à mater la révolte de Kerma, mais tel n'était pas l'avis de la reine qui avait convaincu son fils de ne pas traiter cet ultime obstacle à la légère.
Aussi Amosé partait-il pour le grand Sud avec la quasi-totalité de l'armée de libération. L'amiral Lunaire, le gouverneur Emheb, le chancelier Néshi, le Moustachu, l'Afghan et tous les héros de la guerre étaient de la partie, de même qu'Ahmès fils d'Abana et Rieur le Jeune, toujours chargés de la sécurité du monarque.
Seul Vent du Nord avait été démobilisé. Le vieil âne goûtait enfin les joies d'une retraite bien méritée.
Sur le quai où l'embarquement s'achevait, l'atmosphère était morose.
— Alors, la reine Ahotep ne vient pas ? questionna l'Afghan.
— Elle a besoin de repos, répondit le Moustachu, tout aussi dépité que son collègue.

— Sans elle, affirma un jeune marin qui exprimait l'opinion générale, nous risquons d'être vaincus. Les Nubiens sont des guerriers plus terrifiants que les Hyksos. La reine aurait su briser leur magie.

— Nous sommes dix fois plus nombreux, précisa l'Afghan.

— Les Hyksos aussi étaient dix fois plus nombreux, rappela le marin. Mais ils n'étaient pas commandés par la Reine Liberté.

À l'extrémité du quai, de l'agitation.

Soudain, des cris de joie.

Ahotep apparut, avec sa baguette en cornaline, son fin diadème d'or et une robe verte qu'avait tissée Néfertari.

Dès que la reine fut à bord du vaisseau amiral, la manœuvre s'accéléra.

58

La première halte ordonnée par Ahotep surprit la flotte égyptienne. Pourquoi s'arrêter à la hauteur d'Aniba, bien avant Bouhen ?

Ne débarquèrent qu'une centaine d'hommes, dont une vingtaine de carriers. Comprenant de nombreux ânes chargés d'outres d'eau et de provisions, l'expédition se dirigea vers la carrière de diorite qu'avait exploitée le pharaon Khephren, bâtisseur de l'une des trois pyramides du plateau de Guizeh. En les rouvrant de manière solennelle, Ahotep inaugurait un programme à long terme : une fois la Nubie pacifiée, elle se couvrirait de temples où viendraient résider les puissances divines. En produisant de la Maât[1], les sanctuaires diminueraient les risques de conflit.

Ce fut avec un intense soulagement que Touri, le commandant de la forteresse de Bouhen, accueillit l'armée de Pharaon. Oubliant le protocole, il s'adressa à la reine et à son fils sans dissimuler son angoisse.

1. Selon les expressions égyptiennes, il est possible de « dire, faire, produire Maât ».

— Vous arrivez juste à temps, Vos Majestés, car des événements dramatiques ont bouleversé l'équilibre de la Nubie ! Le Hyksos Khamoudi s'est allié au nouveau prince de Kerma, un nommé Tétian, qui a assassiné son prédécesseur et soulevé des tribus jusque-là inoffensives. Notre dispositif défensif a volé en éclats. Il paraît que les guerriers de Kerma ne se sont jamais montrés aussi violents. Même blessés à mort, ils continuent à combattre ! D'après mes éclaireurs, ils viennent de franchir la deuxième cataracte et se ruent sur Bouhen. La garnison et moi-même sommes terrorisés ! Heureusement, un sculpteur a façonné une œuvre qui préserve l'espoir.

Le commandant Touri montra un linteau sur lequel étaient représentés le pharaon Amosé, coiffé de la couronne bleue, et la reine Ahotep de la perruque en forme de vautour, symbole de la déesse Mout. La mère et le fils vénéraient Horus, protecteur de la région.

— Au travail, exigea le roi. Nous avons une rude bataille à préparer.

Khamoudi se félicitait d'avoir emporté une quantité suffisante de drogue qui transformait les guerriers de Kerma en véritables machines à tuer. Tétian était un fou furieux, mais un meneur d'hommes exceptionnel, sans conscience du danger. Maniant la fronde aussi bien que l'arc ou la lance, il ne prenait de plaisir que dans l'extrême violence d'un combat au cours duquel il massacrait un maximum d'adversaires dont la plupart, tétanisés, ne parvenaient même pas à lutter.

Sous l'impulsion de Tétian et de Khamoudi, l'armée de Kerma avait exterminé les policiers égyptiens et leurs alliés nubiens, dévasté de nombreux villages peuplés de partisans de Pharaon, et s'était emparée de bateaux de commerce reconvertis en navires de guerre.

Le prochain objectif, c'était Bouhen.

En faisant sauter ce verrou-là, Khamoudi ouvrirait grande la porte de l'Égypte.

— Seigneur, un messager voudrait vous parler, l'avertit son aide de camp.

— D'où vient-il ?

— D'après lui, de Bouhen.

Khamoudi sourit. Un soldat égyptien prêt à sacrifier sa vie pour éliminer l'empereur des Hyksos, quelle ruse grossière !

— Amène-le-moi.

L'homme était un jeune Noir, visiblement affolé.

— Alors, gamin, tu voulais me tuer ?

— Non, seigneur, je vous jure que non ! Quelqu'un m'a remis un message urgent à votre intention. En échange, il m'a promis que vous me donneriez de l'or, une maison et des domestiques.

— Son nom ?

— Je l'ignore, seigneur !

— Montre-moi ce message.

— Le voici.

À l'instant où le jeune Noir glissait la main dans son pagne, l'aide de camp le plaqua au sol, craignant qu'il ne sortît un poignard.

Mais le seul objet qu'il dissimulait était un petit

scarabée hyksos couvert d'une écriture cryptée dont Khamoudi connaissait la clé.

Ainsi, l'espion d'Apophis était toujours vivant ! Et ce qu'il proposait à Khamoudi avait de quoi le réjouir.

— J'aurai ce qui m'a été promis, seigneur ? interrogea le messager.

— Tu veux savoir ce que me recommande vraiment l'auteur de ce texte ?

— Oh oui, seigneur !

— Pour que le messager se taise, tue-le.

— Les Nubiens de Kerma ont choisi le choc frontal, constata le pharaon Amosé en voyant s'approcher les bateaux ennemis, chargés de guerriers portant des perruques rouges, des boucles d'oreilles en or et d'épaisses ceintures. Que nos archers se mettent en position.

Un officier de liaison accourut.

— Le commandant Ahmès fils d'Abana est appelé à l'arrière.

— Pour quelle raison ? s'étonna ce dernier.

— L'amiral Lunaire souhaite le consulter d'urgence.

Amosé donna son accord, Ahmès fils d'Abana s'éloigna alors que l'affrontement était sur le point de débuter.

Seule la présence de la Reine Liberté rassurait les soldats égyptiens, pourtant plus nombreux et mieux armés, car les hurlements des guerriers de Kerma leur glaçaient le sang. Ahotep donna l'ordre de battre tambour pour couvrir ce vacarme. Et lorsque les premiers assaillants, inconscients du péril, tombèrent sous les flèches égyptiennes, chacun comprit qu'ils n'étaient que des hommes.

Tétian n'avait qu'une idée en tête, mille fois martelée par Khamoudi : fracasser le crâne du pharaon Amosé avec sa massue.

Pendant que se déroulait le combat naval, Tétian, surexcité, avait nagé à toute allure. Il escalada la proue du navire amiral aussi vite qu'un mât de palmier, bien décidé à massacrer quiconque s'opposerait à lui.

Enfiévré, il voyait déjà le pharaon mort, le visage ensanglanté. Privée de son chef, l'armée ennemie se disloquerait et l'Égypte serait sans défense.

Les yeux fous, Tétian se retrouva sur le pont du navire amiral. Mais la proue du « Faucon d'or » était vide.

— Où es-tu, Pharaon, où es-tu ? Viens te battre avec Tétian, le prince de Kerma !

— Lâche ton arme et rends-toi, exigea Ahmès fils d'Abana.

Poussant un cri de bête fauve, Tétian se rua sur l'archer.

Malgré la flèche fichée dans son front, le Nubien parvint à abattre sa massue sur le chef de la garde personnelle d'Amosé.

L'opération de Féline avait parfaitement réussi. Ahmès fils d'Abana était à présent doté d'une remarquable prothèse, un petit orteil gauche en bois peint, couleur chair, qui remplaçait l'original écrasé par la massue de Tétian.

Le cadavre du prince de Kerma s'était ajouté à ceux de ses guerriers vaincus, jetés dans un immense brasier. Pour son nouvel exploit, Ahmès fils d'Abana avait reçu, une nouvelle fois, l'or de la vaillance, plus quatre domestiques et un cadeau inestimable : un grand terrain cultivable à Elkab, sa ville natale, où il passerait sa vieillesse.

Pas un instant il n'avait cru que l'amiral Lunaire désirât le consulter. On voulait uniquement l'éloigner du pharaon. Aussi avait-il prié le roi de se rendre à la poupe du vaisseau amiral, tandis qu'il attendrait l'attaque certaine d'un tueur.

Convoqué par le monarque, l'amiral Lunaire avait affirmé avec véhémence ne pas avoir sollicité Ahmès fils d'Abana. Mais impossible d'interroger l'officier de liaison pour en savoir plus, car ce dernier avait été tué pendant le combat.

— Un seul bateau est parvenu à s'enfuir, déplora Lunaire, et Khamoudi se trouvait à son bord.

59

Après qu'Ahotep eut distribué des vivres aux populations durement touchées par les exactions d'Ata et de Tétian, l'armée de libération remonta le Nil en direction de Kerma, sans rencontrer de résistance.

Quand la flotte aborda le riche bassin céréalier dont Kerma était la capitale, les soldats se préparèrent de nouveau à combattre. Connaissant la bravoure des Nubiens, il faudrait encore de rudes affrontements avant de pouvoir extirper Khamoudi de son repaire.

La platitude du terrain permettrait aux régiments de chars commandés par l'Afghan et le Moustachu de lancer le premier assaut, sitôt les derniers bateaux de Kerma réduits à l'impuissance.

Mais ces derniers étaient amarrés au quai. Aucun marin à bord.

— Méfions-nous, recommanda l'amiral Lunaire, c'est probablement un piège.

Un vieil homme s'avança, un bâton à la main, et leva les yeux vers le pharaon et la reine qui se tenaient à la proue du « Faucon d'or ».

— Je suis le délégué du conseil des Anciens, déclara-t-il, et je vous remets la cité de Kerma. Veuillez épargner sa population qui aspire à la paix, après tant d'années de tyrannie. Puisse l'Égypte nous gouverner sans nous asservir.

La reine Ahotep fut la première à fouler le sol de Kerma.

Soupçonneux, le gouverneur Emheb scrutait les alentours.

Une partie de l'armée débarqua, les archers demeurant en état d'alerte. Mais le vieil homme n'avait pas menti, et les habitants de Kerma, anxieux, se terraient dans leurs demeures en attendant la décision du pharaon.

— Nous accéderons à tes requêtes, annonça Amosé, à condition que Khamoudi nous soit livré.

— Quand ce fuyard est revenu ici, il nous a ordonné de prendre les armes et d'engager dans le conflit tous les habitants de notre principauté, femmes et enfants y compris. Nous avons refusé, il nous a insultés. De quel droit cet homme au cœur mauvais nous parlait-il de la sorte ?

— S'est-il de nouveau enfui ?

— Non, il est resté à Kerma.

— Conduis-nous jusqu'à lui, demanda Amosé.

Avec ses portes monumentales, ses bastions et son temple-château, Kerma avait belle allure.

Le vieillard monta lentement l'escalier qui menait au sommet de l'édifice.

Le dernier empereur des Hyksos n'aurait plus l'occasion de s'attaquer à l'Égypte. Empalé sur un long pieu taillé avec soin par un ramasseur d'ordures qui souriait de toutes ses dents, il s'était figé dans un ultime cri de haine.

La porte de la chapelle d'Amon s'était ouverte d'elle-même.

Le pharaon Amosé présenta au soleil de l'aube l'épée flamboyante avec laquelle il avait vaincu les ténèbres, puis il la remit à la reine Ahotep qui, en tant qu'Épouse de Dieu, pénétra dans le sanctuaire et la déposa sur un autel. Il reviendrait à la Grande Épouse royale Néfertari d'entretenir cette flamme afin que l'unité des Deux Terres les mette désormais à l'abri d'une invasion.

— Je te vénère, Unique aux multiples manifestations, dit Ahotep. Éveille-toi en paix, que ton regard illumine la nuit et qu'il nous donne la vie.

Au dieu Amon, à son épouse Mout et au dieu Lune Khonsou, formant la Sainte Trinité de Karnak, le pharaon fit l'offrande de Maât, la rectitude dont Ahotep ne s'était jamais départie et grâce à laquelle il serait possible de rebâtir une Égypte digne de ses années heureuses.

— Je dois tenir une promesse importante, rappela la mère à son fils.

La cour au grand complet se déplaça à l'endroit où la princesse adolescente avait rencontré un arpenteur, disparu depuis longtemps. Il lui avait permis de toucher pour la première fois le sceptre de Seth sans être foudroyée, avec l'espoir que la reine redonnerait un jour à l'Égypte ses véritables frontières.

Les lieux étaient désolés, les bureaux du cadastre menaçaient ruine.

— Pourquoi ne les a-t-on pas restaurés ? demanda Ahotep à l'intendant Qaris.

— Je suis intervenu à plusieurs reprises, Majesté, mais les ouvriers ne veulent pas travailler sous prétexte que le site est hanté.

Le sceptre Puissance à la main, Ahotep fit quelques pas et ressentit d'étranges sensations, comme si le terrain refusait d'être conquis.

À l'angle des bâtiments dégradés, un tamaris dont seules deux branches étaient encore fleuries. À son pied, un entassement de bois sec.

Percevant un foyer d'énergie négative, la reine s'approcha.

Dissimulés dans ces branchages, des lambeaux de vêtements tachés de sang, des touffes de cheveux et des morceaux de papyrus couverts de formules magiques où apparaissait le nom d'Apophis.

Ahotep posa l'extrémité du sceptre sur cet assemblage maléfique. Des yeux de l'animal de Seth jaillit une lueur rouge qui enflamma le bois sec.

Malgré les efforts de son espion, Apophis était définitivement mort.

Aussi la reine put-elle arpenter l'étendue réservée au cadastre où travailleraient dès le lendemain un responsable des cultures, un gardien des archives, et des scribes spécialisés. La terre d'Égypte attirait de nouveau l'amour des dieux.

Puis la cour se transporta sur un vaste champ labouré. La Grande Épouse royale Néfertari y répandit de la poussière d'or qui rendrait fécondes les semences dans la totalité des provinces.

La véritable hiérarchie était enfin rétablie. Au

sommet régnaient les dieux, les déesses et les esprits glorifiés que représentaient sur terre le roi et la reine ; à ces derniers revenait la responsabilité de nommer un premier ministre, le vizir, des magistrats chargés de faire appliquer la loi de Maât, et des responsables de chaque secteur de la communauté des vivants.

— Nous commencerons par reconstruire les temples, annonça Amosé. Les murs d'enceinte seront redressés, les objets sacrés déposés dans les sanctuaires, les statues érigées à leur juste place, la circulation des offrandes restaurée et les rituels des mystères de nouveau célébrés.

— Où nous conduit cette promenade en barque ? demanda à son fils la reine Ahotep, intriguée.

— Il vous revient de procéder à la fermeture de notre ancienne base secrète, mère. De plus, je vous ai réservé une surprise.

Ahotep se souvint des journées angoissantes pendant lesquelles son mari, Séqen, rassemblait au nord de Thèbes les premiers soldats de l'armée de libération. Aujourd'hui, la caserne était déserte, le palais désaffecté et le temple abandonné. Dans quelques années, les vents de sable auraient recouvert l'ensemble de cette base où était né l'espoir. Des centaines d'hommes formés ici avaient perdu la vie sur les champs de bataille, plus encore souffraient de graves blessures et n'effaceraient jamais de leur mémoire les terribles combats auxquels ils avaient participé.

Mais l'Égypte était libre. Les générations futures

oublieraient le sang et les larmes, puisque Pharaon rebâtissait le bonheur.

De son sceptre, la reine ferma la bouche de la chapelle et celle du palais. Cette fois, la guerre était vraiment terminée.

Lorsqu'elle revint vers le bateau, elle aperçut, sur le quai, un homme aux larges épaules qui se tenait près du roi et d'Ahmès fils d'Abana. Rieur le Jeune était couché, paisible.

— Voici le maître d'œuvre de la Place de Vérité, le village des artisans, dit Amosé. Il tenait à vous présenter le premier chef-d'œuvre de sa confrérie, sur ce lieu même où le fracas des armes s'est éteint.

Le maître d'œuvre posa sur le sol son précieux fardeau, recouvert d'une étoffe blanche qu'il ôta lentement pour dévoiler une pierre cubique taillée à la perfection.

— Nous avons extrait la pierre brute d'une vallée profonde, perdue dans la montagne, expliqua-t-il. Ce lieu solitaire est dominé par la cime, en forme de pyramide, où réside une déesse cobra qui exige le silence et châtie bavards et parjures. Avec des ciseaux de cuivre et des maillets de bois, nous avons créé ce socle sur lequel reposeront nos œuvres futures, à condition que Votre Majesté veuille bien lui donner vie.

Le pharaon offrit à sa mère la massue blanche, l'illuminatrice, avec laquelle il consacrait les offrandes.

Ahotep frappa la pierre, qui flamboya comme l'épée d'Amon.

Puis les rayons de lumière se concentrèrent à

l'intérieur du cube minéral que le maître d'œuvre recouvrit de son voile.

— Que cette pierre de lumière transforme la matière en esprit, déclara la reine, et qu'elle soit fidèlement transmise de maître d'œuvre en maître d'œuvre.

60

Assassin de deux pharaons, l'espion hyksos n'était pas parvenu à supprimer le troisième. Même s'il avait réussi, l'armée de libération aurait pourtant atteint son but.

Car son véritable cœur, c'était Ahotep.

Au début, elle l'amusait. Jamais il ne l'aurait crue capable de tels exploits, et il avait voulu savoir jusqu'où elle était capable d'aller.

À chaque nouvelle étape, il se persuadait que la reine n'irait pas plus loin. Cependant, quels que fussent les coups du destin et malgré l'ampleur de ses souffrances, elle continuait, acharnée, comme si rien ne pouvait la faire dévier de sa route.

Il l'admirait, et sans doute même davantage.

Et puis elle avait bénéficié de la faveur des dieux, avec la disparition d'Apophis et l'éruption de Théra. Aujourd'hui, l'Empire hyksos était anéanti et les Deux Terres réunies.

Mais l'espion avait promis de remplir sa mission. Et il tiendrait parole.

Cette Égypte renaissante était beaucoup plus fragile qu'elle ne l'imaginait. En tuant Ahotep, il détruirait le socle sur lequel elle se construisait. Au cours des festivités prochaines, il choisirait la meilleure occasion pour démontrer au peuple que la Reine Liberté n'était pas immortelle.

Privée de celle qui lui avait redonné vie, l'Égypte s'enfoncerait dans le chaos.

Et l'empereur des ténèbres aurait finalement triomphé.

En présence d'Ahotep, le pharaon Amosé célébra le début de sa vingt-deuxième année de règne en rouvrant les fameuses carrières de Toura où l'on extrayait le plus beau calcaire du pays. Deux stèles taillées et placées à l'entrée des galeries commémoraient l'événement.

Six bœufs à bosse tiraient le premier bloc du futur temple de Ptah de Memphis, posé sur un traîneau en bois. Le bouvier qui s'occupait avec douceur de ces animaux d'origine asiatique n'était autre que Grands Pieds, bien rétabli.

Devenu propriétaire d'une ferme et d'un domaine où broutaient de nombreuses vaches, il employait des prisonniers de guerre qui n'avaient ni tué ni torturé des Égyptiens.

Partout, on restaurait et on construisait. Memphis, la cité au mur blanc, retrouvait peu à peu sa splendeur d'antan. D'Asie et de Nubie arrivaient de nouveau l'or et l'argent, du Sinaï le cuivre et la turquoise, d'Afghanistan le lapis-lazuli, symbole de la voûte céleste et de l'eau primordiale.

Qui d'autre que l'Afghan, promu général de réserve comme le Moustachu, aurait pu être nommé directeur des importations ?

— Toujours décidé à repartir chez toi ? lui demanda son ami. Ici, tu es riche et couvert d'honneurs, les femmes te courent après, le vin est excellent et le climat merveilleux !

— Mes montagnes me manquent.

— Tu sais, l'Afghan, je peux presque tout comprendre, mais ça...

— N'oublie pas que tu dois escalader une pente couverte de neige pour me prouver que tu es vraiment un homme.

— Regarde plutôt cette pierre et dis-moi si elle est digne d'être apportée au temple.

— Ce lapis-lazuli est magnifique.

L'économie traditionnelle reprenait. À Memphis comme à Thèbes, les ateliers royaux se remettaient au travail, de même que les services du cadastre, des poids et mesures, du curage des canaux et du recensement. Le principe de redistribution des richesses était de nouveau appliqué sous l'égide de Maât, garante de la solidarité et de la cohésion sociale.

La flotte royale voguait vers Abydos.

Malgré son grand âge, l'intendant Qaris tenait à être présent lors de la cérémonie au cours de laquelle serait honorée la mémoire de Téti la Petite. Choyé par le gouverneur Emheb, qui ne tarderait plus à rentrer dans sa bonne ville d'Edfou, et par le chancelier Néshi, de plus en plus soucieux depuis que les tâches administratives s'accumulaient sur ses épaules, le vieillard se remémorait chacun des épisodes de la guerre de libération.

— Quelle incroyable existence nous avons eue !

dit-il à Emheb. Grâce à Ahotep, nous nous sommes nourris d'espérance et nous avons créé un avenir là où il n'existait plus.

Le ministre Héray apporta du vin frais et des gâteaux.

— Les responsabilités ne te font pas maigrir, observa Néshi.

— Qaris et moi, nous n'avons pas eu la chance, comme vous, d'être en première ligne. À Thèbes, on a souvent connu l'angoisse, et l'angoisse donne faim. Regarde l'Afghan et le Moustachu : depuis qu'ils ne découpent plus les Hyksos en tranches, ils prennent du poids.

— Nous arrivons, les avertit l'amiral Lunaire.

— Tu parais soucieux, s'étonna Héray.

— La navigation n'était pas facile. Le Nil a parfois des caprices qui nécessitent une extrême vigilance. Moi, je n'ai pas eu le temps de goûter ce vin.

— Tu te rattraperas, prédit Emheb.

La Grande Épouse royale Néfertari tenait tout particulièrement à célébrer la grand-mère du pharaon dont la popularité ne s'était jamais démentie. Vénérée à Thèbes, elle devait l'être aussi à Abydos, dans le domaine sacré d'Osiris.

Aussi le monarque accomplit-il pour Téti la Petite, selon la formule rituelle, « ce qu'aucun roi n'avait fait auparavant ». Furent construites une chapelle et une petite pyramide entourées de plantations, et fut institué un service d'offrandes doté d'un personnel qui nourrirait chaque jour le *ka* de la défunte, présent parmi les vivants. Logés, nourris, vêtus, propriétaires de terres et de bétail, les prêtres n'auraient d'autre souci que d'assurer leur fonction de manière impeccable.

On dressa une grande stèle sur laquelle était représenté Amosé, tantôt coiffé de la couronne blanche de Haute-Égypte, tantôt de la double couronne, et consacrant des offrandes face à Téti la Petite.

Dans le trésor réservé à sa mère, Ahotep déposa le fin diadème d'or qu'elle avait si souvent porté et qui l'avait protégée de tant de dangers.

Pour l'espion, une cérémonie beaucoup trop intime. C'est à Thèbes qu'il frapperait, afin que la brutale disparition d'Ahotep ait un maximum de retentissement.

À l'évidence, Héray, Qaris et Néshi complotaient.

— De quoi parlez-vous ? leur demanda Ahotep.

— De banalités, Majesté, répondit le chancelier Néshi.

— Est-ce bien vrai, Qaris ?

Le vieil intendant hésita.

— D'une certaine manière... Enfin, d'un certain point de vue...

— Tu n'as jamais su me mentir, remarqua Ahotep en souriant.

— Permettez-moi de garder le secret, Majesté.

— Est-ce un complot à trois, ou d'autres dignitaires sont-ils dans la confidence ?

— Nous le sommes tous, avoua Héray, et l'ordre vient de haut, de très haut !

— En ce cas, admit la reine, amusée, inutile de vous interroger davantage.

Ahotep rejoignit son fils dans la cabine du vaisseau amiral dont la porte était toujours gardée par Ahmès fils d'Abana et Rieur le Jeune.

— Ne croyez-vous pas, mère, qu'il conviendrait d'alléger le dispositif de sécurité autour de ma personne ?

— L'état-major est persuadé que l'officier de liaison tué pendant le combat naval en Nubie était l'espion hyksos. Tel n'est pas mon avis.

— À supposer que cet espion soit encore vivant, mère, son seul but n'est-il pas de se faire oublier ?

— Il a assassiné ton père et ton frère. Laisser ces crimes impunis reviendrait à s'incliner devant le spectre d'Apophis. Tant que ce criminel ne sera pas identifié et mis hors d'état de nuire, connaîtrons-nous vraiment la paix ?

61

De nouveau, le temple d'Amon de Karnak vibrait au son des maillets et des ciseaux. Mettant en œuvre un vaste programme de développement du sanctuaire, le pharaon Amosé veillait à l'installation de nouvelles tables d'offrandes, copieusement garnies chaque matin. Utilisant aiguières et vases en or, les ritualistes accomplissaient leur office avec calme et gravité, se souciant de purifier les nourritures afin que leur aspect immatériel recharge d'énergie positive les statues divines dont le roi avait ouvert les yeux, la bouche et les oreilles avec le bâton vénérable.

Pour chaque membre de la trinité de Karnak avait été façonnée une grande barque en cèdre recouverte de feuilles d'or qui voguerait sur le lac sacré et serait portée en procession lors des fêtes.

— J'ai pris deux nouvelles décisions, annonça le monarque à la reine Ahotep. La première consiste à construire un nouveau temple à Thèbes pour y abriter la forme secrète d'Amon et y vénérer son *ka*. Ce sanctuaire se nommera « Celui qui recense les places[1] », autrement dit celui qui révèle le Nombre, la nature réelle des divinités. La seconde décision vous concerne, mère. Il est temps que vous soyez honorée comme vous le méritez.

— C'était donc cela, le complot !

— J'ai demandé à nos proches de garder le secret, en effet, car une grande cérémonie se prépare.

— N'est-elle pas inutile, Amosé ?

— Au contraire, mère. Sans vous, l'Égypte n'existerait plus. Et ce n'est pas seulement le fils qui tient à cette célébration, mais bien le pharaon.

Le grand jour était arrivé.

Dans la cour à ciel ouvert du temple de Karnak, tous les notables de Thèbes et même d'autres villes d'Égypte assisteraient au triomphe d'Ahotep. Audehors se massait déjà une foule nombreuse qui tenait à acclamer sa reine, celle qui n'avait jamais reculé devant l'adversité.

Ahotep regrettait d'avoir cédé aux exigences du pharaon, car elle ne recherchait pas les honneurs. Comme tant de soldats tombés pour la liberté, elle n'avait accompli que son devoir.

Ahotep se rappela que Téti la Petite, en toutes circonstances, était admirablement maquillée et vêtue. Pour lui faire honneur, la reine se remit donc entre les mains de deux spécialistes du palais qui maniaient avec dextérité les peignes, les aiguilles démêloirs en albâtre et les tampons à farder. Utili-

1. Ipet-sout, le temple de Louxor.

sant des produits de beauté d'une exceptionnelle qualité, elles rendirent la reine plus séduisante qu'une jeune beauté.

Avec autant de respect que d'émotion, l'intendant Qaris coiffa Ahotep d'un diadème d'or. Sur le devant, une tresse en relief et le cartouche d'Amosé sur fond de lapis-lazuli, encadré de deux sphinx. Puis il passa au cou de la reine un large collier formé de nombreux rangs de petites pièces en or, les unes représentant des lions, des antilopes, des bouquetins et des uræus, les autres des figures géométriques telles que des spirales ou des disques. Quant aux fermoirs, il s'agissait de deux têtes de faucon.

Le vieil intendant ajouta un pendentif, composé d'une chaîne d'or et d'un scarabée d'or et de lapis-lazuli qui incarnait la perpétuelle régénération de l'âme et ses incessantes métamorphoses dans les paradis célestes. Il ne restait plus à Qaris qu'à orner les poignets de la souveraine d'admirables bracelets d'or, de cornaline et de lapis-lazuli. Loin d'être de simples objets à vocation esthétique, ils servaient de supports à des scènes affirmant la souveraineté du pharaon sur la Haute et la Basse-Égypte. Le dieu Terre, Geb, l'intronisait en présence d'Amon. Et la déesse vautour Nekhbet, créatrice et gardienne de la titulature royale, rappelait le rôle essentiel de la reine.

Très impressionné, le vieil intendant s'écarta de la souveraine.

— Pardonnez mon impudence, Majesté, mais... vous êtes aussi sublime qu'une déesse !

— Saleté de dos, se plaignit le Moustachu, il me fait encore souffrir ! Tu ne pourrais pas me masser, Féline ?

— La cérémonie débute dans moins d'une heure, je n'ai pas fini de m'habiller, et toi, tu viens de revêtir ta robe de cérémonie ! Crois-tu que nous ayons le temps de procéder à ce genre de soins ?

— J'ai vraiment mal ! Si je ne peux pas rester debout et assister au triomphe d'Ahotep, je ne m'en remettrai pas.

Féline soupira.

— Un instant, je vais te chercher des pilules antidouleur.

Le Moustachu se regarda dans un miroir. Jamais il n'avait été aussi superbe, avec les colliers d'or qui récompensaient ses exploits, sa large ceinture et ses sandales de première qualité.

— J'avais oublié, dit Féline, je les ai données à l'Afghan qui souffrait de la nuque. Pour des héros de la guerre de libération, vous n'êtes pas très brillants !

L'Afghan habitait la villa voisine de celle du Moustachu et de la Nubienne. Le Moustachu s'y précipita.

— Mon maître est dans la salle d'eau, indiqua la femme de chambre.

— Ne le dérange pas, je vais me débrouiller.

Le Moustachu pénétra dans la pièce où son ami rangeait armes, pagnes et remèdes. Après avoir vainement exploré un coffre à linge, il tomba sur une boîte contenant de petits pots à onguent et sur un curieux objet dont l'examen le stupéfia.

Un scarabée.

Pas un scarabée égyptien, mais un hyksos, avec le nom d'Apophis. Servant de sceau, l'objet avait souvent été utilisé. Sur son dos, des signes composant le code d'une écriture cryptée.

— Tu cherches quelque chose ? demanda l'Afghan, encore mouillé.

Le regard furibond, le Moustachu exhiba le scarabée.

— Qu'est-ce que ça signifie ?

— As-tu vraiment besoin d'explications ?

— Pas toi, l'Afghan, ce n'est pas possible !

— Chacun son combat, l'ami. Un détail que tu ignores : c'est l'Égypte qui a ruiné ma famille en commerçant avec le clan rival. J'ai juré de me venger, et la parole d'un homme des montagnes ne se reprend pas. Les Hyksos m'ont donné ma chance, l'empereur Apophis m'a chargé d'infiltrer la résistance, et j'ai réussi au-delà de mes espérances. Deux pharaons à mon actif, Séqen et Kamès, tu te rends compte ? Quel espion pourrait se vanter d'avoir été aussi efficace !

— Mais tu t'es battu avec moi, tu as pris des risques insensés et tué beaucoup de Hyksos !

— Indispensable pour qu'on m'accorde une confiance totale et qu'aucun soupçon ne pèse sur moi. Et je ne suis pas au terme de mes exploits.

— Tu veux aussi assassiner Amosé !

— Pas lui, mais Ahotep. C'est elle qui a détruit l'Empire hyksos, c'est à moi qu'il appartient de la détruire au summum de sa gloire pour que l'Égypte s'écroule.

— Tu es devenu fou, l'Afghan !

— Au contraire, je mène enfin à son terme la

mission qui m'a été confiée. Et c'est mon empereur mort qui sera le vrai vainqueur de cette guerre. Je regrette, ami, car je n'ai cessé d'admirer Ahotep. Je crois même que je suis tombé amoureux d'elle dès que je l'ai vue et que je le suis encore. C'est pourquoi je l'ai épargnée si longtemps, trop longtemps... Mais je suis un homme d'honneur, comme toi, et je ne pourrai regagner mon pays qu'après m'être acquitté de mes engagements. Désolé d'être obligé de supprimer Ahotep après t'avoir éliminé, mon ami.

Aussi rapides l'un que l'autre, les deux hommes s'emparèrent chacun d'un poignard. Et chacun savait qu'il n'avait jamais eu de plus rude adversaire en face de lui.

Se déplaçant très lentement, les yeux dans les yeux, ils cherchaient l'ouverture, persuadés que le premier coup serait décisif.

Ce fut le Moustachu qui frappa le premier.

Son poignard ne fit qu'égratigner le bras de l'Afghan, qui déséquilibra l'agresseur et le plaqua sur le dos.

En tombant, le Moustachu avait lâché son arme. La lame de l'espion se posa sur sa gorge d'où coulait déjà un filet de sang.

— Dommage, déplora l'Afghan, tu n'aurais pas dû fouiller dans mes affaires. Je t'appréciais et j'ai été heureux de combattre avec toi.

Soudain, l'espion se raidit et poussa un cri étouffé, comme s'il voulait contenir l'atroce souffrance qui lui ôtait la vie.

Même blessé à mort par le poignard que Féline venait de lui planter dans le dos, l'Afghan aurait pu trancher la gorge du Moustachu. Mais il épargna son frère d'armes et, le regard déjà perdu dans le néant, il s'effondra sur le côté.

— J'avais oublié de te préciser la posologie, expliqua Féline au Moustachu. Absorber trop de pilules eût été dangereux.

Sur un autel, le pharaon Amosé déposa une barque en argent, montée sur des roues qui rappelaient celles des chars de guerre. Ainsi étaient évoquées la puissance et la capacité de déplacement du dieu Lune, le protecteur d'Ahotep.

Comme les autres, le Moustachu, dont la blessure était masquée par une étoffe, ne quittait pas des yeux la reine Ahotep, merveilleusement parée. La beauté de cette femme de soixante ans éclipsait celle des élégantes de la cour.

Grâce au récit du Moustachu, Ahotep était enfin sereine. Plus aucun danger ne menaçait la vie du pharaon.

— Inclinons-nous devant la Reine Liberté, ordonna Amosé. C'est à elle que nous devons la vie, c'est elle qui a ressuscité ce pays que nous reconstruirons ensemble.

Dans le silence qui régna sur la grande cour de Karnak, l'amour de tout un peuple emplit le cœur d'Ahotep.

Le pharaon s'avança vers sa mère.

— Jamais, au cours de la longue histoire de l'Égypte, une reine n'a reçu de décoration militaire. Majesté, vous serez donc la première et, je le souhaite, la dernière, puisque, par l'accomplissement de votre nom, la paix a succédé à la guerre.

Que ce symbole de l'action incessante que vous avez menée contre les puissances des ténèbres soit le témoignage de la vénération de tous vos sujets.

Amosé décora Ahotep d'un pendentif en or auquel étaient accrochées trois mouches d'or admirablement stylisées.

Au premier rang, Rieur le Jeune, Vent du Nord et Filou partageaient la même pensée : il n'existait aucun insecte aussi tenace et insistant que la mouche. Ahotep avait transformé cette manie en vertu guerrière pour terrasser les Hyksos.

— C'est à vous que devrait revenir le pouvoir suprême, mère, murmura le roi.

— Non, mon fils. C'est à toi de fonder une nouvelle dynastie et de faire revivre l'âge d'or. En ce qui me concerne, j'ai prêté un serment : me retirer au temple dès que notre pays serait libéré. Et ce jour heureux est arrivé, mon fils.

Rayonnante, la reine se dirigea vers le sanctuaire où, en tant qu'Épouse de Dieu, elle vivrait désormais en compagnie d'Amon, dans le secret de sa lumière.

BIBLIOGRAPHIE

ABD EL-MAKSOUD, M., *Tell Heboua (1981-1991). Enquête archéologique sur la Deuxième Période intermédiaire et le Nouvel Empire à l'extrémité orientale du Delta*, Paris, 1998.

ALT, A., *Die Herkunft der Hyksos in neuer Sicht*, Leipzig, 1954.

BECKERATH, J., *Untersuchungen zur politischen Geschichte der Zweiten zwischenzeit in Ägypten,* Glückstadt, 1965.

BIETAK, M., *Avaris. The Capital of the Hyksos. Recent Excavations at Tell el-Daba*, London, 1996.

BIETAK, M., « Hyksos », in *Lexikon der Ägyptologie*, 1977, 93-104.

BIETAK, M., STROUHAL, E., « Die Todesumstände des Pharaos Seqenenrê (XVIIe dynastie) », *Annalen Naturhistorischen Museums*, Wien, 78, 1974, 29-52.

CAUBET, A. (éd.)., *L'Acrobate au taureau. Les découvertes de Tell el-Dab'a et l'archéologie de la Méditerranée orientale*, Paris, 1999.

DAVIES, W.V., SCHOFIELD, L. (éd.), *Egypt, the Aegean and the Levant. Interconnections in the Second Millenium BC*, London, 1995.

ENGBERG, R.M., *The Hyksos Reconsidered*, Chicago, 1939.

GABOLDE, L., *Le « Grand Château d'Amon » de Sésostris Ier à Karnak*, Paris, 1998.

GITTON, M., *Les Divines Épouses de la XVIIIe dynastie*, Paris, 1984.
GOEDICKE, H., *Studies about Kamose and Ahmose*, Baltimore, 1995.
HABACHI, L., *The Second Stela of Kamose and his Struggle against the Hyksos Ruler and his Capital*, Glückstadt, 1972.
HAYES, W.C., *The Scepter of Egypt, II : the Hyksos Period and the New Kingdom*, New York, 1968.
HEINSOHN, G., « Who were the Hyksos ? », *Sesto Congresso Internazionale di Egittologia*, Turin 1991, 1993, Atti II, 207-217.
HELCK, W., *Die Beziehungen Ägyptens zu Vorderasien im 3. und 2. Jahrtausend v. Chr.*, Wiesbaden, 1962.
JANOSI, P., « The Queens Ahhotep I and II and Egypt's Foreign Relations », *The Journal of Ancient Chronology, Forum 5*, 1991-1992, 99-105.
KEMPINSKI, A., *Syrien und Palästina (Kanaan) in der letzten Phase der Mittlebronze II B — Zeit (1650-1570 v. Chr.)*, Wiesbaden, 1983.
LABIB, P., *Die Herrschaft der Hyksos in Ägypten und ihr Sturz*, Glückstadt, 1936.
LACOVARA, P., *The New Kingdom Royal City*, London and New York, 1997.
MAYANI, Z., *Les Hyksos et le monde de la Bible*, Paris, 1956.
OREN, E.D. (éd.), *The Hyksos : New Historical and Archeological Perspectives*, Philadelphia, 1997.
REDFORD, D.B., « The Hyksos Invasion in History and Tradition », *Orientalia*, 1970, 1-51.
ROBINS, G., « Ahhotep I, II and III », *Göttinger Miszellen*, 56, 1982, 71-77.
RYHOLT, K.S.B., *The Second Intermediate Period in Egypt*, Copenhague, 1997.
SÄVE-SÖDERBERGH, T., « The Hyksos in Egypt », *Journal of Egyptian Archaeology*, 37, 1951, 57-71.
SEIPEL, W., « Ahhotep », *Lexikon der Ägyptologie*, I, 1972, 98-99.

VANDERSLEYEN, C., « Les deux Ahhotep », *Studien zur Altägyptischen Kultur*, 8, 1980, 237-241.

VANDERSLEYEN, C., *L'Égypte et la Vallée du Nil*, 2, Paris, 1995, 119 *sq.*

VANDERSLEYEN, C., *Les Guerres d'Amosis, fondateur de la XVIII*[e] *dynastie*, Bruxelles, 1971.

VANDERSLEYEN, C., « Kamose », *Lexikon der Ägyptologie*, III, 1978, 306-308.

VANDERSLEYEN, C., « Seqenenrê », *Lexikon der Ägyptologie*, V, 1984, 864-866.

VAN SETERS, J., *The Hyksos, A New Investigation*, New Haven, 1966.

VYCICHL, W., « Le nom des Hyksos », *Bulletin de la Société d'Égyptologie de Genève*, 6, 1982, 103-111.

WACHSMANN, S., *Aegean in the Theban Tombs*, Louvain, 1987.

WEILL, R., *XII*[e] *Dynastie, Royauté de Haute-Égypte et domination hyksos dans le Nord*, Le Caire, 1953.

Impression réalisée sur Presse Offset par

BRODARD & TAUPIN

GROUPE CPI

18320 – La Flèche (Sarthe), le 15-04-2003
Dépôt légal : mai 2003

POCKET – 12, avenue d'Italie - 75627 Paris cedex 13
Tél. : 01.44.16.05.00

Imprimé en France